KUWEI
酷威文化
图书 影视

HISTORY OF WOLVES

软 刺

[美] 艾米丽·福里德伦德 著

刘韶馨 译

四川文艺出版社

目 录
- Contents -

献给尼克

人生和智慧纯粹是精神的——既非生于物质，亦非化于物质——我们应该意识到这一点，哪怕只有一瞬。如此，身体便不会再有任何怨言。

——玛丽·贝克·埃迪
《圣经要义下的科学与健康》

　　我终究不会消隐。不仅现在不会，此后我还会对现实充耳不闻，在一间被我们永恒燃起的火搞得烟熏火燎的房间里，浑浑噩噩地活下去。

——蒂莫西·唐纳利
《新的智慧》

科　学

1

　　这并不是说我从未想起过保罗。有些清晨，在我半梦半醒之际，他会到梦里来看我，虽然我几乎记不起他说了什么，我对他做了或没做什么。但我记得，在我的梦中，这孩子倏地扑到我腿上，扑通一声。我知道是他——因为他对我毫无兴趣，连一丝迟疑都没有。我们就像平常那样，傍晚时分坐在自然馆里，他的身体不自觉地靠向我——并非出于爱或尊敬，只是因为他心智尚未完全开启，不知道该如何控制自己的身体。他四岁了，正在拼猫头鹰拼图，这时不要跟他说话。我也不会打扰他。窗外雪花一般的杨树绒毛缓缓飘落，如空气般静谧而轻盈。日光变换，拼成猫头鹰的拼图又零落成碎片。我戳了戳保罗让他起身——该走了，时间到了。前一刻他还靠在我的怀里打呵欠，下一秒他就呜咽着抗议，想要多待一会。我说不出话来。因为你知道，那种感觉很奇妙，有个人有些不讲理地想要独占你，这种感觉好得不可思议，但同时也让人悲伤。

　　在保罗之前，我只见证过一个人的死亡。那是我八年级的历史老师，阿德勒先生。他总是穿着棕色灯芯绒西装，白色棒球鞋。虽然他的课是美国历史，但他更喜欢讲沙皇。有一次，他向我们展示最后一任沙皇的照片，现在那幅照片就是我对他的印象——蓄着海盗黑胡子，肩上挂着流苏——不过其实阿德勒先生的脸上并无胡须，并且行动迟缓。我记得当时我还在上英语课，他教的四年级学生冲进来说阿德勒先生晕倒了。我们一大群人匆忙穿过走廊，发现他面朝下躺在地上，双目紧闭，发乌的嘴唇贴在地毯上，用力地喘着粗气。"他有癫痫症吗？"有人问道。"他身上带着药吗？"我们都给出了否定的答案。这群"多才多艺"的童子军① 一边争论着心肺复苏术的正确做法，一边情绪激动地对他的症状窃窃私语。我逼着自己走到他身边去，蹲下身来，握住他干瘪的手。那时候还是十一月上旬。他的口水浸湿了地毯，呼吸的间隔越来越长。我记得当时从远处飘来烧焦的气味，有人正在焚烧装在塑料袋里的垃圾，大概是守门人想在第一场大雪之前把落叶和南瓜皮处理干净。

　　终于，医护人员赶来将阿德勒先生的身体抬上担架，童子军就像小狗一样跟在后面，期待医护人员下达任务。医护人员表示希望有人能开一下门，手里的担架太沉腾不出手来。走廊里，女孩子们抽泣着挨在一起；几位老师用手按着胸口，并不知道接下来该说什么或做什么。

　　"被吓到了吗？"一位医护人员问道。他留下来给头晕眼花的学生们分发苏打饼干。我耸了耸肩。当时我肯定哼唧得很大声。他

---

① 童子军（Boy Scouts）：美国童子军，又称美国童子营，是美国童子军运动中成立的一个民间组织，核心任务是帮助十一到十八岁的男孩探索和学习如何保持强健的体魄，为将来的职业和承担公民责任做准备。

给了我一纸杯橙子味的佳得乐，对我说："现在慢慢喝下它，小口小口地喝。"那语气听起来好像我才是那个需要救助的人，而根治所有生物体的疾病都是他的责任似的。

那时候我们被称为"玻璃梭鲈之都"，10 号公路上还专门为此设有特殊的指向路标，路边饭店的墙上还有一幅壁画，上面画着三条留着莫西干发型的鱼，它们挥着鱼鳍打招呼——眉飞色舞，咧嘴大笑，甚至能看到全部牙齿和牙龈。不过一到十一月，湖面结冰，就几乎没人会从外地跑来看它们。那时我们那里还没什么观光景点，只有一家脏兮兮的汽车旅馆。商业区萧条得很：一家餐厅，一家五金店，一家鱼饵渔具店，一家银行，便是所有了。那时候，漫河上最让人印象深刻的地方，大概就是老木材厂了，但那也多半是因为它一半都被烧毁了，烧焦的黑色木板就那样矗立在河岸上。几乎一切都是官方运营，医院、车管局、汉堡王和警察局都位于二十多英里① 开外的怀特伍德。

那天，怀特伍德的医护人员带走阿德勒先生，救护车在驶离学校停车场时发出特有的鸣笛声。我们都站在窗边望着，没有什么能转移我们的视线，哪怕是戴着象征荣誉的黄色帽子的冰球球员，或是刘海起了静电的啦啦队队长。之后便下起了大雪。救护车要拐过街角时，前灯的亮光穿透疾风飞雪，射入街对面的我们的眼中。"不是应该鸣笛行驶吗？"有人问道，我掂量着杯中最后一口佳得乐，心想人可以愚蠢到什么地步？

---

① 英里（mile）：计量单位，1 英里 = 1.609 千米。

接替阿德勒先生工作的是格里尔森先生，他是圣诞节前一个月来到我们学校的，穿着一件镶着珍珠纽扣的珍珠白 T 恤，一只耳朵上戴着夸张的金色耳环，皮肤黑得不像话。后来我们才知道，他之前是加利福尼亚海边一所私人女子学校的老师。没人知道是什么让他选择在仲冬时节大老远来到明尼苏达州北部。不过，他在教课一周之后，便将阿德勒先生挂在墙上的俄罗斯帝国地图拿了下来，换上了超大字体的美国宪法。他宣称自己在大学双修了戏剧专业，这就难怪他能在学生面前展开双臂，情绪激昂地将《独立宣言》一字不落地背诵下来了。不论是那些论述生命权、自由权以及追求幸福的权利令人激昂向上的段落，还是那些反抗残暴殖民的让人刺痛蜷缩的句子，他都倒背如流。我能看出他有多希望自己受到学生喜爱。讲到"以我们神圣的荣誉相互宣誓"的部分，格里尔森先生问道："这是什么意思呢？"

冰球运动员们正枕着胳膊安然地睡着，连那些一向积极的好学生也只是无动于衷地按着自动铅笔，笔芯伸出一大截刺入空气中，像极了医院的注射器针头。他们举着笔隔着过道相互打斗，轻声喊着"警戒"，语气充满了不屑。

格里尔森先生坐到阿德勒先生的桌子上，由于大段的背诵，他有些喘不上气。然后我突然意识到，他是上了年纪的人——就是这么奇怪，那一瞬间，好像一道亮得看不见的光穿过他的身体一般。我能看到他脸上的汗；他那灰色的胡楂下面，脉搏正剧烈地跳动着。"注意这里，伙计们。天赋人权是什么意思？积极一点，你们知道答案的。"

我看到他将目光投向有着一头乌黑亮丽秀发的莉莉·赫尔邦。

尽管天气寒冷，她还是只穿了一件轻薄的深红色毛衣。他似乎以为她的美能够拯救他，以为她是善良的，因为她比我们任何人都可爱。莉莉有一双棕色的大眼睛，没有铅笔，有读写困难症以及一个男朋友。在格里尔森的注视下，她的脸慢慢红了起来。

她眨了眨眼。他向她点点头，暗暗向她保证，不论她说什么，他都会同意。她像小鹿一样轻轻舔了舔嘴唇。

我鬼使神差地举起了手。这倒不是因为我对她或者他感到抱歉，只是那一瞬间，气氛过于紧张，让我忍无可忍。"这句话的意思是，有些东西不需要证明，"我给出自己的答案，"有些东西就是这么真实，没有什么能改变它们。"

"是的！"他说，语气充满感激，我知道并不是特意对我，而是一种撞了狗屎运的庆幸。他得到了自己想要的，却并不知道那是我给的。莉莉没说一句话就能让人欢欣鼓舞。她的脸上有对酒窝，毛衣下若隐若现的乳头仿佛是上帝做的记号。而我胸部平平，堪比楼梯扶手，人们总是对此说三道四。

那年的冬天轰然而至，好像它是不远万里走到这里，累得突然跪倒，便再也起不来了。十二月中旬，暴雪临城，厚厚的雪把体育场屋顶压得变形了，学校因此停课一周，冰球运动员们便撒丫子去冰钓，童子军在结了冰的池塘上玩冰球。然后，圣诞节如期而至，主干道上上下下挂满了彩灯，路德教堂与天主教堂的基督诞生像遥遥相对——一位温顺地抱着彩绘沙袋站立着，另一个则是用冰雕刻出的婴儿耶稣。新年带来了另一场暴风雪。进入一月，学校正式开学之前，格里尔森先生把洁白的衬衫换下，穿上了毫无特点的毛衣，耳朵上除了戴着环形耳环，还戴了耳钉。一定有人教他使用答题卡仪器，因为在讲了一周的刘易斯和克拉克远征[①] 之后，他组织了入职以来的第一次测验。我们匍匐在桌子上对着小圆圈涂涂画画，他则顺着过道来来回回地走，手里的圆珠笔发出嗒嗒的声音。

第二天，格里尔森先生让我在课后留一下。他在桌子后面坐下，用手摸着干裂的嘴唇，有皮屑零星从指间掉落。"你的考试成绩不太理想。"他对我说。

他等着我的解释，我略带防备地耸了耸肩。在我开口说话之前，他补充道："好吧，我很抱歉。"他摩挲着耳环上的耳钉——那耳钉很精致，但佩戴复杂。"关于授课内容，我还在摸索当中。我来之前你们学的是什么？"

"俄罗斯。"

"哈，"一丝轻蔑从他脸上一闪而过，紧接着他不无高兴地说，"冷战残余还在穷乡僻壤徘徊着呢。"

我决定守护阿德勒先生："我们学的不是苏联，而是沙皇。"

"哦，玛蒂，"从没有人这么叫我，让我感觉好像有人从后面拍了拍我的肩。我叫玛德琳，不过同学都叫我琳达，或者"共党"，或者怪物。听到他对我的称呼，我的手不由得在袖子里攥成拳头。格里尔森先生接着说："在斯大林和核弹之前，没人在意沙皇。他

---

① 是美国国内首次横越大陆西抵太平洋沿岸的往返考察活动（1804—1806）。领队为美国陆军的梅里韦瑟·刘易斯上尉（Meriwether Lewis, 1774—1809）和威廉·克拉克少尉（William Clark, 1770—1838），该活动由杰斐逊总统发起。

们就是遥远舞台上的木偶，微不足道，不值一提。那些 1961 年进入大学的人，比如阿德勒先生，对老旧的俄罗斯玩具以及上世纪近亲结婚的公主的故事总有些挥之不去的怀念。它们的无效性成就其有趣性。这么说你明白吗？"他微笑着闭了会眼睛。他的门牙很白，但虎牙很黄，"但你只有十三岁。"

"十四岁。"

"我想说的是，如果这不是一个好的开始，那么我很抱歉。但接下来，很快我们就能把基础打牢了。"

过了一周，他让我放学之后到教室找他。这次他把耳钉拿下来放在他的桌子上，用他的大拇指和食指十分轻柔地摩挲着耳垂。

"玛蒂。"看到我来，他直起身子。

他让我坐在他桌子旁边的蓝色塑料椅子上，在我腿上放了一堆花花绿绿的册子，然后手指交叉、略显局促地说："能帮我个忙吗？还请你别怪我，这是我的工作。"

他所谓的"帮忙"就是让我作为学校代表出席"历史之旅"比赛。

"这会是一段很棒的经历，"他说，但没什么说服力，"你需要做的就是先制作一张展示板，然后针对越战或者加拿大的边境口岸等主题做个演讲。或许你会喜欢亵渎奥吉布瓦人这个主题？或是回归大陆、在此定居的土著怎么样？选个本土色彩鲜明、处于道德灰色地带、又具有宪政意义的选题。"

"我想做关于狼的展示。"我对他说。

"什么？狼的历史？"他一脸困惑，而后又笑着摇摇头道，"是啊。你只是个十四岁的小姑娘。"他的眼角因笑容泛起了皱纹，"你们这个岁数的孩子都喜欢马啊，狼啊什么的。我很喜欢，这很棒，是个很特别的主题。你能给我讲讲吗？"

我父母没有车，所以错过公交的结果就是，我需要沿着 10 号公路走三英里后向右转到镜湖路上，再走一英里会来到一个交叉路口，左边通向北方的湖，右边则通向一座未被开发过的山。我在这个路口停下来，把牛仔裤的裤脚塞进袜子里，收紧羊毛手套的袖口，准备继续前行。冬季萧索，橙黄色天空下，那些光秃秃的树看起来像静脉血管一般，树枝间的天空则像晒伤了的皮肤。我在大雪和漆树中走了二十分钟，我家的狗狗终于感知到我的存在并开始狂吠，想要挣脱拴着它们的锁链。

当我走到家的时候，天已经完全黑了下来。一打开家门，我便看到妈妈弯着腰站在水池前面，她的两只胳膊都伸进了水池里，脏乎乎的水没过了她的手肘。又长又直的头发遮住了她的脸和脖子，这让她看起来很神秘。她的声音带有浓浓的中西部口音，一听就是典型的堪萨斯人。"有没有一段祷告是关于疏通堵塞下水管的？"她头也不回地问道。

壁炉里并未生火。我把手套放到木质壁炉上，明早它们就会变硬，我肯定是戴不上了。但我没在意，还把外套也放在壁炉上。

至于我妈妈那件被污水浸湿的外套则湿答答地摊在桌子上。但她始终举着她那双油渍满满的手，好像手里的东西有多金贵似的——那活物还在扭动着——是她刚从池塘里抓上来的小鲈鱼，也是我们的晚饭。"我们需要一瓶通乐①，靠。"她仰头看着空气，然后动作迟缓地用她的帆布袋擦了擦手。"帮帮忙吧。人类的生活就是一场闹剧，请上帝以其无限的怜悯结束它吧。"

她只是半开玩笑而已。我了解她。有很多故事能证明这一点，比如八十年代初期，我父母偷来一辆货车逃到漫河，我父亲囤积步枪和锅；公社瓦解后，我母亲把她手中一切和嬉皮士有关的东西卖了，投靠了基督教。在我的记忆里，她一周去三次教堂——分别是周三、周六和周日——那时她还希冀着忏悔能有所补救，并且随着岁月的推进，过去的错误可以慢慢被修正。

妈妈虽然信奉上帝，但并非心甘情愿，就像一个被禁足的女儿。

"你觉得自己能不能牵着一只狗回去？"

"回镇上？"我仍在发抖。这个提议让我的情绪一瞬间激动起来，完全顾不得其他。我甚至感受不到我的指头。

"或者不回去，"她把长发甩到身后，用手腕擦了擦鼻子，"不，别回去了，外面的温度大概到零下。对不起。我再去拿个桶来。"但她并未从椅子上挪开。她在等待着什么。"很抱歉我得问你几个问题。你可别因为这些问题发火。"她那两只油腻腻的手握到一起，"对不起，对不起，对不起。"

每一声对不起，她的声音都抬高一度。

我顿了顿，开口道："没关系。"

格里尔森先生的故事是这样的。我曾见过他是如何蜷伏在莉

---

① 通乐（Drano）：下水道清洁剂品牌。

莉的桌旁，对她说，"你做得很棒。"边这么说着，边把他的手如镇纸一般放到她的背上；也见过他伸出他的手指，轻轻地拍着她，给她以鼓励；我曾见过他对那些啦啦队队长们（那些"凯伦"们）是多么好奇而又担心，因为后者有时会脱下羊毛护腿，裸露出起满了鸡皮疙瘩的苍白皮肤——护腿捂得她们起了疹子，痒得她们一直挠，直到挠破了才用卫生纸轻轻擦拭。他在课堂上向她们中的一个提问——凯伦或莉莉·赫尔邦——每一个问题都是这样开头的："有人吗？有人在家吗？"他装作打电话的样子，放低声音，冲着用手假装的电话低吼，"您好，是赫尔邦家吧，莉莉在吗？"这时，莉莉的脸上会泛起一阵潮红，并用袖口掩住浅笑的嘴。

但我放学后与格里尔森先生见面时，他会摇着头，一脸尴尬地对我说："装着打电话真的太蠢了，是吧？"他其实希望得到来自他人的安慰，比如一切都做得很棒、你是一名好教师等等。哪怕是非常微不足道的错误他都希望得到原谅。而且，他好像觉得我是故意表现得很平庸——因为我总是双手抱胸冷眼旁观，考试成绩也很差。"来点儿吧。"他怯懦地说着，将一瓶细细的蓝色罐子从他的桌面滑给我。那是罐功能饮料，我喝了几口，由于糖分和咖啡因的含量过高，我的心脏瞬间跳动得愈发强烈了；几大口喝下，我便坐在椅子上不停地发颤，不得不咬紧牙根，才不会发出牙齿打战的声音。

"阿德勒先生给你们放过电影吗？"他很想知道这一点。

我不知道自己为什么转而加入了他的阵营，不知道自己为什么对他这么好。"你放过的电影比他多多了。"我说。

他满意地笑了："比赛准备得如何了？"

　　我没回答这个问题，而是未经允许又拿起他的功能饮料喝了一口。我想告诉他，我看到了他看莉莉·赫尔邦的眼神，我比莉莉更懂他眼神的含义，虽然我一点都不喜欢他——虽然我觉得他的电话把戏让人毛骨悚然，并且他的耳环颜色一点也不出彩——但我懂他。饮料罐子空了，我只得把嘴唇放在饮口处，装作饮料还没喝完。窗外，雹子正鞭打着雪堆，整个世界像岩石一般坚硬。天再过不到一个小时就黑了，狗狗们将会把锁链扯到最远，在离我最近的地方等着。格里尔森先生开始穿外套："一起回家？"他从来没有问过我如何回家——从来没有。

　　格里尔森先生就像对待杂事一般对待"历史之旅"比赛，他觉得我也是这么想的。但其实我内心是想赢的。我决定去看真正的狼。夜幕降临，我穿上长筒靴，戴上滑雪镜，套上我爸那件羽绒服，混杂着他的体味：烟草味、黑咖啡味和霉味。这就好像是趁他睡觉的时候借用他的皮囊，堂而皇之地拥有了他的风度、安静和体型。离家最远的咸鱼库旁有一个老旧的冰桶，我坐在上面，啜着热水瓶里的开水，等着看真狼。不过在这样的冬天，在如此深的夜里，狼是非常少见的——我只见过远处的原木上戳着几只乌鸦。最后，我不得不接受现实，并认为能看到死了的狼也不错。于是，每周六我都会踩着雪鞋前往森林服务自然馆，前厅有一个油腻的婆娘，戴着一副眼镜，涂了珊瑚色指甲油；她晦暗的双颊向后凹陷，看起来皮笑肉不笑的样子。她叫佩格，是自然馆的博物学家，每次看到我想要去摸狼的尾巴，就立刻板起脸来教训我："啊哈！"她给了我一些小熊软糖，并教给我一些动物标本制作技术，告诉我如何利用黏土制作眼睑、用泡沫聚氨酯制作肌肉。"熨平皮肤，要熨平。"她在一旁提点着。

"历史之旅"比赛那天早上，我看到我家后面那棵松树，树枝上的针叶一小簇一小簇地螺旋掉落在雪上。放学后，我搭乘赌场巴士前往怀特伍德。下车后，我提着狼的海报，努力突破养老院老人们的"围困"，他们对我皱了皱眉，但没说什么。在怀特伍德高中的礼堂里，我把树枝立在讲台上，同时反复播放着狼的咆哮声，想为我的演讲渲染一种萧索的气氛。虽然我演讲的时候口干舌燥，但我并未低头看过一眼笔记，或是像我前面的那位男同学一样来回晃动。我专注而镇静。我指着台上展示着的小狗崽的图解，并引用书中的一句话演讲道："但'阿尔法'这个词依旧很具误导性，它的本意是被圈养的动物。一只'阿尔法'动物只有在特定时机，由于某种特殊原因才会变成圈养动物。"这些句子总是给我一种在饮用某种冰凉而甘甜的禁品饮料的感觉。我想起自然馆里那个一直保持小狗般友好姿态的黢黑婆娘，然后我再一次背诵了这段话。这一次我放慢了语速，就好像在宣讲宪法修正案似的。

随后，一位评委举起了他的铅笔："但是——我得在这儿打断一下。有些东西你并没解释清楚。狼和人类历史有什么关系？"

那时，我看到了站在门口的格里尔森先生。他的外套在胳膊上挂着，看起来像是刚进门。我看到他和那名提问的评委交换眼神，带着不屑轻轻地耸了耸肩，好像是在说，你能拿小孩怎么办？你能拿这些青春期的女孩怎么办？我做了一次深呼吸，然后盯着他俩说道："其实，狼和人一点关系都没有。狼对人总是能避则避。"

　　最终我获得了创意奖，奖品就是一束为庆祝圣帕特里克节[1] 而染绿的康乃馨。之后，格里尔森先生问我是否要把松树枝和海报放进他的车里带回学校，我沮丧地摇了摇头。第一名是一位穿着套装的七年级姑娘，她的作品是一幅水彩画，主题是沉没的埃德蒙德·费兹杰罗号[2]。格里尔森先生拖着那根树枝去往侧出口处，我系上外套，跟在他身后。他把那根树枝垂直插入粗糙的雪堆里。"像极了《查理·布朗的圣诞节》[3]，"他大笑着说道，"我想在树枝上挂些金箔饰品，这太可爱了。"

　　他弯下身来清除裤子上的松树针叶，我当时头脑一热，也伸出手来帮他清理——一下，又一下——就在他大腿的部位。他后退一步，稍稍抖了抖他的裤子，尴尬地大笑着。每每涉及性，男人就会变拙，这是我后来才明白的道理。但当下我并未觉得我的做法和性有什么关系——这一点我得先说清楚——它就像是给动物梳毛，或者对着你哄逗一条小狗，看着它脖颈上的毛竖起又塌下，然后它就是你的宠物了。

　　我学着莉莉·赫尔邦的样子，像小鹿一样舔了舔嘴唇，一脸天真地说道："格里尔森先生，您能载我回家吗？"

---

[1]　圣帕特里克节（St. Patrick Day）：每年的 3 月 17 日，全球各地的爱尔兰后裔为纪念爱尔兰守护神圣帕特里克而庆祝的节日，圣帕特里克节的传统颜色为绿色。

[2]　埃德蒙德·费兹杰罗号（SS Edmund Fitzgerald）：是一艘美国大湖货轮，在 1975 年 11 月 10 日沉没于苏必利尔湖，二十九人死亡。

[3]　《查理·布朗的圣诞节》（*A Charlie Brown Christmas*）：1965 年播出的一集史努比动画片。

在我们离开怀特伍德高中前，格里尔森先生又折返回去拿了一张湿的纸巾包在康乃馨的茎干上，然后小心地把花束放到我的怀里，好像那是娇嫩的凤尾草苗。格里尔森先生开车送我回家。当我们驱车从学校开出二十六英里远时，亲眼目睹狂风将树枝上巨大的冰块刮落——同时被风卷起来的还有慢慢涌上来的灾难感。格里尔森先生车上的除霜风扇不太好用了，我便用外套脏兮兮的袖口去清理挡风玻璃上的霜雾。

"我们在这转弯吗？"他问道。当时我们正在镜湖路上行驶，他用门牙咬掉他嘴唇上翘起的小死皮。纵使周遭灰蒙阴暗，我依旧能看到他嘴唇上带血的裂口，血已经止住了，这让我莫名有些兴奋，感觉好像是自己对他做了什么事情——仿佛是我的演讲，用我的松针发挥了作用。

通往我家的岔路一如往常的崎岖不平。格里尔森先生在交叉路口处停下，我们不约而同直起身子擦擦挡风玻璃，好爬上那座陡峭而黑暗的山坡。我坐在副驾驶座里侧头看，他的喉结像裸露的肚子一般宽大而柔软，于是我探出身子，迅速地对着他的喉结亲了一下。很快，很快。

他吓得向后缩了缩。

"然后走这条道？"他边这样说着，边拉上外套拉链，并把脖子缩进衣领。我父母灯火通明的小屋就坐落在山上，我告诉他要注意看着，因为第一个映入眼帘的便会是它。"嗯，那儿还真是个可爱的地方啊，是吧？我听到过一些奇怪的说法。那家人是你的邻居？"

当然了，他只是随便聊聊——我的花束依旧被我紧紧地握在手里。我感觉自己好像爆开了，像烧着的柴火一般。"他们不和别人打交道。"

"是吗？"显然他的思绪不在这里。

冰雹不断击打着挡风玻璃，但我完全看不见它们，因为玻璃再一次起雾了。

"送你回家吧。"他加挡提速并转动方向盘。我能感觉到他对要为我负责这件事有多疲惫。

"到这里就好，我可以走回去。"我对他说。

我想如果我车门关得足够狠，格里尔森先生可能会来追我。这就是十四岁少女的想法。我以为如果我下车后跑几步进入风雪中，他可能会在我身后跟着——以减轻他的愧疚，并确认我安全到家，或者把他饱经沧桑的粗糙的手伸入我的外套，或者随便做什么事。我并未上山，而是走向了湖边。我冲上冰面，大雪狠拍着我的脸，但当我回头看时，他那前灯大亮的车正在树林间掉转车头离开。

第二年秋季我升入高中后几个月，格里尔森丑闻终于被公开了。我是在为他人倒咖啡的时候，无意间听到这桩绯闻的，当时我在镇上一家餐厅做兼职服务生。他在之前的学校被指控有恋童癖与性犯罪，并被开除，他相当于是贬到我们这所学校——从他之前在加利福尼亚的居所里翻出一堆色情图片。那天下班后，我拿着赚得的小费走到街边的酒吧，在前厅的自动贩卖机上买了我人生中第一包烟。之前我在家里偷过一两根，我知道当烟点燃之后不能大口猛吸。但当我躲进停车场后潮湿的灌木丛时，我不禁潸然泪下并剧烈咳嗽，心中充满了丑恶的愤怒。没有什么能比"上当受骗"更能形容我当时的感受。我觉得我隐约觉察到了格里尔森先生的本性，而且他完全欺骗了我，他选择无视我在他的车里对他做的一切，把自己伪装成一个比真实的他更好的人。他是个合格的教师。我想起格里尔森先生用拉链把他粗壮而温暖的脖颈锁回他的外套领子里；我想起当我靠近时他身上散发出的浓重的体味，好像他的衣服在被汗水浸湿之后，又在寒冬的空气里阴干。我想起所有的一切，最后，我对他的感觉，竟只剩下一丝别扭的遗憾。人们并不能通过真诚的努力，或是不断的解释改变别人对他们的看法，这在我看来并不公平。

在我六七岁的时候，我妈妈把穿着内裤的我放进洗澡盆里。那是仲夏的某天上午，一束光打在她脸上。她用量杯慢慢将水倒在我的头上。"我居然在干这事儿，真是不可思议。"她对我说。

"什么事儿？"我哆嗦着问道。

"好问题，"她说，"亲爱的，就是你这锅'新大米'，居然是我从头打理出来的。"

格里尔森先生撂下我的那天晚上我并不想回家。我愉快地想——每当我吞咽的时候，我感觉嗓子里好像有一串钩子似的——自己怎么样才能打破湖面这层脆弱的冰而后直直地沉下去。我的父母可能到明天早上之前都不会担心我。我妈每晚都会一边帮囚犯缝被子一边打盹，我爸则会到湖对岸已经清空、等待出售的房子里寻找木材。我甚至不敢确定他们是不是我的亲生父母，他们可能只是两个陌生人，恰好在其他人都去了双城① 上大学或工作后依旧留在这里的两个人罢了。比起父母，他们更像是半路兄妹，虽然他们一直对我很好——从某方面来说，没有比这更糟糕的了。这比用分角硬币去购买麦片、从邻居那里拿旧衣服、被叫成"共党"或怪胎这一系列事情都更糟糕。在我十岁的时候，我爸爸在一棵巨大的白杨树上为我做了一个秋千；我妈妈用剪刀剪下粘在我头发上的苍耳。即便如此，格里尔森先生把我撂下的那天晚上，我一直赌气地想着，等到我的身体穿透冰层掉入湖里：现在饭熟了，妈妈。有一整锅呢。

我在社区大学入学又退学，然后去双城做了一段时间的临时工。在这期间，我在网上发现了一个国家数据库，你可以在这里查到所有性侵者的姓名并找到他们在国内的位置所在。你可以在州地图上看到他们从一个城市到另一个城市、从阿肯色州到蒙大拿州、四处寻求便宜住所、进监狱又被释放的红色足迹；你可以看到他们想试着用新的名字生活，但最终被他人发现他们的伪装，每当这种事情发生，网上都会弥漫着大量愤怒的帖子。你可以看到义愤；你可以看到他们再一次尝试；你可以跟着他们的足迹去到佛罗里达南部的沼泽，在那里的红树林中，他们开了一个很罕见的小古董店，什么都卖，垃圾也卖，严重生锈的灯和毛绒玩具鸭、假的鲨鱼牙齿、便宜的金耳环……他们售卖的一切你都能看得见，因为不断有人更新

---

① 双城（Twin Cities）：明尼苏达州的州府。由明尼阿波利斯和圣保罗两座城市共同组成，也因而得名"双子城"，一般简称"双城"。

着帖子，细节描述十分到位，围观的人还真不少，信息也在不断更新着。有帖子写道："我是否应该从一个性罪犯那里买地图？"这问题看起来似乎确实处于道德灰色地带；有帖子写道："我是否拥有宪法权利告诉他，我不希望他在这里以半价出售明信片？"有帖子写道："我是否有权告诉他去他娘的狗臭屁？"还有帖子写道："他以为他是谁？"

2

卷子挨个往后传。这就是高中的做事风格。第一个同学拿到卷子以后向后传，传到本列最后一个再传给邻桌，就这样慢慢以"己"字形传到全班同学的手中。那些加入了"拉丁语俱乐部"辩论队的优等生们，会舔一下手指，然后快速拿走自己那份。这已经成了他们固定的动作，像游泳运动员在折返时都会用半边嘴呼吸一样，他们则是舔手指。当卷子传到冰球运动员们时，都得把他们非常温柔地摇醒，而且态度必须恭敬——否则我们就会再一次失去地区冠军。他们从小憩中醒来，留下自己的卷子，剩下的向后传，然后打开一包薯片倒入嘴里，最后擦擦嘴唇上的盐，便又回到自己梦中的帝国。他们还能梦见什么别的？我们的生活就是他们的梦中的世界。我十五岁的时候便认识到了这点。他们让梦变成现实，所以老师们会因此原谅他们上交空白试卷，啦啦队队长会因此在赛前动员会上疯狂叫喊着他们的名字，磨冰机会在大片的结冰水面上，不停歇地为他们磨平目之所及的世界。那一年我们搬进了一栋新的教学楼，教室的砖墙是白色的，面积比之前的更大，不过外面依旧是我们小时候看到的那样，并未有什么改变。又是一个冬天。

教室外：闪闪发光的冰下封藏着四英尺^①的雪。

教室里：欧洲历史，公民教育，三角学，英语。

最后一节课才是生命科学，由我们之前八年级的体育老师莉斯·伦德格伦授课。傍晚时分，她会穿着她的抓绒外套和迷彩防雪背带裤从初中部跋涉而来。伦德格伦女士有个特点，只要她生气或激动，她会马上转入低语模式。她以为这会让我们更认真地听课，以为这会让我们专注学习原生生物和真菌，以为即使我们无法听懂她句子里的所有词汇，也会更努力地学习减数分裂。"孢子……缺少水和热……大量移动。"她轻声说着。而我们好像在听一些晦涩的传说，由于讲得太多，已经没有什么我们需要理解的了。

在她的课上，你总能听到时钟滴答滴答的声音。透过每一扇窗户，你能看到一阵阵狂风席卷起积雪，第二天又把雪夹带回来，雪堆竟和房子一般高。进化论授课后期，有一天，晚季风暴刮来一段结了冰的巨大杨木树枝。透过窗户，我看到它被狠狠地摔到地上，并差点砸到一辆从学校对面的杂货铺刚开出来的蓝色小汽车。彼时，伦德格伦女士正在黑板上草书着自然选择的优缺点，粉笔在黑板上吱吱作响。当我向窗户探出身子时，玻璃起雾了，什么也看不清，我坐回座位。一个穿着连帽派克大衣的人从蓝色汽车里走下来，把树枝拖离马路，然后坐回车里。接着，那辆本田转了一个大圈，用轮胎压碎了几根小树杈。

---

① 英尺（foot）：计量单位，1 英尺 =0.3048 米。

几分钟之后，太阳出来了：闪耀的光线，照得我们昏昏欲睡。由于寒风指数过高，我们提前半个小时放学也不奇怪了。从公交车站下车，我踩着前人留下的脚印往家走。脚印已经被新的雪填满，每踏一步，脚下的雪便发出咯吱咯吱的声音。我感受着从湖面吹来的一阵阵风，听着松树在我头顶上发出嘎吱嘎吱的声音。走到半山腰的时候，我开始觉得肺部被冷风灌得皮破肉烂，脸也变得不是脸，好像被刮平了似的。当我终于抵达山顶，放慢脚步想要清理鼻子里的冰碴，一扭头发现湖对岸有一团从车的排气管排出的烟雾，我斜眼看着，必须要很努力才能从一片白色中辨认出它来。

是镇上那辆蓝色本田小轿车。一对夫妻正从车上往下搬东西。

那片湖瞬间变得非常窄，两岸间的直线距离不超过八百英尺。我盯着他们看了几分钟，手上则不停揉搓着手指，握成拳头的时候，关节发出嘎吱嘎吱的声音。

之前我见过这对夫妻。八月份的时候，他们来考察他们湖边小屋的工程进度。小屋是由一群德卢斯的大学生搭建的，他们用了一个夏天用挖沟机清理灌木、安置夹板墙、为拱形屋顶铺上屋顶板。完工后的房屋和漫河周边所有我见过的房屋都不一样。它的侧墙是用劈开的圆木制成，内嵌巨大的三角形窗户，宽阔的金黄色前廊伸向湖面，看起来像某种船的船头。他们从那辆轿车里拖下几把阿迪朗达克椅子和几只温顺的小猫：黑色的那只体态肥硕，白色那只则趴在他的胳膊上，像个装饰品。八月某个傍晚，我曾看到他们——爸爸、妈妈和从头到脚包裹着毛毯的孩子——走上他们的新前廊。毛毯的一头掉在厚木板上，那对父母立刻不约而同地跪下身子将毛毯折叠起来。孩子像是一位非常受宠、被高举在空中的王子，而他们是他的随身侍从。孩子受到惊吓大声哭闹，声音响彻湖面，他们赶紧用一些很甜蜜的话安抚他。这便是我上一次看到他们时的情景。

到了冬天他们再次回到了这间小屋。夜晚，小屋炊烟袅袅，我看到那位爸爸正用一把粉色的扫帚清扫前廊上的积雪。第二天下午，那位妈妈带着孩子穿着雪靴和防雪服蹒跚走了出来。小男孩在松软的雪里跌跌撞撞地走着，没几步就摔倒了。那位母亲赶紧把他抱起来，但他的靴子没在了厚厚的雪里，找不见了。于是，那位母亲犹豫着是该把他放下来还是就这么抱着他，无助地高举着她可怜的小孩子，让他穿着袜子悬浮在冰雪世界里。

我轻蔑地想，当初他们就不该对这里有什么该死的期待。我也为他们感到遗憾，湖中几乎没有能移动或会呼吸的东西。这就是冬天最糟糕的问题所在，它肆意地用白色填补四周，不给小孩或城市人留任何余地。在厚度达一英尺的冰面下，玻璃梭鲈正浮在那里。它们并不想要游动，或者做任何需要费力的事。它们就这样徘徊着，和浮木一起等着冬季的结束，活着的证明只有跳动的心脏。

我们得准备再过至少一个月的冬天。每天晚上，在顺着梯子爬上阁楼休息之前，我都要为火炉添足柴火；天蒙蒙亮时，我会把余火熄灭，再用冻僵的手指和一些雪松刨花点燃新的火种。我会以极慢的速度将绳索和木头分成几份，屋外就放一条绳子、一半木头。我们往窗框压条里塞入更多破布以保存热量，还在火炉上放了几个装着冰雪的大罐子，第二天早上便能用上罐子里的融水了。我父亲在冰面上钻了一个钓鱼洞，发现那层冰竟有近十八英寸^①　厚。

　　但接下来到了三月中旬，气温骤然升高至十摄氏度并一直维持在这个水平上。从南斜坡流下的水对石笋柱的侵蚀会持续几周。冰面上泛着湿润的光泽，傍晚时分，你能听到整片湖发出砰砰的声音——裂缝出现了——天气已经暖到不需要戴着手套劈柴了，也可以用温热的手指打开狗狗锁链上的插销了。湖对面的人家在他们的前廊上设了一台望远镜——长得像矛一样直指天堂。三脚架旁放置着一个脚凳，到了晚上，小孩有时会站在上面，用戴着手套的两只手紧紧抱着镜筒贴在自己的脸上。他戴了一条糖果手杖图案的围巾和一顶红色绒球帽，每当起风时，帽子上的毛球就会在空中跳跃，像个浮标一样。

　　有时候，他妈妈会戴着一顶滑雪帽出门调整三脚架，提高镜筒高度并自己看进目镜里，那只戴手套的手会放在男孩的头上。然后，夜色完全降临，我看到他们再次走回屋子里；他们解开自己脖子上的围巾、逗逗猫咪、打开水龙头洗洗手、用水壶烧水。那些巨大的三角形窗户上似乎并没安装百叶窗。我像看着自己的晚餐那样看着他们的。我带着我爸爸的博士能双筒望远镜爬上我家小棚的屋顶，转动着有些僵化的镜筒，观察着他们家的一举一动，冷的时候就用脖子为手取暖。孩子跪在铺着坐垫的孩子椅上来回摆动；妈妈几乎很少有坐下的机会，先走到长桌处然后返回，把手里的食物切成片放到男孩盘子里，食物有绿色楔形的、黄色三角形的，还有棕色圆盘形的；她会吹凉孩子的热汤，孩子笑，她也会跟着笑；隔着一片湖，

————————————
① 英寸（inch）：计量单位，1 英寸 =2.54 厘米。

我都能看到他们的牙齿。爸爸好像不在家。他去哪儿了？

　　早春时节，冰锥多了起来。屋顶上的冰锥最后会化成蓝黑色的水，每个下午都踩着时钟滴答的节奏滴落，后来它们滴落的频率变了，变得和我的手指按在锁骨处感受到的心跳频率一致。我的成绩一如既往的烂；当冰球手在梦中重返十二月的时候，辩手们正忙着记互易身份准备辩词。我看到莉莉·赫尔邦被她的朋友一个一个地抛弃。之前她在四人小组里是第二名发言的，但自从冬天开始，她变成第五个。很难说是哪里发生了变化，也很难弄清楚她和格里尔森先生的绯闻具体是何时产生的。但到三月份时，已经没人愿意坐她周围了，就像遭遇火灾后的森林。不过，她的沉默看起来也并不显得特别愚蠢了。她之前的朋友在她的背后压低声音嘲讽她丑八怪。曾经在放学后，她们也是用这个词当着她的面开她的玩笑，笑话她的破洞牛仔裤，以及她廉价的紧身毛衣。而如今，当她们不得不面对她时，她们的态度便会变得极其谄媚：她忘了带铅笔来学校，她们不会笑话她；她忘了带午饭，她们也不会摆出可怜她的模样；只要她开口借钱，她们就会借给她；上厕所的时候，如果没有厕纸，她们还会从隔板下的空隙处递给她，并且小声问道："还需要吗？那些够吗？"

　　但在大厅里，她们只会匆匆略过她。

　　我有些话想告诉她，于是我写了张小字条，然后一天下午，当一摞工作表传我们这列时，把字条夹在其中递给她：关于她们说的有关你和格里尔森先生的事，我并不关心。这并不意味着我想为她辩护——我们从未做过朋友，也从未一起在一间屋子里独处过——她和格里尔森先生莫名其妙地被绑到了一起，我只是想知道为什么。但莉莉没有回复我。她甚至都没回头看我一眼，只是扑到桌子上，装作在学习平方根。

　　所以那天放学后，我很惊讶她居然在后门等我。她戴着一条红色做旧的围巾，穿着一件像极了海员雨衣的牛仔夹克，风格奇异，从膝盖到脖子都钉着纽扣。她的出现让我毫无防备。我尽可能地表现出随意，拿出一支烟，点燃——但我递给她时，她摇了摇头。她眼中似有潮汐，瞳孔注视着这个闪耀、灿烂、感伤的世界。

　　"真是一团糟。"我说，想要打破这种尴尬。

　　她耸了耸肩——典型的莉莉风格，非常甜美——恼火如电击般刺痛了我。

　　透过她的层层红色，我能看到她修长而洁白的脖子。不过她的外套破败不堪，衣缘破损的部分落入她身后的水坑里，这些都让我心情还不错。一直以来，莉莉总是以其让人难以置信的天真打击着我，但现在的她充满了让人难以理解的高傲，与每个人擦身而过。一提格里尔森先生，她就起身离开，像个气球。

　　我找准机会，向她耳语道："他对你做了什么？"

　　她睁大眼睛，又耸了耸肩："在哪儿？"

　　"什么在哪儿？"她看起来有些糊涂了。

　　我向她走近了一步。"我知道之前确实发生了一些事。我本应该警告你的。"她并未看我，我看到她一侧的头发被条状发夹别起来，露出一只耳朵。那只耳朵被冻得通红——在阳光下闪闪发光，和唇色奇妙地相似。我突然蹦出一个想法："那一切都是你编的。"

　　虽然她什么也没说，但直觉告诉我，我说对了。

　　"关于你和他。"我咽了一口唾沫道。

　　"嗯。"

当时的我们大概只是肩并肩站在路边石上，等着开往不同方向的公交把我们带走；我们很努力地无视着对方：我静静地抽着烟，她则优雅地从外套口袋拿出一罐可乐喝。那个当下，我感觉自己离她很近，任何语言似乎都是多余的，流动在我们之间的沉默中充满了各种可能性。我们能听到目所不及之处的水流之声，那是流向街道和人行道的小溪；我们能听到晶体盐在车轮下嘎吱作响。然后，莉莉把可乐甩进雪里。在我看来，她对我非常随意地说了这件事；她只告诉了我一个人，因为我没有其他人可以说，所以告诉我就像是把一个秘密扔进了雪堆里。

我含着烟的嘴唇突然变得笨拙了："都会过去的，你知道的，那些闲言碎语。"

她第三次耸了耸肩："你是这么想的？我可不这么觉得。"

她用靴子踩碎一块烂泥，拉扯自己的围巾直到它让自己看起来美丽不可方物，修长而弯曲的胳膊将天空分割出不同的几何形状。

她听起来很满足，甚至有些骄傲。

第二天，我跟在她身后。我在厕所最后一个隔间吃完我的花生酱三明治，刚出门便看到莉莉走进指导老师的办公室，但我只看到了她的后脑勺和她鼓鼓的蓝色背包。下午的英语课她没出现，但后来我在自动饮水池处看到她，她弯着身子小口地啜着，长长的黑发被一只手握住。她上楼梯时，我悄悄尾随其后。走上最后一阶，她的眼睛看向二楼的窗户，从那扇窗户向外望能看到几只略显紫色的乌鸦正从学校垃圾桶里往外拣垃圾。她停下来略做思考，她转头的时候我能看到她的眼白。然后，最后一声铃声响起，我看到她走进那个空荡荡的亮着荧光灯的大厅。

　　从外面看进去，莉莉并未有什么改变。她的衣服依旧花哨而鲜艳：无缝紧身毛衣搭配洗白磨损破洞牛仔裤。她的衣领还是开得那么大，露出大截乳沟；她还是喜欢用脚尖走路，像一只在地面觅食的小鸟。莉莉之前一直是每个人的宠物。她热切地想要愉悦众人。而如今，当她走过时，人们都不看她便转身离开，甚至她自六年级就开始交往的男朋友拉尔斯·索尔温在大厅里看到她都会生气，你甚至能看到他隐在金色胡须后面因愤怒而潮红的脸颊。他身高六英尺，是冰球队的候补前锋。他找到了一个躲她的绝妙办法，就是靠在教室附近的储物柜上看他的运动手表。当她靠近时，他的兄弟们会凑过来围在她周围，摸摸帽檐，提提牛仔裤。他们都会朝下看——把目光投向离莉莉的乳沟最深最深的地方——距离教室门最近的那个的家伙总觉得自己要有为她开门的风度。

　　"谢谢。"她面无表情地说。

　　我跟着她走进了生命科学课的教室；我是自己开的门。

　　几年来我一直坐在离她较近的位置上课：姓名登记簿上，福尔斯顿和赫尔邦隔得并不远；几年来我一直对莉莉隐约有种抵触与愤恨情绪——她住在向北走过三片湖的一辆拖车里、每个人都爱她、她的父亲每周六都会在雁颈高速路上喝得烂醉，她必须要在去教堂之前把他带回家。如今我把桌椅向她那里挪了挪，我看到她毛衣袖子上的绿色毛线在她翻开笔记本的时候微微颤动。我注意到她不是在记录原生生物可被消费的短暂生命，也不是在学习细菌在食物链作为分解体的重要性图标。她用笔慢速画着蜿蜒曲折的螺旋线条，然后在形成的封闭区域内，画上许许多多个笑脸。

3

是谁在看谁？

一天早上，当我出门喂狗时，我看到湖对岸的望远镜正对准我爸妈的小屋，看起来像是一支箭透过那扇塞满抹布的窗户直至小屋的中心。前门挂着一块长满霉菌的防水布。我的头皮一阵阵发麻。

我抬眼望去。一阵微风吹过，一片干枯的黄色树叶在我头顶上方飘着，它并非直接掉落，而是先飞得高了些，又飞得低了些。我轻轻跳了跳，试着抓住空中飞舞的落叶。然后我一边一只手抚摸着狗狗的头，一边像往常一样对着插销呼气以将其解冻。"哈——"我呼出的热气在空气中形成一团雾，狗狗们因此欢欣鼓舞，又扭身子又转圈，等着我挨个为它们解开锁链。"去吧。"我对它们说，"亚伯""医生""静静"和"贾斯伯"立刻奔向森林。我听到它们在陈雪堆里奔跑的呼吸声。随后，旭日映照在树顶的积雪上发出白色的光芒，结了冰的湖面在它们的爪子下发出嘎吱嘎吱的声音。这些冰扛不了很久了。

它们确实没能坚持很久。当最后一块边缘参差不齐的冰块向岸边漂走时，当北边的山坡上只剩最后一堆积雪时，我又看到了住在湖对岸的小男孩在离我家不远的路边蹲伏着。那天天气不冷，可以敞着外套在户外待着。在从公交车站往回走的路上，我一直拿着一本书在读。我不记得是什么书了，那时候我对一切带有地图和图表的东西都特别着迷，那本书大概讲的是 "建造自己的皮艇，拯救老西北①" 之类的。就在我快走到漆树小路时，我看到了他。一辆自行车翻倒在碎石路肩上，车把手朝下，车轮朝上，倒是很稳地立在那儿。过了一会，我看到一个姑娘笨手笨脚地用锁链绕在车上。当我走近时，他俩都抬起头来。我注意到他们有着相同的黑色眼睛和橙色的金发。

他们不约而同地抬头让我想起了小鹿，通常来讲小鹿遇到这种情况会跑掉。但他们没挪地儿。

"嗨。"小男孩打了个招呼，便又兴致盎然地开始处理地上的事情。

"她在那儿。"他对身旁的姑娘说。

"哪个她？"姑娘回应道。然后，她看到我："我们好像还没见过。"她说。

她像那个男孩一样友好却有些慌乱。"哈哈，我想我们遇到一点麻烦，"姑娘大笑着，把一只肉乎乎的小手放在男孩头上，"正如你所见，在处理车辆方面，我总是一团糟。我丈夫都不太信任我

---

① 老西北（Old Northwest）：这里指的是美国独立战争后领土的西北部，指的是俄亥俄河以西北，五大湖以南，密西西比河以东的三角区域。包括现在俄亥俄州、印第安纳州、伊利诺伊州、密歇根州和威斯康星州的全部以及明尼苏达州的东北部。

在车辆方面的技能。不过他可不是什么大家长，千万别误会。"

"是大家长。"男孩头也不抬地说。

"只是一个喜欢掌控一切的男人，以非常不正当的手段，"她看着我，向我寻求认同，"对吧？"

"好吧。"男孩说道，但手上仍忙不停。他似乎想把被雪压平的树叶塞进一个黑色小袋子里。

"举例来说吧，我们到这里的第一天，我在路上驶行，却'咣'一声正好撞进雪堆里。所以我说，我和车留在这里。这个计划不错吧？"她又看向我，想要得到我的赞同。之前一直是在夜里透过窗户看她，如今见到真人，她比我想象的更瘦小——四肢相对于身体而言要瘦一些，她跟我一比，身形还真是迷你。她穿了一件栗色的芝加哥大学运动衫，小臂上还套着套袖。"你是我们湖对岸的邻居吧？"她接着说道，"我还没打过招呼吗？"然后她转向小男孩问道："我跟她打招呼了没？我觉得已经忘了怎么和人打招呼了。"

男孩站起来道："应该这么做：'您好！'"他冲到我面前，伸出一只黑乎乎的"手"等着我握住。这肿胀的"手"以一种很怪的方式伸到我的面前——手指完全张开，张开的程度一般人做不到。

我向后退了几步。

"这是我的第三只手，"他说，"为了生存。"我过了好一会儿才意识到，这孩子在一只男性皮革手套里塞满了叶子，而他现在正用它狠狠敲打着一棵松树的树干。打了几下之后，他喘着粗气坐下，筋疲力尽。

"他特喜欢做这种事，"姑娘向我解释道，"那么现在让我来介绍一下，我是妈妈帕特拉，他是孩子保罗。而邻居你，到目前为止，还是空白'小姐'。"

男孩大笑起来："'空白'小姐。"

近距离看，她太过年轻，没法当任何人的妈妈。她似乎没有眉毛，跟我一样瘦——没什么曲线——穿着棒球鞋、紧身长裤，外面还套着过膝羊毛长袜。她的头发和小男孩的一样是泛着橙色的卷发，用一个蓝色的塑料发带绑在后面。她笑了起来，发带从她的头顶向后滑落："我开玩笑的。你叫——"

玛蒂，我心里想着，此时一阵微风吹过，树脂的香气弥漫周身。"琳达。"我开口道。

蹲伏在地上的男孩儿扯了扯他妈妈的套袖，说道："我有些事儿要告诉她。"

"你就在这儿说吧。"

"是个秘密。"他哀怨地说道。

"那你就赶紧起来去说啊。"她敦促着男孩儿起身向前走。我在路的这边，他们站在另一边。"过马路要看路。"她叮嘱男孩，然后转而对我说道，"虽然从我们停下来到现在，我没看到过一辆车经过。这简直不可思议。这儿的人就在高速路中间看书。"

她说完冲我眨眼了吗？她是在嘲笑我吗？我应该笑吗？

她对孩子说道："先看右，再看左。没问题，可以走了。"

庭审过程中，有一个问题贯穿始终，即你是什么时候确定情况不对劲的？回答大概是：几乎是见第一面的时候就觉得。但当我开始和他熟悉起来后，这种感觉又消失了。保罗带着气息音的说话方式，他兴奋却不得不坐下时的姿势……但这些小癖好在我眼里，越来越像是他与生俱来的本能。保罗敏感而脆弱，受到刺激时会狂躁地大喊大叫。我已经习惯了他的情绪化。他有着和年龄不相称的成熟。我认识他的那年春天，他才四岁。他眼睑下垂，双手又红又肿。那时他有一个计划，就是在五岁生日之前，登上火星，并拥有一双系带的鞋子；他会在自己的桌子上用石头和杂草搭建城市模型；他几乎每件衣服的前胸上都有火车图案，托马斯火车头、十九世纪运畜车，抑或是蒸汽机。他这一生中从未见过真的火车。这一整个春天，他都被扣在他母亲自行车的塑料后座里，晃晃荡荡地去杂货铺或者邮局。不管上哪儿他都会带着那只老男人的皮革手套，手指部分被磨出了紫色，手掌部分则已经被腐成了绿色。

　　他一过马路就把那只手套递给我，然后双手抱拳缩放在裤裆处。他让我弯下腰来。"我得去趟厕所。"他小声说道。

　　哦天啊，我记得自己当时十分无语。夕阳将息，眼见他踱步离开马路，匿入某片森林中。我应该拿这只手套怎么办？我看向他妈妈，她把手放在运动衫上蹭了蹭，边扶正自行车边喊小男孩回来。她推着自行车走过马路，拨响把手上的车铃，儿童头盔悬在空中——那下颌带挂在她的手腕上。

　　"我想他必须得——"我想向她解释一下他去干什么，但这似乎显而易见。小男孩儿的两只手正捂着他的档部呢，似乎没必要把小男孩的话再原封不动地大声说一遍。我正犹豫着，她已经把他举了起来，塞入车座，并将他固定好。

　　他看起来要哭了，于是他妈妈在他的额头上亲了一下，撩开遮住眼睛的头发，说道："很不幸车子修不好了，老兄，不过我能推着你回家，我们可以一路走，一路唱歌，怎么样？"她看了眼我手上的手套，我忙不迭递给她，她拿过来塞进他怀里："拿着，你想唱什么歌亲爱的？"

"《仁君温瑟拉》[1]。"他噘着嘴说道。

"唱这首可以吗，琳达？你要跟我们一起走回家吗？"她越过小男孩的头顶冲我微笑——于是我便目睹了她是以何种快的速度，从一个抚慰人心的妈妈变成了阴险的大人。不过我没有与后者结盟莫名其妙地让我觉得很开心。鬼使神差地，我点了点头，连我自己都很吃惊。

我们走到了他家。他家门没锁，保罗用双手转动门把手，顺利地进了屋。进屋之后，那位妈妈和小男孩儿在垫子上跺着脚。小男孩儿低声吼道："FEE-FI-FO-FUM。[2]"妈妈回应道："我闻到了英国男人血的味道。"然后她扑通一声坐到地上，小男孩儿则坐到妈妈腿上。妈妈一边"啃着"男孩的脖子，一边给他脱鞋子。

我看着这个仪式，心想，这是他们的规矩。窗台上的猫儿警惕地看着我走过垫子、走进屋子。那一瞬间，仿佛涉入温暖的水中——

---

① 《仁君温瑟拉》（"Good King Wenceslas"）：是一首圣诞颂歌，歌颂一位波西米亚君主，温瑟拉一世战胜严寒天气，在圣诞节的第二天，圣史蒂芬日，给贫穷的农民送去救济品。

② 保罗和妈妈的对话出自英国童话《杰克和豆茎》（"Jack and the Beanstalk"）中的一首四行诗：Fee-fi-fo-fum / I smell the blood of an Englishman, / Be he alive, or be he dead / I'll grind his bones to make my bread.（Fee-Fi-Fo-Fum，我闻到了英国男人血的味道！不管活的还是死的，我要磨碎他的骨头做面包！）

暖气烧得太旺了。我甚至能感受到盖在我皮肤上的每一层衣物、每一分重量。从外向内，每一层外衣我都能持续而清晰地感受到——狩猎夹克、毛衣、法兰绒罩衫、T 恤。没穿内衣，浑身是汗。汗从我的左侧腋窝滴下，我打了个哆嗦。

"来吧，进来吧。"帕特拉穿着袜子站起身说道。保罗的鞋已经脱掉了，正爬离现场去尿尿。

我在夜里透过窗户看到的房间基本便是他们的小屋的全部了；充斥着闪亮旋钮的厨房是房子的内墙，透过远方的窗户只能看到波光粼粼的湖面。我能看出所有的家具都是新的，清一色的栗色、奶油色、棕色和黄色。灯芯绒沙发安坐在角落里，房屋正中心安置着一张黄褐色的桌子，色泽新鲜得像是用刚劈开的松树原木做的。这时，昏暗的门厅处有抽水马桶的声音，然后我便看到那男孩儿在门厅处玩着自己精心设计的游戏，他只穿着袜子，从一块椭圆形地毯跳到另一块，这需要他全神贯注。然后他跑到我身边说道："脱下你的鞋呀。"

靴子，湿透了的袜子，还有的黄色脚趾。想到这些，我摇了摇头。

"那你脱外套呀。"

我没听他的。这间屋子像是有日光倾泻一般暖和，那种昏暗、微弱却又炙热的鹅黄色暖阳。我有一秒钟很担心妈妈会透过窗户看到湖对岸的房子里的我，转念一想，那些巨大的三角玻璃白天特别黑，她什么也看不见。

"把鞋脱下来。"他说道。

"保罗，你这种行为和暴君没两样。"他妈妈对他说道。

"暴君。"他机械地重复道。

　　"是的，主教，甚至比主教还糟，你这是在未通过选举获得权力的情况下，指挥每个人做事。"帕特拉在长桌边往水壶里倒水。我还记得之后发生了什么——很快，她就端来盛着热饮的的马克杯和盛着热食的盘子，然后为我们切东西吃。

　　"我们来做点什么吃的吧，"她向我提议道，"跟我来琳达。"

　　保罗抓着我的手。"把鞋脱了吧，"他不停地恳求着，"把鞋脱了，把鞋脱了吧。"

　　我并没弯下腰，也没特意换一个专门哄孩子的声音对他说："不，谢谢，"但我特意放低了声音，甚至像蛇一般，让帕特拉听不到，"放开我的手好吗？"

　　小男孩抬头看着我，一脸茫然，就好像我对他说的是：摘下你的面具。

　　过了二十分钟不到，我们便吃上了奶油意大利面和一道只用生菜做成的绿色沙拉，但这种生菜我生平从未见过。生菜叶子蜷曲在我的叉子旁边，我裹在外套里的身体僵硬地换了个姿势，笨拙却又小心地举起我的那杯茶，小口啜饮着。靴子依旧重重地挂在我的脚上。我把黄油涂在吐司的一角上，汗水已经透过 T 恤和法兰绒罩衫，开始清洗我的外套。我并未将此放在心上。漂浮在我手里的马克杯底的茶包像是溺水了，但味道却似春天一般清新，好像薄荷和芹菜。热茶的蒸汽润湿了我的鼻子，眼前的场景也氤氲了起来。帕特拉把小番茄切成了精致的红色硬币。

　　"我会跟利奥说说这里还有你这样一个人，"帕特拉说道，"他一直很确定，如此远离城市的地方，只有老嬉皮士和隐士才会来。他还说要小心熊和鸭子。"

"是有一支鸭子队。"保罗表示赞同他爸爸的话。

"利奥？"我问道，目光四处搜寻着。

"我爸爸。"保罗解释道。

"他现在在夏威夷，"帕特拉补充道，"正为原星系处理三月份的数据，先建立一个系统的表格。"

"噢，夏威夷啊。"我点了点头。我试着让自己听起来像是最近刚去过那里，发现那里的食物不合胃口，当地人也不友好。我耸了耸肩，好像我浪费了太多时间在那个热带岛屿上找什么所谓原星系了。

"嘿，"帕特拉对我说，"说到这个！"在此之前她一直在用刀叉理顺保罗的面条，让它们以相互平行的姿态躺在盘子里，这时她手上的动作停了下来，"我们应该叫你妈妈来吧？我们得让她知道你在这儿，以免她惦记着给你做晚饭。来。"她一只手伸到后面，从兜里拿出了什么，然后说道："森林服务中心有个信号塔，"她在身后不知做着什么动作，"利奥在房顶上安置了一个超大信号增强机，所以，你出门向后，站在望远镜旁边，就有信号了。"过了一会她又开口道："只是有时候有。"

我小心接过她递来的手机。这个大小的手机比我想象的更沉一些。几年之后，我会故意把我的手机扔进河里，因为我话费欠债太多，他们停掉了我的通信服务，我也就没用手机了。那都是后话了。回到这个场景中，此前我从未亲手拿过手机。我坐在那里感受了一会儿它的重量，观察着它圆润的塑料外壳及塑胶包裹着的天线。然后，为了不让我那套着厚厚外套的胳膊肘撞到什么，我小心地把椅子向后推，然后直起身来走到屋子外面。

天已经暗下来了，我站在前廊上，冰冷的空气让我的外套重新变得不可思议的轻盈，几乎融化在这空气中了。我怔怔地站着，让我的眼睛适应一下这萧瑟的黑暗。在所有的阴影中，那架望远镜格外鲜活。一只体型巨大而细长的鸟——变异的苍鹭——栖息在一块木板上盯着我看。我并不看那架望远镜，而是把目光投向湖面。最后一块冰已经消融，最后一丝阳光为波浪起伏的湖面染上棕色。上下沉浮的潜鸟沉下了水面。

我踌躇到最后，才将目光定在我父母的房子上。

没人开灯。这没什么可奇怪的。用脚趾头想就知道我爸现在在屋里和"静静"先生一起喝啤酒。基本上每个晚上，我妈妈都会在桌边借着火炉的光缝被子，直到四周彻底暗下来、她被针刺到，才停下来。然后，她会做出十分惊讶的样子，好像是被"新的一天要结束了"这一事实吓到了——而另一个新的一天要来了——然后去点亮一盏提灯，或者启动房子后面的发电机、打开厨房里的灯。做这些动作的时候，她总是摆出一副被冒犯的姿态。如果我在家里，被最后那点作业搞得焦头烂额，她会质问我"为什么不告诉我这么黑要开灯"。其实允许黑夜如此偷袭让我觉得很愉快，我也不知道为什么——不知道这跟我到底有什么关系——但这是真的，我几乎每次都明确知道周围很黑。这种感觉就好像是一次又一次把她引入相同的陷阱里一样，这让我觉得很爽。

又抓住你了，我暗自这样想着。

虽然这片湖面积不大，从这头到我父母的小屋大概也就两英里——相当于在树林里走一个小时。小屋定定地立着：半覆瓦结构，旁边是木料堆，木料后面是一片黑暗。一条光线灰暗的泥泞小路从屋外厕所蜿蜒到工具屋，最后通达小屋房门。屋内就是宽十六英尺，长二十英尺的大小，囊括了我父母的卧室、阁楼、安置着铁炉子的客厅以及一张废木头制成的桌子。我曾经在夜里测量过，我能从烟囱里把一根烟从屋里钓上来；我也几乎看不到狗狗的影子穿梭在松树的影子之中。

我能很清晰地听到身后的声音——叉子抓挠着盘子，食物开始冷却。

我随便戳了几个键，然后把电话举到耳边。我想像着帕特拉在我身后注视着我，大吸一口气。

"不，妈妈，我很好。几个小时后我就回家。不，他们人很好，就是帕特拉和保罗！他们想让我待到晚餐结束，想跟我一起玩'捉鱼'的游戏，然后想让我给那个小男孩读一则故事，一起看《绿野仙踪》的 DVD。他们想让我待在这儿一起吃爆米花。不，我不知道他们是干什么的。她或者她丈夫可能是个天文学家之类的。不，这不神秘，这很科学。这就是科学的定义。他研究星星。不，他们没有要绑架我，就是一个妈妈和她儿子在这里，不是什么狂热信徒，也不是来自嬉皮公社或者什么奇怪的组织。哦，他们很简单，真的。他们需要引导和帮助。他们需要有人告诉他们树林的故事。"

4

　　而我确实这么做了。进入四月，我开始带着保罗树林里散步，他妈妈则在家里修改她丈夫的研究原稿；一摞一摞印刷过的纸张被摆放得到处都是：厨房案台、椅子下面……家里还有大量的书和册子，我曾经偷看过它们的名字：《预测与承诺：外星体》《圣经要义下的科学与健康》《空间的意义》。

　　帕特拉的原话是"出门待几个小时"。她给了我几袋子零食——就是那种做成棕色蝴蝶结样式的小椒盐脆饼干——然后递给我一个蓝色双肩包，里面放着几瓶水、几本关于火车的书、餐巾纸、涂色书和蜡笔以及防晒油。我把包背到背上，拉着保罗的手，他的小手指潮湿而灵活，但充满信任，不会因为我碰触到他而做出任何激烈的反应。

　　他不是动物。我不需要赢过他。

　　帕特拉愿意给我十美元一天，让我照顾孩子。所以我辞掉了餐厅的兼职工作，否则我还得在毛衣外面套上那件花枝招展的洋娃娃套装。这还不是主要的。那些食客给我的是空马克杯和空盘子，是吃了一半的三明治，是盖着蛋糕残渣的湿硬币；而帕特拉给我的是崭新的十美元纸币。

放学之后，我就带着保罗去湖边玩，那里的花岗岩都长着矿物质特有的斑纹，在阳光下熠熠生辉。几片残留的薄冰还贴在湖滨，头顶上方的海鸥突然向我们俯冲而来。我们选在长满石蕊的地方坐下，静静地吃脆饼干。吃完后，保罗一般会仔细检查包装里有没有残留的渣渣，然后把整个包装纸内部翻到外面，将挂在上面的盐舔干净。有时我会偷偷抽一根烟，然后迅速把烟头掷入湖里。大约十分钟过后，我们的屁股湿透了，于是我将放在树后面的背包拿出来，带着保罗起身离开。

在我们离开被阳光晒暖的石头后，气温也开始慢慢下降。虽然已经进入四月，天气到五点时空气就比较冷了。虽然树上的花蕾还硬得像箭头一般闭合着，我们已经能闻到山谷中雪块下腐朽了的叶子的味道。我没有牵男孩的手。每年这个时候，树林是空荡而温柔的，是那些乐于在岩石和圆木间蹦蹦跳跳的小男孩的乐园。我继续向前走几步，在泥土和荆棘间寻找能走的路。保罗一般会带着那只皮革手套——他也只有那一只——现在他正往里面放石头、松叶、和发光的黑色粪球。

"哦，太恶心了。"我回头说道。

"为了搭建我的城。"他解释道。

我抬了抬眉毛："你的城需要兔子屎？"

"是炮弹。"他纠正道。

他并没我想象的那么无聊。他会对松鼠说"小心"，会对垃圾感到恼火，会在湖滨一艘装满水的木舟里清洗他的炮弹，直到它们彻底融掉。我教他折断细枝标识回家的路，教他在长着地衣的石头上走以免滑倒。为了打破安静，我开始在路上告诉他每种动植物的名称：野草莓树、山雀……后来我们看到附着一层青色的废弃啤酒罐，保罗指着它们，我便告诉他那是"锈"。有时候保罗会给我讲讲他爸爸的研究（"他数小星星的数量"）或者他妈妈的工作（"她修正爸爸的语言"）以及他在桌子上搭建的那座"城"，里面有用树皮做的马路，有用树枝和石头做的墙，以及用平展的叶子做成的火车轨道。

我曾问过他："谁在这个城里住？"我记得很久之前工棚里住满了这样的小孩，他们为精灵建造城市，还会制作夜晚出行的小人。

"没人住。"他因为这个问题显得很挫败。

"那你为什么建它？"

他耸了耸肩："就是一座城。"

"就是一座城。"我重复着。我很欣赏。

他把我所做的一切都看作是理所当然。当他爬上岩石却下不来时，他就会张开胳膊——什么话也不说——我便得去抱起他，再放到地上；当他想尿尿，他只会说一句"我得去了"，我便得在他脱裤子的时候挽着他以免他摔倒。我第一次看到他的小鸡鸡时，一阵同情和反感涌上心头。之前我有过一次这样的感觉，那一次是我无意间在一块中空的木头里发现一群没毛的老鼠崽。那些小老鼠有着凸出的蓝色眼珠，粉色的尾巴缠成一团。"啐！"保罗表达着他的厌恶。当时我正帮他提他那湿漉漉的内裤，用叶子给他擦手。"啐！"

我赞同道。后来去树林散步，我有一次特意指着一根原木说："去看那儿有没有老鼠崽。"我们每天下午都能听到在南方结束过冬的加拿大雁在头顶上飞——他们彼此间指示方向，拼命克服风流的阻力，成功排成 V 字队形。当太阳将要落下时，我们转身返回。保罗走得越来越慢，远远地被落在后面。天气已经变得非常冷了——四月的夜晚仿佛一个微型冬天一般——我把包背在保罗身上，然后我背着保罗，向他位于湖边的家进发。他的手指如螺丝一般插在我头发里，他的呼吸温热了我一侧的耳朵。

有一次，正当我帮保罗从一颗离湖滨很远的大圆石上滑下来的时候，我们偶然发现了一个野鸭巢，巢里那些小黄鸭只会蹒跚而行，遇到我们正恐慌地转着圈试图离开。保罗蹲下身子，伸出手想要摸其中一只，几英尺外的棕色鸭妈妈连忙扑闪着翅膀回来，然后瞪着眼睛等着灾难在她的注视下自动消失。它的羽毛若有似无地闪着一丝紫色，顺滑得像鱼一样。保罗抓起一只小鸭子，但他并未使用蛮力，我也没有。他的心地很好，是个非常文雅的小孩。不过最后一秒钟时，他像是被吓到了似的突然缩回了自己的手——好像他在这毛茸茸里感受到了什么很可怕的东西——那个小家伙很脆弱、很坚硬，又很出人意料。

"哦！"他叫出声来。

"怎么了？"我不耐烦地问道。

他的敏感莫名刺激到了我，一股怒火突然上涌。我希望他拿着那只小鸭子，做些没心没肺和孩子气的事儿，这样我就可以摆出大人的样子提醒他要做善良的孩子。我不知道为什么，我希望自己是那个制止他做坏事的人，那个在他伤害这只骨骼脆弱的金黄色毛团时拦住他的人，我想代表动物干预他的行为。结果他如此谨慎而小心，着实惹怒了我。我们看着那只小鸭子摇摇晃晃地走向它的妈妈，在一棵松树下拥成一团。

有一瞬间，我发现自己莫名地想举起一块石头扔向它们——可能我想向保罗展示些什么，让他对正确的事情产生恐惧。

还有一次是刚入夜的时候，我和保罗正在登顶最后一座山。我斜眼看向渐暗的树林，想要设计一条回家的路，这时有几只鹿立刻警觉地抬起脑袋，把自己和树分隔开。

我们盯着它们，它们也盯着我们，这样过了整整三十秒，动也不动地相互瞅着。我们看着它们的时候，它们的数量在不断增长，开始是三只，后来是四只，再后来是五只。它们和树皮、叶子的颜色是完全一样的——灰棕色——但眼周的皮肤是红色的。我感觉得到它们的背部生出一阵微风，把我荡在胸前的辫子吹过了肩膀，躺到了背上。"它们想抓住我们。"保罗轻声说道。这时他抓住了我的手。

"它们是一群鹿，"我提醒他，"它们害怕我们。"

又来了两只。保罗开始发抖。

"没事儿，没事儿的，它们食草。"我安慰道。

鹿在风的吹拂下发出银色的光辉，粉色的耳朵颤动着。我知道它们会在刹那间动身开跑——我能看到它们的臀部收紧。但即使是我，也开始不理智地思考——它们看起来已经准备要全力以赴了，会不会冲我们跑来？

然后它们翘着白色的尾巴跑过远方的山脊。它们带着动物特有的机械美跳跃着——蚱蜢和小鸟也是这样的——好像除了死亡，没有什么能打断它们动作的节拍。树枝上的积水滴到我们身上。只剩下我们了。

Fee-fi-fo-fum。罐头里的汤，袋子里的生菜，我毛衣上的猫毛。猫咪们悠哉地从窗台爬到小地毯上，它们认真地打着滚，把被压在彼此身下的小爪子拉出来。电视里的狗正在说话，我读了一本又一本书。"慢点喝，保罗。"保罗正豪饮着苹果汁，由于喝得速度太快，果汁顺着嘴角流到了下巴上。我的狩猎外套挂在一个衣钩上，还留着我肩膀的痕迹。松鼠在屋顶上蹦蹦跳跳，枫树和红桃树正向土壤深处延展自己茂盛的新生根须。湖对岸——准确地说是湖对岸的松树下——有几只饿狗拽直了锁链，翘首待我回家。我河对岸的妈妈又忘了在晚上开灯，可能在看什么，也可能什么也没看。

帕特拉会在保罗睡了之后才睡。她从后面的卧室走出来，头发贴在脸上，像是刚刚睡了一觉。给保罗洗澡前，她给我一盒有上百块拼片的阿帕卢萨马拼图玩。当她从浴室出来看到我还在拼，她惊讶地眨着眼说："噢，琳达。"我坐在桌边，四周散落着拼图残片，听到她叫我的名字，我把手放到桌子底下，使劲拉扯着毛衣袖口的一根线。"嘿。"我回应道。

我猜她对忘记我还在这儿这件事感到很糟糕，因为她开始忙活着准备零食：微波爆米花和煮老了的鸡蛋。她把这些放进了两个塑料袋里给我在回家路上吃——都是白色的暖食，一个袋子轻得像叶子，另一个则充满了蒸汽。我把它们分别放进两个外衣口袋。

"你自己在树林里走是不是太黑了？"她疑惑道，但也只是在窗户不停地被一根树枝敲打时瞥了一眼窗外后随口一说。她从钱包里掏出十美元递给我。

"没事儿，"我说道，并把纸币接过来卷成一个管，然后举到眼前，假装它是一个微型望远镜，并透过它观察她，"看到你了！"

"哈。"帕特拉回应道，但她并未真的在笑。

我把"望远镜"展开对折，然后一阵羞耻感向我袭来——我和当初装作打电话的格里尔森先生一样，帕特拉则像是莉莉一般迎合我做完这些蠢事。"哈"，她的笑声只是在说"再见"而已。

为什么当时我没直接离开呢？我需要做的就是眨眨眼、把注意力从她身上转移开，然后我就能马上看到所有沿着湖边的老树在我头顶上鼓风；那轮亘古不变的月亮拨开云层，倾泻下一路月光伴我回家。哦，我喜欢夜晚。我很清楚这一点。但不知为何，我发现自己并不想开门。我把对折的纸币藏在我装着鸡蛋的兜里，又花了很长时间拉上外套拉链。

"你老公在写什么？"在最后关头我开口说道。

"嗯？"她看起来很不情愿回答我。

我把手放到布兜里，掂量着爆米花和鸡蛋的重量。

"我猜是很有趣的东西，是关于太空的。"

"嗤。"我回应道。

她微微一笑，弯下身子向那只黑猫伸出一只手。黑猫走过小地毯，蹦到她怀里——像是被渔线扯上来的似的，那么甘愿。它在她的抚摸下斜眼看我，表情如同一个裂了的空心南瓜灯。

"我想，"她的抚摸让黑猫舒服得发出呼噜呼噜的声音，"他写的东西并不属于每个人都能理解的范畴。你知道牛顿吗？"

"被杀的那个？"

她摇了摇头："你说的那是伽利略，他差点被砍头。牛顿被封爵了。"

"我知道。"我说。

"艾萨克·牛顿先生说，太空只是太空，简单说来，就是一切不值一提。然后爱因斯坦表示，不是这样的，物质作用于它，它反作用于物质。"她对黑猫的抚摸使得她的手掌下发出轻微噼里啪啦的静电声。"毕竟无便是有。数学可以证明，这是毋庸置疑的，但有些观察报告也可以证明这一点。我知道数学和报告看起来是对立的，但在重大问题上，它们是相辅相成的。有时候它们确实互斥，我丈夫会把这些争议点全部收纳进来。"

"这就是那本书？"我疑惑道。

她大笑道："这只是简介部分，讲如果我们确实想要理解现实的本质，我们就如何不得不相信，"她停顿了一下，"相信逻辑。整本书更像是从宇宙论这个点切入，讲述生命演进的历史。这是写给大众的书，并不是要证明什么新理论，只是向大众展示我们现下的论证是值得质疑的，因此——"

她听起来想要劝服我相信她自己都并不完全相信或者理解的东西。她的目光越过我的头顶看向远方，思索着是否需要开口再解释一遍，如果需要，应该怎么说。她张了张嘴，又闭上了。

"我猜你有一个英语专业之类的学位。"我对她说道。

她夸张地皱了皱眉："你一直在窥探我的过去！"

我指着长桌上的手稿说道："我看到你纠错的方式，像个老师一样。"

"噢，那可是我最糟糕的噩梦，"她叹息道，"给高中生讲诗人弥尔顿①。"她把一只手放到我的胳膊上，"没有冒犯的意思。"

"没关系的。"

然后她把手收回去继续轻抚怀中的猫咪，我的手也不受控地要去摸它。就在我把手从敞开的兜里拿出来的瞬间，几粒爆米花玉米粒掉到了地板上。

"糟糕。"我跪下来呐呐道。

帕特拉也跪下来帮我捡。她怀里的黑猫蹿到了沙发底下。

我看着帕特拉茫然地捡起两粒散落的玉米粒放到自己嘴里。之后她的目光对上我的，瞬间她的脸变得通红。"很恶心，对吧？真恶心。"

其实那样的她很可爱。她的笑容让我忘记了我自己。

"其实也没有啦。"

我又向地上扔了几粒玉米粒然后捡起来吃掉。然后帕特拉露出了真正的微笑——发白的嘴唇和她的脸融为一体。我们距离如此之近，我看到她上唇上长着细细的绒毛，眼皮上几个棕色的雀斑聚合到一起形成斑点。她有三道额头纹，但并不明显，咧嘴笑起来时那几道皱纹便会消失不见。我第二次扔玉米粒的时候，她又吃了一粒，又一粒接着一粒放到嘴里，这期间她一直微笑着。那是第一次，我们认识以来第一次，我突然发觉她可能很寂寞。

---

① 弥尔顿（John Milton, 1608—1674）：英国诗人、政论家，民主斗士，英国文学史上伟大的六大诗人之一。代表作品有长诗《失乐园》《复乐园》和《力士参孙》。

5

　　这是我最近经常梦见的场景，是那些狗狗，它们正试着让我僵了的手指覆上捆绑着它们的锁链的插销。我用力把它们碗里的冰敲破，让它们能喝点水。在我的梦里，我会用一根棍做碎冰的工具，或者是斧头的尖端和靴子的后跟。这里有个问题，我需要快速完成这事儿。在我的梦里，我总是回家很晚。我总是在入夜很久后在拐过湖岸的最后一道弯，边走边将挡路的树枝推到一边。那些狗狗就在家门口拥作一团：但不知为何它们小得不像小狗，更像是老鼠、乌鸦或者是趴着的婴儿——半蹲伏在它们刨出的雪窝里。它们舔掉爪子上的冰，肉趾上残留的唾液又冻上了，它们不停地舔舐，直至小肉爪流了血才肯罢休。它们不停地抱怨着，但锁链缠住了它们的腿。这种梦总是这样发展。当然在现实生活中，我如果没有按时回家，我爸会把它们带到小屋里喂食。但在我的梦里，我看到冰柱挂在狗狗的口鼻上像獠牙似的，它们看到树林里的我便露出贪婪的神色，横冲直撞，狂吠不止——它们看到我实在太开心了。

其实，在格里尔森先生位于加利福尼亚的公寓里找到图片的藏匿之处的，是一只狗。这是我在格里尔森先生被开除的一周后在《北极星公报》上看到的。报道称，他曾把公寓转租给一个有毒瘾的大学生，而当地警察在一位富有的英国斗牛犬饲养员的资金支持下刚开启了警犬项目，每个人都对这个项目深感骄傲，但这个项目其实违背了这种狗的天性。《北极星公报》犯罪版编辑肯定给加利福尼亚"肥沃山谷"那位饲养员打过电话，因为文章中引用了很多他关于斗牛犬的论述。"我们之前一直对这些狗的天性有所误会，"那位富有的饲养员表示，"曾经我们给它们套上小靴子，和它们一起在床上睡觉。但这不对！应该赋予它们某项使命！不要让它们变成小红帽的奶奶！"

那只叫内斯特尔·克朗赤的英国斗牛犬用了不到二十分钟，便在那个大学生放袜子的抽屉里找到了一千克可卡因，以及浴室水槽下面一鞋盒脏照片。鞋盒是意外发现，并非毒品调查的一部分。但这些照片的内容及归属显而易见。"都是些未成年少女。"文章写道。装照片的大信封上写着"西棕榈大道，亚当·格里尔森先生收"。谁也不知道为什么在他前往明尼苏达州后还要把这些留在这里，以及为什么要用自己的真名做这件事。文章在道德谴责部分写得较为模糊，且后文焦点并未放在格里尔森先生及其被捕上，而是更多地描写搜查狗的胜利，最后竟奇怪地表达了一种积极鼓舞的情绪。文章的最后，"肥沃山谷"的内斯特尔·克朗赤被晋升为军士，被授予金色盾牌，并奖励一周的假期及一警帽的牛奶骨头。

第一篇相关报道——或者任何一条早期警讯——都没有关于格里尔森先生及那个学生的大篇幅描述，也未提及离湖或者接吻。但这并未能制止流言。

那个春天我一直关注着莉莉的动向。四月下旬的一天早上，上学途经棒球场时，我看到她从她爸爸的皮卡上滑下来。前一天晚上气温骤降，一层早春雪使得道路又暂时回到冬天那种泥浆与融雪盐并存的泥泞状态。皮卡轰隆隆地离开，莉莉舔了舔自己的手掌后俯下身来，用唾液化掉牛仔裤腿上含盐的冰碴。她的大衣敞开着，手上没有戴手套，头上没有戴帽子，头发都湿了。我跟着她穿过场地走进学校，她的头发都结冰了——她走路时，头发先是隐秘地晃动，然后就僵硬不动了，似乎用手就能敲断。

进入校园，她并未直接去教室。所有的提示铃都响过了，她不为所动。我跟着她穿过空荡的门厅，走下黑暗的楼梯，经过紧闭的体育馆大门以及放置着很多小铜人的奖品陈列柜——那些小铜人还指着自己的脚趾呢。她很安静，但我比她更静，每一步都走得很小心——一次只走一步——好像在树林里穿行。我利用油毯吸收我的脚步声，莉莉的棒球鞋则发出吱吱的声音。

她在自动售货机那里买了一罐可乐，站在原地快速喝了几口后，便将没喝完的铝罐塞进散热器后面。她打了个呵欠，因此挤出了双下巴，莉莉·赫尔邦未来可能会是个胖子。我以为那时候我已经了解了关于她的一切：我知道莉莉的妈妈在莉莉十二岁的时候死于一场车祸；她爸爸每天早上开车把她送到学校的棒球场；她会去指导教室里在特殊老师的帮助下克服读写困难症；拉尔斯·索尔温就在毕业舞会的几天前跟她分手了；我也知道她是如何描述格里尔森先生对她做了些什么——她说，去年秋天的一天，他放学后开车载她去离湖，在车里亲了她，在门厅里我一直听到"亲"这个词，而这个词中囊括了许多更荒唐的事，但她似乎说不出一个更确切的词。

　　我不知道为什么自己那天跟着莉莉那么长时间，虽然尾随其后很简单。她继续往空荡的大厅走，用手指拨开冻在一起的头发，棒球鞋在棕色油毯上留下一连串的灰色污水。我以为她是要翘课，从装卸区逃到校外——但是不是。她径直走向了女生衣帽间，在其中一个隔间小便、洗手，用指甲清了清牙齿，然后走向角落的失物招领处。

　　我在一排开着柜门的储物柜后看她。之前有人说莉莉有点聋。也有人说她有点精神失常，说她还是婴儿的时候被放在天寒地冻的室外太久了，因此身体很差。小时候，由于她很少说话，而且她爸爸的房车停在向北走过三片湖的印第安部落居留地边缘，因此她被叫作"印第安人莉莉"：那些系肩带的小精灵① 说着"可怜的莉莉是印第安人"，在她的午餐里放上布丁杯。即便所有人都知道，真正的奥吉布瓦② 孩子都在温妮萨嘎湖上学。关于莉莉的外祖母或外曾祖母是部落一员的传说一直流传着，直至她妈妈去世。但我现在才突然意识到，莉莉从来没有去为自己争辩或否认过这种说法。

　　这事是那天我在衣帽间看着她半弯腰在柜子里翻找的时候突然想到的。不过那个柜子真是乱，塞满了夹克衫和内衣。她有条不紊地在失物招领箱里搜索着，直到她发现了一双高跟黑靴，那靴子一

① 系肩带的小精灵（Brownie）：英格兰北部及苏格兰民间传说中的人物，通常守护家庭。

② 奥吉布瓦（Ojibwa）：北美印第安的一族。

上脚，瞬间她就显得老了很多，但笔直挺拔，散发着随意曼妙的美。如果她抬眼看看镜子，就会发现我就站在她正后方。但她没有。她把湿漉漉的头发拧成一团，把最后一滴水拧干。然后她叹了口气，踢掉了脚上那双美丽的黑色靴子，拣出一件平淡无奇的东西夹在腋窝处——一双臃肿的大号蓝色露指手套。她用捡到的条状发夹把头发别起来，然后用捡到的老旧的粉色围巾围在脖子上。系鞋带之前，她把一瓶紫色指甲油揣进兜里。

　　已经进入五月，谁还会穿靴子啊？大片大片的紫丁香花早早地就开了。野苹果花也重重地压在枝头，像冬天的雪一样洁白，但比雪更娇嫩。我们走在路上，花瓣会掉在保罗的兜帽里，山雀会不停地绕圈。

　　进入五月，保罗已经厌倦了树林了，但树林正开始变得趣味盎然。头顶长着绿毛的林鸳鸯和海狸已经回归，你能看到它们用自己的下巴搬运整条圆木过湖。"怎么样？"我建议道。

　　保罗把一根棍子甩在一块石头上。他想要秋千、滑梯和有沙坑的操场，以及有公园管理处用于清洁和维护的公用铲子和桶。一提到公园，他便有一堆想做的事。自他出生到现在，他的大部分时间都住在芝加哥城郊，那里有人行道等完备的公共设施，那里的金毛犬会扑飞盘，有他想要轮胎秋千，棒球内场，以及修整过的大草地。

　　"嘿，哥们儿，有一只海狸。"他说道。

　　"哦，哥们儿。"我模仿他说道，但这让我感觉很不舒服。

　　结果五月中旬的一天，空中下着毛毛细雨，我把穿着绿色雨衣的保罗安置在自行车后座，踩了六英里地前往城镇。上坡的时候我得站起来，用全身的力气踩踏板；当我终于翻过一座山脊，我们便俯冲向下飞驰过与路同宽的水洼。没过几分钟，我们就湿透了。小学校园里有两架塑料秋千，我们费劲地走过操场上铺设的鹅卵石地面，然后保罗终于坐到了秋千上，我在后面推他。

"这是你想要的吗？"我问道。

"是吧。"他回答道。这当然不完全是他想要的。他一前一后地荡着：我站在后面，看着他的兜帽前后移动，一股遗憾涌上心头，我像一根针插进湿湿的沙里一般，就那样怔怔地站着。时间就这么过去了。

后来，不论何时何地，只要我看到一个孩子在荡秋千，我的心中都会涌起这种毛毛雨般的感伤。那是一种绝望——充满兴奋地向前飞行，却又不得不半路折返的绝望。你只能无力地寄希望于在下一次的飞行中，你不会再被拖回来了；不用再一次又一次地从头开始了。

"需不需要再推得用力点？"我问他。

过了一会儿，他说："需要吧。"

已经放学几个小时了，因此只有我们在那里玩。雨已经渐渐停了，但我的胳膊开始酸疼。后来一位年轻的母亲打着伞来了，她推着婴儿车里的婴儿，还带了一个小姑娘。这个小姑娘看起来比保罗大：穿着黄色橡胶雨靴和粉色雨衣。保罗一看见她，眼睛立刻就亮了。他把皮革手套里放着的鹅卵石全都倒出来，然后两手抱在胸前。他想让女孩来推他。等她真来接我的班，用手推他的时候，他又一脸愚痴，专注而茫然地看着前方，好像他不转头就能看到她似的。

我走到长凳处——用嫉妒这个词并不准确，也显得不够大气。保罗在要求女孩跟他一起玩之后，再没对我说过一个字。他依旧坐在秋千上，等着她从背后一次次把的他推上去。

那时，我已经对未来十五岁的保罗有了一个比较完整的认知了。我对这种类型的男孩还是比较了解的——他会坐在小孩秋千上，有一个倾慕他的女孩在身后推着；女孩会用紫色的笔在掌心里写下他的名字，会在放学后等他一起走；他会成为我们镇上小有名气但却喜欢安静的小伙子，或者是擅长讽刺但和善友好的学生会副主席；他会是一名成绩平平但十分英勇的田径队队员，会在手腕处刺一个神秘的中国汉字的刺青，这个字只有他认识，而且还略微有些脏，因为那个刺青是他在贝尔芬一家刺身店昏暗的客厅做的；他可能会被叫作加德纳，别人只知道他的姓。

"再高点。"他对女孩说，语气中并不带一丝抱怨或期盼的情绪，就好像让她推他是帮了她一个忙。一架水上飞机在头顶上飞过，掠过树顶；停车场对面，几个高年级男孩正开着卡车转圈；他们驶过一个个雨坑，发动机发出轰鸣；他们摇下车窗，大声喊着"爽"！

"太危险① 了。"当我在那位年轻母亲身边坐下时，她对我说道。

"啊，嗯。"我点头表示赞同，蹦出来的词儿仿佛是另一个纪元被清洁过的化石一般，因为以我现在的心境我觉得像"危险"、"爽"这样的词语不需要进一步解释。

然后这位年轻女士说道："这些家伙会把我的乳头咬下来。"

---

① 这里用的英文单词是"teeth"，后文"这些家伙会把我的乳头咬下来"呼应了这里 teeth "牙齿"的含义。

因此"牙齿"的含义出现了——这是你在雨中的公园长椅上会跟陌生人聊起的显而易见的漫谈话题。我叹了口气，而她继续道："你弟弟还真是个少女杀手。"

"那你女儿还真是容易被电到啊。"

我们就这样静静地看着他们。穿着黄色靴子的小姑娘站得离秋千太近了，每次保罗往回荡时都会撞入她的怀里，小姑娘则看起来像是做好了要被撞倒的准备。

小姑娘被绊了一下，那女人嗤了一声："谢天谢地，那不是我的孩子。我的意思是说，她是我妹妹，不是我女儿。"

我偷偷看了一眼这位妈妈：她的下巴上有痘痘，眉毛明显有拔过的痕迹；她的字母外套上有口水印，嘴角叼着一根棍形软糖，看起来就像卡通片里的乡下人叼着稻草似的。她本可以成为高中又一个凯伦，我就想笑，不是因为好笑。这些徘徊在漫河的女孩高中毕业后都会生孩子，在十八岁结婚，然后住进父母的地下室或者后院的帐篷里。如果你拥有做啦啦队队长的美貌，但是没有上大学的智商，那这就会是你的结果；如果你没那么漂亮，那你就会去赌场或怀特伍德一家护理院工作。

"你的孩子多大？"我问道，以示友好。

"十五周，"她答道，"我就快解放了。等我三十岁的时候决不再做给孩子喂奶的事了。因为我的男朋友害怕我的乳头！他说看到它们就想吐。"

我再一次侧头看向她，充满好奇。不管怎么说，她男朋友能留在这儿是挺好的，但我还是感到有点惊讶，因为这并不常见。一般情况下，漂亮的女孩都嫁给了去"当兵"的男孩，即那些到处比赛的少年冰球联队的队员。大概这个"凯伦"有某种隐秘的才能吧。我余光瞥见她的胸部在衬衣里波涛汹涌，看起来乳沟惊人的长，乳头看起来像长在上面的小疙瘩。"那你干脆不做了不就好了？"我斗胆问了一句。

"我可不是那种差劲的妈妈！而且有研究显示，母乳对孩子还是很有好处的。而且——"她抬起一条胡楂般的眉毛，"我男朋友到目前为止还是很喜欢待在里面的。他说这是哺乳期的一个优点。"

我很想知道这是什么意思，是什么感觉。

"爽！"那些男孩在卡车里面叫嚷着。

"酷！"另一车男孩回应道。

"他在对她做什么？""凯伦"好奇地问道。

我跟着她的目光看向操场。小姑娘正直挺挺地躺在鹅卵石地面上，保罗那只空的黑手套也躺在她旁边。她摔倒了吗？秋千把她撞倒了吗？就在此时，只见保罗爬到她身上，他的膝盖跨跪在小姑娘肚子两旁，手掌贴在石头地面上。他像是悄悄地在对她说些什么，虽然我们没理由认为他在做什么下流的事，但从他的跪姿来看，他的行为确实具有一定掠夺性、攻击性。小女孩就那么安静地躺着，脸背对我们；保罗的样子像是想要亲她的嘴似的。

但是他只是在讲话。他们看起来像是在玩某种游戏。"有……很重要……所有的都是……心……"他叽里呱啦地说着。有一瞬我觉得那些话听起来像是来自一本童话书，但那些话拧巴在一起，很难让人听出来是什么。接下来这句平调的话我听得十分清晰："上帝无处不在。"

"他在说什么？"这位"凯伦"问我，"发生了什么？"

　　我并不是很确定发生了什么。我们一同站起来，但莫名地犹豫要不要靠近。我们眼前的状况似乎是非常私密、非常隐秘、非常过分且旁若无人的。小女孩开始轻轻地啜泣，保罗依旧蹲伏在她身上，金色的头发悬在他眼前："上帝无处不在！"

　　"这是什么情况？""凯伦"一脸厌烦地看着我，"这都算什么事？"她开始向前走："我在公园里坐着，结果冒出来这些什么古怪的人。"

　　"不是的！"我有点吓到了。

　　"怪胎集结成群到这个镇上，像是那些该死的鹅。"

　　"等等——"我跟在她身后。

　　我瞬间开启防御模式——像一片在空中跳跃的叶子似的——但随即而来的是一股解脱感——我把手放在臀部，好像是我一直在向她隐瞒着什么，而她最终揭穿了我，而我却很惊讶自己能瞒她这么长时间。我不知道保罗在干什么，其实我也并不很在意。我们就是怪胎，因为我们不会在地下室的某个角落里看一下午《芝麻街》①，也不会傻乎乎地在冰球场等着被冰球砸成脑损伤，因此我们对这位"凯伦"和她男朋友，以及她那光秃秃的婴儿所向往的那种"不奇怪"毫无兴趣。而那又怎么样。

　　这位凯伦用一只胳膊夹着她的婴儿走向那个小女孩，然后她一手抓起那个女孩，把她从保罗的身下拉出来。那一瞬间，这个小女

---

① 《芝麻街》（*Sesame Street*）：美国公共广播协会（PBS）制作播出的儿童教育电视节目，这个节目综合运用了木偶、动画和真人表演等各种表现手法向儿童教授基础阅读、算术、颜色的名称、字母和数字等基本知识，有时还教一些基本的生活常识。

孩不知所措，好像被吓得无法呼吸似的，但紧接着，她便发出小孩特有的刺耳的哀号，鼻涕在鼻孔里冒着泡。她满脸通红地望着保罗，爱恋而忧伤，好像她在认识他的这十分钟里，她给了他一切，而他全盘接受。不管怎么说，保罗接受了，尽管他不知道这要付出多大代价。

我并不打算问保罗他在对她做什么，但他主动向我提起了这事儿。在骑车回家的路上，他安静了很长时间。然后他开口说道："那个女孩，那个女孩……"

我扭着头问他："什么？"

"那个女孩……"

"保罗，你伤害了她。"我觉得我有义务对他说这个。

"她摔倒了！"

"所以你抱住了她。"

"我治愈了她。"

"能不能行。"

在我看来，孩子本质上就是怪胎。他能用所有不可能来解释自己行为的合理性，认为他的幻想就是世界的本质。如果你需要，他们会是最棒的骗子——骗人却不自知。这就是我在骑车带保罗回家时的思考结果。雨使得沟洼在我们身下尖叫，自行车轮胎嗡嗡作响。

"能不能行！"保罗说道。

孩子本质上也是鹦鹉。

6

其实，我和保罗之间并不总是相处愉快。大多数情况下我们只是相安无事，整体说来我们也经常能相互妥协达成共识。我允许保罗可以有一天下午去餐厅吃派，作为交换，他会给我一小时乘着独木舟漂在湖上的自由时间。我们坐在餐厅的后排座位上，我请客，毕竟我的储蓄正慢慢地增长。吃完后，我展平一张从帕特拉那里得到的十美元纸币放在桌子上，不是油腻腻的二十五美分或十美分硬币，不用等着拿零钱，也不用和那个有点小胡子的女服务员桑塔·安娜搭话。

"派怎么会这么好吃？"我们往门外走的时候，保罗问道。糖分让他亢奋，忘形到甚至跳起快步舞似的，双脚交替蹦跶着，指尖随着身体的律动轻轻挥动。

"原因就在它的名字里。"我回答道。

"巧克力？"

"是慕斯。"我皱起了眉头。

保罗抬头看了看安在门上方的麋鹿头，鹿角的宽度和男人张开的两臂一样长，鼻孔像碗一样大。

交换到一小时的独木舟漂流时间真是费了我不少口舌。他从开始就对此紧张不安。他不想踏进船里，因为这会弄湿他的鞋子。因此我穿着靴子、抱着保罗蹚过水，再把他放在靠近船头的位置上，那里看起来比舟身边缘更稳定一些。我把他的椒盐饼干递给他，并让他坐在一件发霉了的救生衣上，那件救生衣还是苏丹风格的。我嘱咐他要在我划桨的时候坐稳：不要前后摇晃身体，目视前方就好。那天的湖水很平静，泛着黑色，船桨一浸入湖中就被隐去了身形。保罗因为无聊睡了过去。他垂着头，双臂环抱着货运板，水在船下发出哐啷哐啷的声音。为了把他带回家，我只得让他的腿像婴儿一样缠在我腰上，然后把独木舟半停在岩石上。其实这样一来，如果大风袭来，舟很容易就被卷跑了，但我真没有手把它拖回湖里了。

即使这样，他依旧在我怀里抱怨不止，一边跟我抗争着，一边又不愿意被放下来。走在路上，保罗叨叨着“停下来，停下来，琳达”，好像他被我那来自独木舟漂流的愉悦、被那完美一天的礼物，惹怒了。

我并不是说他特别难照顾，但他确实有点暴躁；他的体内有一条介于听话和捣乱之间的线。比如说，他不能容忍打乱计划。如果我在带他回家之后多在他家里待一段时间——比如有时帕特拉拿出多余的盘子，并告诉我如何用橄榄油和柠檬制作沙拉汁——这时保罗会变得越来越黏人、霸道，整顿晚餐他都会乞求坐在帕特拉腿上，最后爬到她身上，用鼻子蹭她的脖子；她则会一手叉起一片生菜放入嘴里，一手宠爱地抚摸着保罗金色的头发。

有一晚尤其明显。保罗烦躁地喋喋不休，帕特拉正搜肠刮肚地想除了火车和洗澡之外还能说什么。我记得她把她的碗向后一推，用手掌撑着下巴，看着我。

"好吧，琳达，"她说道，那天晚上她还有事情没处理好，眼周皮肤的细微变化透露出她的暴躁，"告诉我。你是不是和那些女孩一样，长大了想养马之类的，或者做个兽医？我能看出来。我说对了，是吗？你就是想做这个。"

其实我和那些女孩不一样。我对未来并未作太多设想。但当我思考未来，我的脑海里浮现一幅怪诞的场景——一辆白色半挂车在高速公路上飘。当然我不能说这个，我不能说我想做挂车司机。因此为了拖延回答问题，我看向桌子对面的保罗，他正缓缓地从椅子上挪到地上。

他嘴里唱着："我想做个物理学家。我想做个物理学家。"

其实我能看出来帕特拉只是在逗弄我。她并不真的在意我的回答是什么，我只需要配合她就是了。她想在收拾桌子、在哄保罗睡觉之前，随便找点事做。在丈夫给她打电话之前，有些什么事情可以让她换换脑子。

"我可能会做兽医，"我牺牲自己回答道，"完全有可能。"

"不，"帕特拉把一只腿蜷起来放在另一只腿底下，"我有一个更好的想法。我很擅长这种事。你看，你，琳达，应该去开阔自己的眼界——去大城市闯闯，你明白吗？很多人会希望认识你。你应该——"她突然打了个响指，露齿一笑，"做旅馆经营者，或者餐厅从业者。"她看起来特别高兴。

“餐厅从业者？”保罗问道。

我笑着咕哝道：“像女服务生？我已经做过了。”我摇摇手，像是在说，这就是你想说的？“我为了你们辞职了。”

她假装震惊得睁大眼睛道：“你放弃做餐厅生意而选择做个保姆？我们真有点受宠若惊了，是不是啊保罗？那我们应该给你一个更好听的名头。不过‘保姆’这个词是怎么来的？”

我耸了耸肩。

“这词可真不咋地，是吧？我们是不是应该改叫你奶妈？不，不，那样听起来你好像个老女人似的。家庭教师怎么样？！就叫你家庭教师吧！”她这时放声大笑，“这个词更好！能让弗洛拉和迈尔斯请来的不可能是保姆。你读过《螺丝在拧紧》[①] 吗？而且保姆是不可能和罗切斯特先生[②] 相爱的，对吧？也不可能当女主角了。你得是家庭教师！”

“家庭教师？”保罗在桌子下大喊着。他等着帕特拉为他解释一下，但帕特拉没有，他掏出一把藏在手套里的小石子，然后扔到地上。

“小心点，”我对他说；而后我又转向帕特拉，“我不知道。我不确定。听起来很女性化。而且，人们会认为你是，比如说百万富翁之类的。”我试图不让自己笑得太开心。

“你这话倒是说对了。”帕特拉噘起嘴道。

---

① 《螺丝在拧紧》(*The Turn of the Screw*)：著名小说家、文艺评论家、心理分析小说的开创者亨利·詹姆斯（Henry James,1843—1916）的代表作。这是一篇近代著名的歌特小说，从表面上看，这是一个惊心动魄的闹鬼故事，其内在蕴含深刻的道德寓意。

② 罗切斯特先生（Mr. Rochester）：小说《简·爱》(*Jane Eyre*) 的男主角。

“我该洗澡了。”保罗也噘起了嘴。他从地上爬到她腿上。

保罗用鼻子蹭着帕特拉的脖子，而她抚了抚他的头发，又拍了拍保罗的脸蛋，但眼睛却看着我：“你说得对，琳达，你说得对。这里的人基本上都认为我是个势利眼之类的。一个异类。”她皱着眉头，但随即又换了个话题：“我还在研究这个地方，试图弄清楚人们是怎么想的。这很有意思。我带着保罗去餐厅吃过四次，也可能是五次？吃的是午餐，每次进去，我见到的人都还是那些人，他们都看着我，笑着对我打招呼，但没有人想了解我，没人问我的名字，或者关于我的任何问题。人们很友好，但也很——”

“不友好。”我接上她的话。

她把保罗放在她衬衣纽扣上的手拿开，他便转而开始玩她的头发，用指尖穿过她金色的卷发。“来这儿真的是对的吗？”她问道，“我当时的想法是，这个春天利奥待在夏威夷，我们去一个新的避暑之处，那里静谧而美好，只有我和保罗，就像是逃遁——”

“逃遁什么？”

她那只还空闲着的手在空中乱比画着。

“你是逃犯？”我揶揄道，“难道你在伊利诺伊抢了家银行？”

“哈哈哈。”她笑着。保罗正猛拉她的头发——并不使劲，但缓慢而坚持。

“如果真是这样，只要你不和别人打交道，没人真的在意你在这里做什么。”我玩笑道，“只要你不占着那些最佳垂钓区。”

“嗯。”

这条故事线太过蹩脚，我都接受不了。但这并不妨碍我继续畅谈：“只要你不是做了什么确实不可原谅的事，比如离婚，或者是个无神论者，或者其他什么——"

"轻点，亲爱的。"帕特拉努力掰开保罗的指头，拯救她可怜的头发。

"或者，或者——"

"保罗，别这样。"她终于忍不住把他从她腿上赶下去，拍了下他的屁股以示其愤怒。她气得声音都高了八度："把你的拼图拿来，小伙子。我们来拼猫头鹰拼图，可以吗？"他转身去找拼图，她便起身快速地收拾碟碗，手里的动作很烦躁，弄出巨大的声响。突然她又坐下了："我真的不知道这种寂静对我们来说是不是件好事。我以前怎么会觉得这是件好事呢？或许保罗回去上托儿所更好，照顾他的人会更……或许来这儿并不是最好的选择？"

她抬头看着我。在她的眼里，我看到了我始料未及的东西。

"这是个很好的选择啊。"我说，但她内疚的表情让我有些不知所措。

那天晚上回家路上，我一直在想格里尔森先生。之前他经常自己来餐厅吃饭——秋天的时候我在那家餐厅打工，才发现他这一习惯。餐桌上的漫谈他总是插不上话，这点倒和帕特拉一样。我很少有服务他的机会，为数不多的几次，他都点的是鸡蛋特餐、滑蛋，一边用叉子用餐，一边翻阅着厚厚的书，封皮上有宇宙飞船的图案。他叫我"创意小姐"，这名称来自之前我在历史之旅大赛中获得的奖项。"谢谢你，'创意小姐'。"他拿起白色马克杯请求咖啡续杯。我不知道该做何反应。有时候他会在接着看书前，和我聊聊我们高中的新老师们。有时候他会只要再加一份奶油，这时他的手指会放在他要继续读的句子上。

不过我最后一次见他是在十一月上旬，那天并不是我当班，我只是去领薪水。大概是周五傍晚五点左右，天气预报称那个周末会迎来当年第一场暴风雪。我刚从霍宁先生的杂货店出来，抢到了最后一批冬季物资，背包鼓鼓囊囊的——包括煤油、盐、厕纸等等。窗外的大片雪花湿答答地落下，像是悬在空中精巧的折纸。桑塔·安娜在收银台结算我的薪水，我则在一旁拨弄掉我头上的雪，假装看不到后排座位的格里尔森先生。我到现在都不知道"创意小姐"这个称谓是嘲弄还是友善，也不知道该如何解释为什么历史之旅大赛结束后，我再也没有在放学后找过他。我记得那天的餐厅不似寻常般热闹，每个人都在家里准备抵御暴风雪。屋外银装素裹，灰蒙的夜晚也变得雪白，衬得餐厅里磨损的塑料餐桌看起来格外孤寂。格里尔森先生看到我站在这里了吗？我觉得他没看到。他正用刀叉切割眼前的食物，又把他一半鸡蛋放到另一个盘子上。我拿着薪水离开又折返回过来时，发现他的对面好像坐着一个人。那人背对着我，我并不知道她是谁。而直到后来，就在那个五月温暖的夜晚，帕特拉第一次叫我"家庭教师"的那天，我在回家的路上突然想起这事，并开始怀疑那天坐在格里尔森先生对面的是莉莉。

丈夫利奥偶尔会在晚餐结束后打来电话，此时帕特拉手机发出的《星球大战》铃声总会吓我们一大跳。每次接电话的时候，帕特拉总会把椅子向后一推，用口型对我说"谢谢"，便拿着电话朝门口走去了。"谢谢"意味着她想让我哄保罗睡觉。虽然很不情愿，但我还是把他带到洗手间，恳求他刷牙，然后哄他上床躺下，如果他不好好待在被子里我就会吓唬他。

"你应该数到100！"当我蹑手蹑脚地要走出房门时，他起身大叫起来。

"你应该在外面受冻！"我转过身怒道，并把他摁回被子里。

"你应该对我好一点。"他在我的控制下扭动着。

"你应该听话懂事一点，"我轻声说道，"你应该做一个可爱的小男孩。你应该做很多你总是不做的事。"

有一次，帕特拉刚给保罗洗完澡，《星球大战》铃声就响起了。帕特拉冲出洗浴室接电话，肩上还挂着一条从保罗身上扯下来的浴巾。保罗光着身子，身上滴着水在屋子里到处跑，又是爬沙发又是钻桌子，把安静趴着的猫都吓跑了。我抓他的胳膊的时候肯定是无意间太过用力了，因为他哭得像是被扎了一下似的。我把他拉到我身前，他挥舞着胳膊在我身边乱转，一只指甲划过了我的脸。我能很明显地感觉到那个尖刺的指甲从我的眼睛划到耳朵。我用眼睛四处搜寻着帕特拉，但她已经走到屋外的前廊上接电话了。顿时我意识到温柔对他起不了作用，必须要变得强硬。我举起保罗扭动着的、赤裸的、胳膊还到处挥舞着的身体——然后把他带回卧室，扔到床上，就像扔掉许多跟木头似的。他光着身子蹲伏在被褥上，身上的水浸湿了被单，看起来可怜巴巴的。他怒视着我，喘着大粗气，嗓子里发出呼噜噜的声音——嗓子里的痰让他呼吸难受。

"这就是教训。"我用我爸的口吻对他说。当初我把独木舟从泥地里拖到三英里外的陆地上时，他就是这么对我说的。我学着我爸的样子，而保罗就像当时那个拖着独木舟、在精疲力竭中崩溃苦痛得大哭的孩子。

"你闭嘴！"保罗大叫道。

"你想让我闭嘴？"我问道。他的指甲在我脸颊上划过的那条痕正火辣辣地疼，法兰绒夹衫上还残留着他留下的潮湿的印记。"你想让我闭嘴？"

他的脸红一阵白一阵。"我是上帝创造的完美孩子。"他说道。

"你刚刚跟我说什么？"我抓住保罗的胳膊。他竟煞有介事、抑扬顿挫地说出刚刚那句话——像极了之前在操场上，他对推他荡秋千的女孩说话时的语气——我的后脖颈突然疼了起来。"你以为你是谁？"我发现自己在冲他嘶吼。

我猜我刚刚的样子确实吓到他了，因为我放开他的时候，保罗蜷缩着肩膀，手坐在屁股下面，面颊紧绷。他一丝不挂，但皮肤的颜色很像穿了一件非常紧的粉红色套装，贴合得看不出一丝褶皱或接缝，潮湿却奇迹般的不透肉，身上散发着婴儿香波的味道。还有尿的味道。

前廊上的帕特拉边笑边高声说话——然后又说了什么，又开始大笑。我回头去把卧室门关上。

"你划破了你的脸。"保罗阐述着他的发现。

"你弄湿了你的床。"我也阐述着我的发现。

然后他就开始哭，那种哭我活这么大还从未见过。他的脸紧紧地缩成一团，却哭不出声音，但每次换气的声音倒是很高。

"冷静，"我对他说，"我们来把衣服穿上。"

"我想要我妈妈。"他啜泣道。

"现在还不行。"我说。

"我妈妈。"他乞求道。

"你想让她看见这个？"我指着他床单上暗色的水渍。

他把眼睛埋进膝盖里，不愿起来。

"来吧，"我说，"过来，好吗？我给你穿上睡衣。"

他终于抬起脸来："呜呜的那个？"

"火车那个，对。"

他躺在床上，我把他的脚塞进羊毛足套里。

我一点一点给他把衣服穿好，然后把被单扯下来，在光秃秃的被褥上铺上羊毛毛毯，把湿了的被单暂时藏在橱柜里，然后打开他的火车小夜灯，温暖的红色灯光让空气安静下来。然后我们一起把他的毛绒动物玩具以他喜欢的方式靠墙排成两排，再打开《晚安月亮》。这期间，保罗用一只手指把他前额处湿润的头发弄成喇叭的样子；而我一直在思考我的狩猎夹克放在哪里、挂在哪个衣钩上，以便我能以最快的速度穿上然后离开。我们都心怀愧疚且感觉羞愧，都希望从对方那里得到我们说不出口的安慰。帕特拉随时都有可能进来，我害怕在她脸上看到困惑而失望的表情，于是我试着想出一套能应付她的最佳说辞。

我可以说保罗刚刚的行为就像个暴君，而且他做了很过分的事：他在我的脸上划出了一道痕，到现在都没消。但当然，我比他大十一岁，什么都比他大——年龄、体重、受教育程度（这是我爸爸会说的话）——他想要的只是在睡前和他妈妈单独待半个小时，但他现在拥有的只有发脾气的能力。

我们僵硬地分坐在皱皱的床铺两边。《晚安月亮》的主角是绿色房间里的小老鼠，我翻一页，保罗跟着翻下一页；我假装兴致盎然，他假装专心致志。我们就这样安静地等着帕特拉回来。

但她进来的时候根本是心不在焉的。她推开房门，我看到她的脸激动得通红，嘴唇也湿答答的。她弯下腰来亲了保罗的嘴，用手把他的湿头发捋到后面，然后她也亲了我一下，在头发上轻如羽毛般地啄了一下。我感觉到我的心跳加速，还不自觉地咽了口水。真希望她没看到。

"你们猜怎么着？"她一进来就兴奋地说道。

我们没说话。

"你爸爸要过来待一整个周末！"

我看着她。她用两手把头发盘过头顶，过了好一会儿才放下。我能听到她的头发在黑暗中散落时，与脖颈碰撞发出的细微的声音。

然后她跳上床，跟我们一起躺下。

我们三个人的年龄呈公差为 11 的等差数列：4 岁、15 岁、26 岁。我不是特别迷信的人，从来不信占星术一类的东西。但那时候，我特别关注 11 这个数字，而且发现这个数字到处都是。我们参加春季赛前动员会的时候，露天看台上等距离摆放着 11 个红色的出口标志。我还发现玩二十一点的时候，玩家可以根据自己手中的牌把 A 用作 1 或者 11。这是有天晚上我们玩牌的时候，我爸爸告诉我的规则。那天晚上发电机坏了，提灯将扑克牌的影子拉得很长，投射在桌子上；我赢了他一只珍贵的手卷雪茄，还向他保证留到十八岁成年后再抽，至少尽量。犹大背叛耶稣之后，剩下的门徒被称为被选定的十一门徒。我妈妈反复说着布道，提醒我要遵守约定。

当我想起那位丈夫有三十七岁了——就是那位一直不在这里的天文学家——我的感受几乎可以用恐怖来形容了。我在学校的代数成绩一直不怎么样，代数对我来说就是固定的公式，不过它应该有超越偶然性的意义，不是吗？那时候，有关这个问题，我想了很多。我试着改变变量，保持常量不变。我很好奇帕特拉十五岁时候的样子。我开始想象她高中时的样子：比我矮点，甚至比我瘦点，更受人欢迎；她可能有一个很亲密的朋友，但朋友在她十二岁的时候搬家了；开始她很郁闷，后来也习惯了这种悲伤的分离；她有很好用的笔，字也写得很棒。然后我再想象自己是她丈夫的年龄，三十七岁：我现在三十七岁，我有一笔汽车贷款要还，还有专属邮政信箱。再然后我把那位丈夫想象成是个穿维可牢鞋的、很好战的四岁小孩，长着小奶胡，脾气很大。最后在我的想象中，保罗就按照他自己的样子长成了二十几岁的年轻人，读过大学，可能是硕士毕业；我让他保留了自己的金色头发，自由散漫地活着，修读建筑专业，但可能拥有极高的音乐或外语天赋；他是个多情种，后悔当初自己文在身上的中国字，后悔很多小时候做的事。你知道，二十六岁的人总是这样的。

7

　　丈夫计划在亡灵纪念日^① 的前一天来。今年的春天也总算来了。几周之前，一批又一批玻璃梭鲈的垂钓者开始陆陆续续地到来，但到这个长假临近之日，来钓鱼的人都是开着野营车来的。他们从双城来，开着野营车，带着船体挂钩，睡袋里塞满了用油布包着的钓鱼器具。他们在露营地搭建帐篷，在面积最大的湖附近租小木屋——那时候大部分外地人还是租客和周末旅行者。有些人是每个夏天都来，他们中很多人都看过漫河发布的配图鲜艳的钓鱼手册，还都试着跟鱼饵店的收银员套话，希望他们一不留神，向他们透露当地人的玻璃梭鲈秘密垂钓地。这些人心态很乐观，但穿衣毫无新意，清一色的 T 恤和羊毛背心，搭配缝着精致口袋的工装裤。当他们进城买天然气时，他们会下车斜眼四处看，储备一些啤酒和防虫喷雾。他们会装着相互认识，因为他们很有可能在去年的 7 月 4 日一起炸

①　亡灵纪念日 (Memorial Day)：每年五月份的最后一个星期一，原先是纪念为美国献身的阵亡烈士，如今已成为一个普遍的祭扫日。

过北美狗鱼。他们也会装作认识我们。

　　"今年有什么不错的垂钓地吗？"他们会这样问五金器具店的吉迪，或在汽油站付钱时问"共产党人"卡特琳娜。

　　卡特琳娜通常只是耸耸肩，眨了眨眼皮肿胀的眼睛，微笑地反问道："我看起来像会去钓鱼的人吗？"但其实她是去的——她会穿着灰色的工装裤，戴着迷彩帽——但没人会想这么说。吉迪遇到这种情况时，则会向他们兜售鹿肉干以及旧地图，然后提提帽子，交叉双臂，用圆珠笔在地图上选取几个不太可能会钓到鱼的地方，画几个含糊不清的大圈。

　　"好吧，谢谢。多谢了——是杰伊吗？"

　　那些周末度假者特别喜欢叫每个人的名字，维护着自己某种对仪式化的小都市的热情。他们称只穿熨烫过的格子衬衫的杂货老板霍宁先生为艾德。他们称餐厅的桑塔·安娜为安妮、圣安妮，或者甜心。

　　当我前往银行，要往刚开的账户里存钱时，他们会走近我；抑或是在我背着背包在路上行走时，他们会冲我招手。一般的寒暄用语是："这是不是吉姆的女儿，都长大了！"完全陌生的人会用这句话打招呼，之前见过两三次的人则自以为自己像鹅一样，身上有着可靠的记号，我绝对不会把他们搞混。我怎么会见过他们呢——很多年前我还年幼，虽然我爸爸偶尔会在夏天做导游工作。但即便如此，我还是很惊讶，在他们眼里，我是如此特别，如此令人印象深刻，如此显眼。

我们在纪念日来临之前进行了期终考试，学校里每扇窗户都用标尺撑开。偶尔会有蜻蜓撞死在窗玻璃上。五月太适合精神涣散了。每个人的眼里都有些看不清的东西，尤其是老师们。即便有人想要认真学习，我们也很难去用心记那个讲过二十遍的余弦定理，或者是勾股定理（直角斜边的平方等于两直角边的平方和）；哪怕是辩论社那帮思维活泛的孩子，也为了混音带和诗歌，为了争论《绿洲》歌词的引申义，而放弃了余弦定理。那时候——也就是考试周的最后一天——莉莉的桌子，空了。我最后一次见到她是周一下午，当时她将来自校长的一张粉色纸片转交给道格尔女士。道格尔女士读着，便皱起了眉头。莉莉不等她的回应便离开了。她用力把她乌黑的长发从夹克衫领口扯出来，盘在头上，又戴上了兜帽，头发在帽子里一丝丝滑落。接下来的几天，她都没有来学校。

周五下午，我在二十分钟内完成了生命科学考试的论述部分：繁殖的细胞基础，一共三个自然段。然后我在试卷封皮上草草写下我的名字，把答题纸插进道格尔女士桌子上那一摞答题纸里，便欢天喜地地去享受恬淡的下午了。离开市区的路上，我去买了甘草糖和烟，连着抽了两根——漫步在沿着高速公路生长着的乳草丛里，看着蜜蜂和王蝶从草里飞过——然后，我一时冲动，把背包扔进一辆路过的红色卡车里，而这时，三只鹈鹕从我头顶掠过，像是对我这一出色表现的嘉奖。飞呀，飞呀，我心里欢喜地想着。它们扑扇着自己巨大的翅膀，频率相同，步调一致，终于飞过了一棵棵树，消失无踪了。

过了四到六天，我和保罗一起坐在加德纳家的前廊上，木头被阳光晒得很暖。我们看着鸭子成群结队地走来，看着鹅滑入湖里，弯下修长的黑色脖颈，把头伸入水下。每当有新朋友过来，我便指给保罗看。其实我内心是希望看到更多鹈鹕，甚至是更罕见的动物，比如猎鹰。保罗开始忙着垒石头，我便在一旁咬着嘴里的甘草糖。保罗穿着运动裤跪在地上到处爬，把一条条树皮拼成跑道的样子。他正设计着把他的城从中世纪村庄风格变成现代风格的城市，当作"木卫二"——木星第六颗已知卫星——的首都。

"这是除了火星之外最有可能拥有生命的星球。"他向我解释道。

"你怎么知道的？"

"它位于古迪洛克带。"

"什么带？"

"就是它的表面气温不会过热，也不会过冷的地方。"

"啊，我明白了，"我咬着嘴里甘草糖的碎渣说道，然后我突然想起了什么，"但没有人住在这个城里吧？你之前不是这么说的吗？"

他点点头，但依旧埋头干自己的："目前还没发现有生命的存在。"

他在前廊上肢解了所有交叉的城墙和道路、塔楼和护城河，徒留一堆乱糟糟的叶子和石头——看起来就像是一阵风或者一场雨的杰作。他不停地捡着那种长满斑点的枫树叶并放到另一边，完善着只有他能看得懂的设计。

帕特拉一个小时从镇上办完事回来后，径直踏过"木卫二"的首都，保罗大声号道："妈妈！"只号了一声，便倒在属于他的城的残骸中，并拒绝再开口说话。

"那是什么玩意儿？"帕特拉问道。刚开始她觉得好笑，后来一直得不到回应，她有些不安。她蹲下来亲了亲保罗的脸颊问道："宝贝，那是什么东西？我做什么了？"但他不肯睁开眼睛。帕特拉看向抱着膝盖坐在一旁的我。虽然告诉她做错了什么很简单，但我并未说话。我不知道如何用一种听起来不傲慢的方式，一种保罗仿佛不在场的方式，向帕特拉解释"木卫二"的首都是怎么回事。面对帕特拉询问的眼神，我只是耸了耸肩。"好吧，"帕特拉说道，"保罗这个孩子现在需要去休息一下了，他的爸爸明天就要来了，所以他太兴奋了有些累，对吧？"

很明显帕特拉才是太过兴奋的那个人。那个下午，她没像平常那样修改底稿，而是骑车进城，买了些杂货，还剪了个新发型。她约了内莉班克斯给她做发型——这人曾在美容学校进修过——现在，帕特拉的头发又薄又短，发尾处烫了一个卷钩在耳下，看起来有点奇怪，似乎受到了什么不同的引力一般，大概是"木卫二"的引力，在傍晚微光中复杂地缠绕着。

我套上保罗的皮革手套，故意用两只指头缓慢"走"向他，像一只小动物一样蹭着他的膝盖。

"呵。"他坐起来。

我这才看到他哭成了泪人，小泪珠滑到脸上，汇集成大泪珠，从下巴滴落。他的瞳孔撑大占据了整个眼睛，像是有飞碟飞了进去。他不高兴地摆动着身体。

"好吧。"帕特拉如此说，好像保罗跟她争论了一番之后，她决定让步了似的。她把保罗捞起来抱在怀里，开始念那首四行诗

"Fee-fi-fo-fum",然后以极慢的语速开始念后面的段落:"我,
闻到了,血的味道——"她蹭了下保罗的脖子,这时他绷不住露出
了点点微笑,于是帕特拉接着说道:"嘿,小伙子。嘿,小伙子。
他告诉我们什么来着?"

"我闻到了血的味道。"

"上帝无处——"

"你是个英国人。"他告诉她。

帕特拉用手肘配合着一只膝盖拉开推拉门,走进屋里,她怀里
的保罗像是个巨婴——四肢不停晃动着——关门的时候,白猫冲了
出去,而帕特拉没注意到。它冲向前廊的边缘,然后突然停下动作,
就好像有个看不见的边缘阻挡了它的脚步。那是"木卫二"的尽头,
是树林的起点。

"怎么?"我问它,"你也想去冒险的。"

白猫转过身来看着我,耳朵伸向后面,胡须在空气中晃动。

我恐吓它:"你觉得我要做什么?"

那时候已经快六点,算是晚上了。但当我听到水龙头流水的声
音、电视里断断续续地传来的唱歌的声音,整片天空看起来像是张
着血盆大口要将我吞噬似的。现在,眼前的这一切与已经进屋的保
罗和帕特拉没有任何关系。太阳仍高高地挂在头顶上,像是钉在那
里永恒不变了似的。我站在前廊上,白猫缓慢地围着我绕了一大圈,
便回去坐定在玻璃推拉门旁边,等着我把它放进去。它哀怨地喵呜
着,像闹钟一般不停歇。我当时就应该回家,应该踏着沉重的步子,
顺着小路,走向赤松岭,在身后留下一串桦树枝做标识;我会依次
遇到潜鸟巢,海狸水坝,漆树小径,狗。我应该回家和狗狗团聚,

它们会欢快地舔着我的脸和手。

　　但我没有。我站起身来，偷偷溜到房屋旁边，保罗房间的窗户旁边有一棵云松，我爬到楔形树枝上，看到屋里帕特拉和保罗一起躺在床上，帕特拉正在给他读书。他们的身体缠在一起，帕特拉的胳膊环绕着保罗，脸颊则被保罗后脑勺汗涔涔的头发盖住。保罗的手里抱着一个带吸管的杯子，杯里的液体已经只剩下一半了。帕特拉一边读书，一遍亲吻着保罗那只露在外面的耳朵，像是从被子里长出来的娇嫩的小花儿。看啊，看啊。她的温柔真是让人透不过气来。我能感受到——哪怕我身处屋外，哪怕我身处树顶的枝丫——那种温柔能让一切都消失不见。世界不见了。房子不见了。噗。你的床和身体，都不见了。思维也不见了。他的眼睛眨了几下，慢慢地闭上了。风不再吹动树木，沙沙的声音便也不见了。天空乌云密布。保罗张着嘴睡熟了，帕特拉小心地站起来，拿走他手里的杯子，蹑手蹑脚地走出了房间。

　　然后她又回来，趁保罗睡觉的时候给他把衣服脱下。我看着她把保罗的裤子从他腿上褪下，然后给他穿上尿不湿。

　　尿不湿的腰带绑在了保罗柔软的小肚子上。我还从来没见过他穿尿不湿的样子。我不知道他这个样子哪里打动到我了，但我的嗓子里突然生出一口口水——这完全出乎我意料，它就像一个液态的小爪子抓挠着我——这时，那只黑猫突然跳到室内的窗台上，漫不经心地舔着它的一只爪子，甚至没向窗外看我一眼。但我还是被吓到了，便赶紧离开。

　　我以为周二前都不会有我什么事儿了，毕竟他们这周有长假。但第二天早上，我正坐在棚顶上读我从学校秘书的垃圾桶里偷来的

《人物》杂志，这时我看到帕特拉的蓝色本田开上了去我爸妈家的路。整片树林在马达的震动下嗡嗡作响——湖边的度假者正在测试他们的快艇——所以我一开始并没听到车的声音，直到她已经走过一半的漆树小径了，车踩碾沙砾、被树枝剐蹭的声音渐渐逼近。

我从棚顶蹦下，狗狗们开始变得紧张，锁链都被它们从土里拉了出来，它们的眼睛紧紧地盯着小径。"嘘——"我安抚着它们。然后一路小跑穿过浓密的漆树小径，停在帕特拉的车边，轻轻地拍了一下车顶。

"琳达！小心点！"帕特拉降下车窗，探出身子。

帕特拉看起来一点也不像她。她的嘴唇在岩石的映衬下粉得像蚯蚓一样，口红并未盖住她嘴唇的皱纹。面色红润有光泽，但能看出她挤破了自己脸上的痘痘，然后用粉底盖住了痘印——这和那些会在镜子中鄙视自己的凯伦们没两样。这样一来，她看起来更年轻了，也更老了，像是一个拼命打扮成熟的小孩，或者是努力扮嫩的中年妇女。

"听着，"她接着说道，"我没有你妈妈的电话。今天早上我找遍了家里，但我真的想不起来我写在哪里。利奥今天就要来了，我和保罗计划着去德卢斯接机，本来我们是要一起开车去的。但是保罗——"

"但是保罗——"我本能地想帮她说完她说不出口的句子，减缓她的压力，帮她渡过危机，"保罗——"

"他很好。他正在睡觉。其实他现在还在家里——"

"自己在家？"这问题让她的眼神变了，眼睛里闪着一丝光亮。

"拜托跟我走，"她乞求道，"就今天，就在我不在家的时候，看着他。”

　　我还有一张三角学的卷子要做，还答应了爸妈要把那棵被吹倒的树砍了。我爸现在还在湖边钓玻璃梭鲈，夜幕降临前我还需要把它们清洗干净。这些我都知道，但我还是要帮帕特拉的忙，毕竟她已经来了，两手紧紧地握着方向盘，青筋清晰可见。我用眼睛的余光看到我妈从山顶小路走下来，之前她一直在那儿晒衣服。我对帕特拉说：“等一下。”

　　“我可以去跟你妈妈说说。”她把车熄火，正要打开车门。我听到狗狗的锁链在土里发出咕噜的摩擦声，一阵风吹过，前门的油布发出啪啪的声音。

　　“等一下！”我对她说道。我肯定是冲她吼了，因为她把双手举起，呈投降状：“好吧。”

　　我看到我妈在进屋之前斜眼瞥了车一眼。

　　我跟着她走进屋里。

　　塞满阳光的屋子里，煤灰在空中打着转儿舞动。我妈在厨房的大桌子上叠衣服，刚收进来的被阳光晒得干干的衣服杂乱地堆在一边。“那女孩就是你整天待在一块的，住在湖对岸那个？”她脸上浮现一种复杂的表情，既有希望，又有怀疑。她把床单对折，再对折，又长又直的头发因为静电紧贴在床单上。

　　“是啊。”

　　她没看我，只是点了点头。几年来，她总是对我说，希望我能有我这个年龄的孩子该有的样子；总是对我爸说，希望我别老待在棚顶上，多参与些普通女孩喜欢的活动。帕特拉的出现让她甚是满意。她问我："她人好吗？"但其实她是想问：她不是当地人吧？因为我觉得除了上述希冀，我妈也一直希望我能比当地女孩拥有更崇高的追求，将来能成为比她们更出色的人。

"是啊。"

"不错。那你去玩吧。"她走向水池上方的架子，打开一个陈旧的瓦罐。她从藏在里面的私房钱中捻出了四张褶皱的钞票给我。我挥手作势要将她赶走，她板起脸说道："赶紧拿着。"

"妈——"手里的钞票像衣服一样柔软，触感完全不像钱。

她会意地微笑道："这很重要。"

我局促不安，这是前兆："什么很重要？"

"去做一些小小的冒险。"

"妈。"我并不喜欢她这种说法。这让我觉得她并不知道我要做什么，但她不问，还装作了然于胸的样子；就好像我要拿着她这该死的四美元做什么出格的事儿，比如去赌场好好地爽一把；我觉得她想让我做出格的事儿。"我只是要告诉你，我明天再去处理那些鱼好吗？记得告诉爸爸，好吗？"

她从那堆衣服里拿出我的蓝色法兰绒夹衫扔给我。那衣服依旧存留着阳光的痕迹，洗衣液与雪松的混合香气扑鼻而来。"去吧，"她接着叠衣服，"我不会刺探什么的。我不会问你她自己跟那个孩子在这里做什么。假期这么长，自由开心地玩吧。"

　　帕特拉一脚踩油门，一脚踩离合；一换挡，车身就剧烈地抖动，接着迅速窜了出去。她一边开车，一边试着擦掉裙子上的污渍，嘴上还念着比平时更多的注意事项：他吃饭之前先给他喝两杯水，三点的时候吃四块饼干，五点的时候给他吃铺着金枪鱼罐头的吐司。我安静地听着，并不做任何回应，满脑子都是我口袋里的钱，和水槽上方的架子上那个藏着钱的瓦罐；我想起之前我们家计划要兜售自制鱼饵，但从没付诸实践；想起周末我们会带着好几罐自制果酱到餐厅里叫卖，想起我妈叠的那些衣服都是用其他二手衣服做的。

　　帕特拉瞥了一眼一直很安静的我，这时车终于开回了大道上。

　　"你妈妈没有不高兴吧？"

　　"帕特拉是你的真名吗？"我只是想要指责她，毫无缘由。我突然被她的礼貌惹恼了，被她一直用手指擦拭的裙子惹恼了，被那条裙子绚烂的拜占庭风格惹恼了。

　　她很讶异道："准确来讲确实不是。我叫克里奥帕特拉，别人一般都叫我克里奥。怎么了？"

　　我偷偷看了她一眼。一只黑色的珍珠耳环像个鼻涕虫一样贴着她的脸颊。"没什么。"我说道。

　　"我认识了利奥之后，我便把名字改了。哪有夫妻会叫利奥和克里奥的？"她听起来很郁闷，"谁会允许这种事发生？"

　　确实没有。她说得对。

　　"听着，你会喜欢他的，"她向我保证着，"他是那种你能听见他思考的人。你能看到他能边说话也在大脑里做好全部的运算。他真就有这么聪明。"

　　我对此表示怀疑。眼下，他正在几英里远的上空的飞机里做着计算，追寻着他的新生恒星的轨迹及其磁场，为那些活了上百亿年的遥远的银河系制图，还安排着帕特拉、保罗、我和这辆被帕特拉用盐洗净的车的日程——为了迎接他，帕特拉真是下足了功夫——我们之间的距离如此之远，我很怀疑自己能否听到他的思考。

"当然。"我违心道。

帕特拉把保罗一个人留在家里睡觉，她为此紧张不已。但我们抵达她家时，醒来的保罗正在给自己做甜三明治——他想把三明治装进洞卡玩具汽车，带到树林里的"小木屋"里。他的"小木屋"其实就是把倒着放的椅子，于是我建议我们可以在客厅的地毯上搭个帐篷——那帐篷一直被遗忘在车库里从未用过。保罗皮肤上的一块瘀青提醒着我前一天他是如何满脸泪水的样子。帕特拉则完全处于亢奋状态。离开前，她一直亲着他的头，用面颊摩挲着他的头发，用力吸着他的气味，那模样像条小狗似的。"你爸爸会感到非常骄傲的！"她嘴里不停地念叨着，"看到你会非常开心。真棒，儿子。"

我们花了一天的时间搭帐篷。我之前答应了帕特拉，绝不带他出门，于是为了消磨时间，我把我所知道的东西倾囊相授，比如如何击退熊，如何用树皮和浆果求生，如何在不得已的情况下仅用一把刀过活。我告诉他，永远不要指望顺着河流走便能抵达文明，那只是神话；一定要在两天内找到干净的水源；如果有必要的话，把夹克外套的袖子系在脚踝处，走过高高的草丛，用袖子收集露水，然后用嘴吮吸；（我们演练过这一段，保罗拖着他的夹克衫走过地毯。）不要害怕吃蚱蜢；要避开有乳白色汁液的植物，以及白色的浆果。

　　我教他如何匍匐爬过薄薄的冰面，如何分散他的体重，如何像个士兵一样用手肘前进。

　　"你的后面有只熊！"我对他说。

　　他爬了一会儿，然后停下来休息。

　　"又来了一匹狼！"

　　"没什么好担心的，"他喘着粗气，脸颊红彤彤的，"它们，善良。"

　　"很好。"说着，我在他身边趴了下来。

　　五点整，我一丝不苟地按照帕特拉的指示，为保罗准备了金枪鱼吐司：从罐头里取出金枪鱼，把咸咸的汁水挤干净，用叉子把米黄色的鱼肉抹在干燥的面包片上。保罗狼吞虎咽地吃掉了加餐，又美美地把碎了的动物饼干当作甜点吃掉。饼干渣藏在他衣服的褶皱里，他一起身，便窸窸窣窣地掉到地上。

　　七点，我给他洗了澡。我先往水里倒入泡泡香波，让泡泡充满浴盆；然后在他脱裤子和软趴趴的尿不湿的时候，我假装低头检查自己的脚踝处被虫子咬出的伤口；然后我漫不经心地盖住了那个正在渗血的痂，它看起来跟刚添的伤似的；我慢慢地把自己的手洗干净，最后我瞥了一眼浴盆里的保罗，他正欢快地在膝盖上堆积他的泡泡塔。我们没有说话。直到我拿出他的睡衣，扔掉可怕的尿不湿，把内裤递给他，他才开始跟我说话："你是位探险家吗？"

　　我乘公车到过的最远的地方，就是学校郊游时，我们去伯米吉市看保罗·班扬①　雕像；我乘船到过的最远的地方，就是有一次旅行的时候，顺着大岔河到加拿大边境的雷尼湖，旅行也就六天时间。想到这些，我抱歉地说：“不算是。”

“哦，那你结婚了吗？”

我把脸颊缩进衣领里。我猜我知道他现在在问什么。他想知道该把我放进哪个类别里，我是大人还是小孩；我是更喜欢他爸爸，还是更喜欢他妈妈，还是他——或者什么别的奇特的发现。我的手指很费劲地给他系好睡衣。“不，没结婚。”

听到这句话，他没由来地看起来十分沮丧。

那时，我突然想起了莉莉。我在想，她是如何从一个看起来很愚钝的女孩，变成众人眼里潜在的威胁——她是如何在两个月内轻而易举地做到了这一点。我这么想着，同时偷偷地看了眼保罗乌黑的眼睛，那双眼睛有时候发灰，有时候泛绿，有时候是纯黑色的。我冲他耸了耸肩说道：“曾经有个家伙，叫亚当。”

“他曾是个探险家？”

“他来自加利福尼亚，”我说道，想以此让他震惊一下，“他是个演员。好吧，不是，其实他是个老师。”

“听起来好像我爸。他之前是我妈的大学老师。”

我很想听听这个故事，但是保罗——已经穿好了衣服，湿漉漉的头发贴在他的脖颈上——跑去“杀死了一只熊，喝了些露水，以及生起了营火了”。

---

① 保罗·班扬（Poul Banyan）：神话人物，传说中的巨人樵夫，力大无穷，伐木快如割草。因其体型巨大，传说其只需迈一小步，就能跨越三条街。

八点了，帕特拉还没回来。于是我们钻进搭好的帐篷里，趴在地毯上，拉上了拉链。

"脱鞋了？"我问道。

"脱了。"

"用作防御工具的短柄小斧头放到头旁边了？"

他摸了摸小斧头的木质把手说道："是的。"

他把皮手套枕在头下，将自己缩成一团，然后径直睡了过去，像石头扔进水里那样干脆。我躺在帐篷的另一边：里面温暖又安静，有一种深入地下的感觉。我本想保持清醒，等帕特拉和她丈夫回来，但房子里的帐篷隔离掉了夜晚所有声音，我听不到蟋蟀，听不到猫头鹰，听不到任何动静。唯一能听到的，就是保罗的呼吸；他的气息轻轻撞在尼龙纤维上，声音又轻又细。我听到帐篷外面的黑猫从窗台上跳下来，铃铛发出清脆的声音。

一段时间后，几分钟抑或几小时，我听到帕特拉的耳语。她跪在地上，半个身子探进帐篷里，从上方低头看着我们。她是一道影子，一抹香气，我只能影影绰绰地看到她的夹克下摆垂在腰间，便再看不见其他。

"一切都还好吧？"她问道。

"他很好。"我回应道。

她小心地爬进来，亲了亲保罗的脸颊，然后叹了口气，躺在我们中间。她的夹克外套混合着快餐和潮湿树林的味道。她一定是飞一般地下车进屋，因为我能听到她心脏剧烈跳动的声音，然后，一点一点地稳定下来，回到它的正常频率。

不过我听到的心跳声也有可能是我自己的。可能是因为害怕什么才醒过来的。

"好舒服啊，"她说道，"这比自己在车里待五个小时或者坐在机场停车场要好多了。"

我变成侧卧的姿势面对她："他去哪儿了？"

她长长地叹了一口气："延迟、延迟，然后航班取消了。"

帕特拉并未把帐篷拉链拉上，所以我伸长身子把拉链拉上，然后躺下。躺下的时候，我感觉到帕特拉干燥的头发正靠着我的耳朵，我闻到她头发里冰凉树林的味道，这味道甚至盖过了她椰子洗发水的香味。她依旧穿着夹克外套，每动一下，我便能听到人造纤维在她的身下摩擦的声音。

"我应该把他带回床上了。"她悄声说道。

"好。"我回应道。

但她没动弹。外套并未发出一丝声音，足见她躺得多安定。"我真的太累了。"她呜咽道，声音在黑暗中转了个大弯，从疲惫变成绝望，偏离了我们之间那座看不见的桥。

我并不奇怪是什么让她发出这样的声音。我根本也不用猜是什么让她如此沮丧。

"他真的挺好的。"我说道。

她哭了起来。刚开始只是气息很重，后来哭得越来越厉害。她用手捂住嘴，试着压住哭声，但没能成功。她在喘息之间对我说了什么，可能是"对不起"，可能是"上帝啊"，可能是"留在这里"。

"嘿，"我停了一会儿开口说道，"帐篷里不能穿鞋。"

于是我起身爬到她脚下，拨开她踝靴上的皮带扣，手指伸入靴子中，触到她脚跟的骨骼，温热与潮湿透过袜子传递到我手中。我把她的鞋脱下来，放到帐篷外，再处理另一只。她穿着袜子的脚在我看来如此脆弱，小得不可思议。我把她的两只脚跟并排放到地上，哭声便停止了。渐渐的，她的呼吸回归了正常。

在我躺下、拉上睡袋之前，我习惯性地检查了一下短柄小斧是否还在。木质把手的触感让我感觉很踏实——周遭的一切都知道有它的存在，这让我自信而愉快。

后来我醒来的时候，她面朝保罗蜷缩着。背对我。但我靠近她的时候，我能感觉到她夹克衫下面蜷曲的脊椎，小椎骨彼此串联，依次摆开，像机密似的。终于，夜晚艰难地降临了。雷的轰鸣从远处传来，大风席卷起波浪。我仿佛站在湖滨，湖水前前后后地冲撞着鹅卵石，声声入耳。松树的针叶鞭打着房顶的声音，保罗和帕特拉断断续续的呼吸声，都如此清晰地萦绕在耳畔。

快乐。我是快乐的。

我几乎辨识不出这种感受。

我曾暗暗希望，那位丈夫的航班陷入凹陷的雷暴云层，或者突然遭受气流侵袭只得迫降，或者他飞机上的那位飞行员因年轻和胆怯调转了方向飞回出发点。但若真是如此也不能怪我，毕竟他需要在夏威夷的山上观测他的新生恒星。我渴望有一场雷暴或刚离开加利福尼亚海岸的飓风阻挡住他来的脚步。窗外倾盆大雨，雷电交加，雷声也越来越大。我搭建的这帐篷把我们聚到一起，保罗和帕特拉。

帕特拉和我。

我在半梦半醒之间，梦到了我家的狗；梦到我带帕特拉和保罗泛舟湖上，水流像藏在船底的手，叨扰着木舟前进的方向，我们得使劲儿划才能前进。手中的桨把船摇向湖滨，又或者是摇离湖滨，可能我们终究是要离开这里。我睡了，又醒。又睡了过去。

终于，拂晓刚过，我听到外面一阵隆隆的声音，听起来像是一种行动迟缓的哺乳动物，比如袋鼠或者浣熊什么的，正拨弄着车道上的石头。然后是车门"砰"的一声响。我蹑手蹑脚地直起身来，摸出保罗枕头底下的短柄小斧，拉下帐篷的拉链，踮着脚尖走过麻花状地毯，匍匐爬到前窗下。借着清晨的阳光，我看到车道上站着一个穿着雨衣的男人，身旁是他租来的车，手里的棕色袋子装着吃的，另一个包装着露营工具。他看起来温和而无害——因此他开门的时候，我把手里的小斧子端在他能看到的地方。这时我意识到，帕特拉是对的：我真的能听到他思考的声音。我能听到他正在理解眼前的景象：漆黑的屋子里立着一个帐篷，一个骨瘦如柴的孩子从阴影里走出来，手里拿着一个大型武器。

莉莉的故事是这样的。最初的版本非常简单，但随着时间的推移，流言蜚语被人反复咀嚼，渐渐扩散，增添进去越来越多的细节化——去年秋天，格里尔森先生带着莉莉坐上了独木舟。离湖是四片湖里面积最大的一片，是一个完整的圆，从湖心看去，湖畔就像是一条黑色的缎带，如果是在十月某个雾气蒙蒙的下午，便会融入天际。每个人都能想象到这个场景。离湖，可是个绝妙的选择。他们都在划桨，因为格里尔森先生说过，一点运动能搭建起人与人之间的信任。他坐在后方掌舵，当然，如果他想走得更快些，便会换莉莉掌舵。划船对于莉莉来说，就像骑车一样简单，这一点我们倒是一样的。但身为加利福尼亚人的格里尔森先生的划船功力可不怎么样，他溅起了大片水花，身体也跟跟跄跄的；裤子湿透了，鞋也湿了。在他们抵达湖中心之时，天色全暗，水看起来像石油一样黑。天朗气清，空中布满星星。虽然天气很冷——虽然山杨的叶子几乎都掉光了——他们二人并未戴着手套或者帽子。他们不得不把滴着水的船桨放置在大腿上，轮流用冒着热气的咖啡暖和双手。

莉莉本可以在划行时把船弄翻了，置格里尔森先生于困境中，她只需要突然使劲将船倾斜到一边就成了。她了解这片湖，就像了解自己很可爱一样，而他对此一无所知。当他拿出拍立得对准她时，他突然意识到了这一点。他说他想让莉莉知道他非常敏感脆弱，他的命运就掌握在她的手里；他说他如果能幸运地回到车里只会是因为莉莉的善良与仁慈；他想提前向她表达他的感激之情；就在他拉下他的裤子拉链之前，在他声称只想亲她一下之前；在他扑倒她之前，他想让她知道，她还有得选。

8

　　利奥做的松饼里加入了巧克力和葡萄干；他榨的橙汁质地浓厚，果肉增强了它的稠度与甜度；他做饭的时候会玩文字游戏、大话王和猜单词游戏；保罗每次给出的答案都是一样的——"不"和"保罗"。利奥做早饭的时候，总是能找到借口抚摸别人，比如还穿着昨天的衣服、咧嘴笑得像个傻子一样的帕特拉，比如在他用刮刀成功将松饼翻面后和他击掌庆祝的保罗，比如我。

　　"来尝尝，琳达。"他为我端来了一盘松饼，并顺势把手掌搭在我的肩上。那天早上他进门看到我后，只犹豫了一瞬便伸出手向我表示友好。他把身上的雨衣脱下挂在椅子上，我看到他身上穿着一件浅蓝色 T 恤，还配了一件羊毛背心。不过他的鞋太扎眼了，是红翼牌的。他就这么穿着进屋了，没人让他在门口脱下。

　　虽然我一直很迫切地表达要离开，一直在说我需要回家、需要刷牙、需要开始写作业了，但他总是回应："坐下，快吃！"

　　"坐下！快吃！"保罗大叫着，并用手中的餐具使劲敲打着桌子。

帕特拉已经在桌边坐了好一会了，双腿收拢，红色的眼睛闪闪发亮，新烫了大卷的金黄色头发像光晕似的。她的妆都掉光了，只有一只眼皮上还残留了一点点睫毛膏。她用一只手指从她的盘子里蘸了点糖浆放进嘴里吮吸着。当利奥表示所有的橙汁已经喝完的时候，她用她那黏糊糊的手拿起短柄小斧，做出要打他的姿态。

"Fee-fi-fo-fum！"保罗突然尖叫。

"帕蒂！"丈夫吼道。但她看起来像是被快乐力场围得水泄不通，只会冲他傻笑。她放下了小斧头，把手往自己的裙子上蹭了蹭。

"谁需要纸巾？"她丈夫问道，并率先递给帕特拉一张。

太阳升得高高的，混着灰尘的光线投射到我的脑袋上，屋里所有的一切都变成了阴影。我选择在此时离开他家——保罗正叫嚷着"木卫二"的首都，帕特拉正讲述着保罗前一天的表现，没人注意到我起身为自己又倒了些牛奶喝，然后悄悄走出了房门。昨夜的大雨使得现在沐浴在阳光下的森林焕发新生——它在冒泡，在发酵，在生长——一切都在闪闪发光。当我走到几乎看不到帕特拉的房子、快到松树林的时候，我听到有人在身后叫我。"琳达，等等！"是帕特拉。

我转过身来，略显尴尬地看着她向我跑来，一路上被地上的树根和松果绊得跌跌撞撞。她依旧没穿鞋，脚上只穿着袜子。当我发现这一点时，我惊得大气不敢喘。上了褶的长裙被扯进两腿之间，头发被阳光浸染，像马的鬃毛一般油亮。

"谢谢！"她边说着，便递给我四张十美元的钞票。

我的心沉了下去。我兜里那四张老妈给的皱巴巴的钞票还没用，这一个月来照顾保罗赚的钱也足够我买一艘小皮船、一张前往桑德贝的车票，或是一只纯种的爱斯基摩狗了。

问题在于，我对于这些东西的渴望并不那么热切。

“不用了，谢谢。”我含糊地说道，并未伸手去接那些钱。

“你如果不拿着，琳达，我会很不开心的。”她故意噘起嘴，跺了跺脚，表达自己的不满。

“好吧。”我这句话的意思其实是，你不高兴也不是我的问题。我转身打算离开。

“如果你不拿着，我就要把它们埋在这块石头下面。我可不是开玩笑的！”我看得出来，她依旧沉醉于房子里的交谈——一遍又一遍，那是种虽然毫无意义，却无忧无虑的快乐时光。“我要开始咯，我要埋你的薪水咯！”她说道，“挖呀，挖呀。”

她还真的这么做了。她就这样穿着裙子跪在土里，两手挖着土，然后举起一块花岗石，露出一小片湿湿的泥土，一撮蚯蚓正向上蠕动着，像是森林在表露它的决心。

“我可是认真的！”她叫嚷道。

我耸了耸肩。

“你的钱可就这么没了。就在这块满是昆虫的石头下面。”

“再见。”我说道。

终于，她站起身来冲我摇了摇头，却止不住脸上的笑意。她双手叉腰说道：“你还真是个搞笑的小孩，你知道吗？”

她的袜子和手掌黑乎乎的，全是泥土。

“你还是个奇怪的大人。”

　　我穿越森林走回家，到家时身上沾满烂泥。进家门的时候，狗狗们努力挣脱着在后面扯着它们的锁链，想扑过来表示欢迎。"杂种狗。"我蹲下身来抚摸它们，并确保每一只抚摸的时间是一样的——即使年迈的"亚伯"是我的心头好，我也不能因此而偏宠它——每只狗狗拍两下，雨露均沾。然后我直起身来，隔着纱窗，我听到了爸妈说话的声音。我以为我听到的是我的名字，玛德琳，但不是，他们在讨论花园里的土拨鼠。我掉转方向走向另一边。

　　棚里又冷又黑。受了惊的小麻雀们在房顶横梁上蹦蹦跳跳。我定定地站在那里，听它们左右移动的声音。我瞥了一眼鱼肉保鲜柜，却根本不想把玻璃梭鲈片成鱼片——不是现在，不是经过了昨夜以后。昨天的鱼马上就会腐坏，但我并未去检查冰的状态。若真要处理鱼肉，鳞光闪闪的鱼会有足足一桶的量，到时候会有一堆小骨头等着我去收拾。但如果去做三角学卷子，情况也不会好到哪去——可能会更糟——于是我在发霉了的棚里纠结了好一会儿，最后往包里装了几样东西，在腰间系上破了的雨衣，然后拖着威诺娜去了湖滨。

　　独木舟一碰到水便自行游动起来，船桨是全然不用动的。湖面没有一丝波浪甚至涟漪，平静得如一面镜子一般，清澈见底。你能看到浅蓝色的大太阳鱼向上游动，船头处漂着百合花瓣，船尾掀起一串气泡。抵达湖的另一边后，我用肩膀顶着船身两边，头被船体盖住，弯着身子把独木舟拉上岸。上岸之前，我可是花了很多时间才找到了平衡。

　　后面那片密尔湖比我们这片湖更大，湖边的国家森林野营地里停满了野营车和小卡车。高速游艇割裂了湖面，船尾留下一条长达三十英尺的水沟。他们看到乘着独木舟而来的我并未放慢速度，因为他们赶着前往下一个垂钓地点，于是他们加大油门驶去，经过我身边的时候，绿色的遮阳篷发出流水一般的声音；我看到一位穿着红色比基尼、套着泳圈的女性站在他们身后。我很惊讶，毕竟现在这个季节，水还是很凉的。她尖叫着向我打招呼，声音甚至盖过了马达的轰鸣声，但我并未回应。船开得太快了。

我继续划桨。又过了半小时，云层走低伏到树顶，一阵微风打破了湖面的平静，阵阵水波看起来像是衰老的皮肤。这时，所有周末度假者返航——害怕又要变天——他们总是分不清云和危险的区别，以为各种云朵是可以相互变换的。他们钻进野营车里，把两个照明灯打开，亮得像黄昏一样。

那声尖叫借着快艇连接起了密尔湖和温妮萨嘎湖，我就在这尖叫中蜿蜒前行。

行至彼处，温妮萨嘎湖像一支箭一般映入我的眼帘——又长又细，直指北方。印第安部落居留地就在湖的另一边。上次去那里还是几年前我和爸爸去买抓麝鼠用的工具，也就只有几栋建筑，一条铺石路，大概十来个可移动住所，和一堆净水器。如今这里生了些变化。当我离湖滨越来越近时，我看到所有的狗狗都待在钢丝网围栏后面；岸上有一家冰雪皇后冰淇淋店、一个足球场大的停车场，和一个"停止行进"的标志；公路边上的赌场被重新装修了，还用呆板细长的原木建成了一家文化遗产中心，前面立着一个鱼形标识，写着"欢迎光临"。

我将船停靠在湖滨，小心地把它挪到一棵香脂冷杉下。一条柏油路将活动板房前的草坪一分为二，我踏上那条柏油路，观察着周遭的板房——它们都镶着铝边，漆成白色；一边是门廊，另一边是双车车库；房顶有卫星天线，门口停着皮卡。

居留地看着十分荒芜。这时一群穿着主日学校[①] 的浅色毛衣的男孩从树林里走了出来，手里拿着冰棒棍做的十字架——那是他们的枪。"砰。"他们中的一人叫唤着。另一个拿起他的十字架喊着："利维坦[②] 来了，快退后！"

"嘿，你们知道赫尔邦家在哪吗？"我停住脚步问道，"就是皮特和他的孩子，莉莉。"

那时，她已经有四天没来上课了。

"我们为什么要告诉你？"那群要抓利维坦的男孩的头头问道。

"我会给你钱。如果你告诉我她家在哪，我会给你们每人一美元。"

他们面面相觑，然后便同意了我的请求。像是心电感应一般，他们都只是抬起一只胳膊指示方向。

"顺着那条路走。"其中一个男孩指向砖铺路尽头的那条野草丛生的砂石路说道。于是我从兜里掏出老妈给我的纸币，经过两天，它们变得温暖而平整。拿到钱的瞬间，这帮男孩子突然怒气冲冲地举起手中的十字架，慷慨激昂地质问道："你想从波兰人莉莉那里得到什么？她就是个恶心人的同性恋怪胎。你也是同性恋吗？还是什么？"

---

① 基督教教会于星期日早上在教堂或其他场所进行的宗教教育。

② 利维坦（Leviathan）：《旧约》中记载的一种怪物，形象原型可能来自鲸及鳄鱼。后世每提到这个词语，都指来自海中的巨大怪兽，而且大多呈大海蛇形态。

我叹了口气。几年来，我在学校里一直被这样的男孩问这样的问题。这一般是八岁孩子能想到的最恶毒的指责。经过几年在操场上被如此嘲弄的历练，我对此已经见怪不怪了。"后期智人？"我提议性地问道。

他们耸了耸肩，表示不确定。

"我是，你们说得对。"

"哦！恶心！讨厌！"他们惊恐地尖叫着。

虽然他们也很高兴。

我离开那帮举着冰棍棒十字架插科打诨的男孩，走上他们为我指向的路。走过一片柳枝稷与泥泞，我在松树林中看到一辆锈透了的拖车。我并未走近莉莉家前门，而是绕到后面，那里杂草和树木野蛮生长，冷杉摩肩接踵，无人管理，但褪色的蓝色遮棚下的混凝土露台打扫得很干净。我从后窗向里看，看到碟子整整齐齐地堆在排水器里，椅子推到胶木桌子下面，一个亮着光的鱼缸里旋着泡泡。那辆拖车有些老旧，但整洁而敞亮，车里铺着一块新地毯，椅子上盖着编织毯。莉莉从失物招领处偷的粉红色围巾挂在门边的衣钩上——流苏在通风口处瑟瑟发抖。我看着它在风中颤动，突然意识到那个衣钩其实是安在墙上的鹿头中间的角。

那个鹿头的嘴是合上的，白色的鼻孔格外引人注目。

这时，我身后突然响起一个男人的声音："莉莉？"

我转过身来。远处一棵冷杉下，有人躺在树荫下的草坪躺椅上："莉，你回来了？"

那个男人便是赫尔邦先生。我看他的时候，他重重地喘了口气，并努力让自己在那个磨损的尼龙躺椅里坐得更直一些。我试着为自己找一些说辞——我是来采摘唐棣果的，但我迷了路——但我突然注意到他手里扶着倒放在苔藓上的空衣柜。那是个星期日的下午，又是亡灵纪念日，所以我的回答大概并不重要，我一旦离开，他便会忘了这一切。

他灰色的胡子上挂着一根浅黄色的松树针叶。

他打算站起身来，原本荡在躺椅上的腿落到地上："你回来了？我一直在这儿等你——"

他委屈的表情在他走出树荫的那一刻瞬间消失——他知道他弄错了，于是他闭上眼睛以遮掩将流未流的眼泪，并试图迅速掩盖这个错误。过了好一会儿，他睁开了眼睛，却是像忍受着剧痛般眯着。"你是？"他问道，之后他又觉得不够礼貌，便补充道："不好意思，请问我认识你吗？"

"不认识。"我回应道，虽然这并不完全是事实。我在餐厅不止一次为他倒咖啡，而且好多年前，在我十二岁的时候，我和他的两个侄子在"两只熊经典狗拉雪橇比赛"中成为对手，最后我赢了他们，这位大叔在我抵达终点线时还在我背上拍了一下。

他一手托着肚子，一手把他身上标着"森林服务"T恤衫的拉链拉上。鼓鼓的肚子上银色的拉链像是在咧着嘴冲我笑。"你知道吗，我总感觉得有棵树从我胸中长出来，这感觉很怪，好像我的嘴并不能匹配我的脸或者别的什么。"他揉了揉自己的下巴，又道歉道，"不好意思，不用在意。"

他转过身去，发现地上还有一罐未开的饮料。他拾起来，再转回身来时，他皱起了眉。

"你怎么还在这儿？"

我把背上的书包拿到胸前，打开拉链，拿出了一双靴子。

"这里可是私宅，"他解释道，但表情悲伤，像是被逼无奈似的。"这里禁止打猎或者钓鱼。"

他是以为我会从包里拿出钓具盒或者一把枪之类的吗？"我不是来打猎的。"

"不是——"他不知道接下来该说些什么，只能看着院里树上挂着的黑黄相间的标志，然后读出上面的文字："Tesspressing①。"接着便傻笑了起来。

"莉莉去哪儿了？"我脱口而出。

"莉莉？"他缓慢地摇了摇头，好像全世界的秘密的重量都压在他身上，"跟那个狗娘养的律师私奔了。离开时她跟我说，'好好照顾这个家'，你看看，我都按照她的要求只在室外玩。我有刷碗，对吧？我把家照顾得很好。"他坐回他的躺椅里，痛苦地哼唧着，好像光是提到这些就让他痛苦难耐。

他重重地坐下后，小心地指着我怀里的靴子问道："那是什——"

"这是——"我试着想出一套容易理解的说辞。但在我回答之前，他便用手掌像盖子一样覆住他的脸。

我再一次走到拖车前，在车门边踌躇了一会儿，从包里拿出黑

---

① 这里赫尔邦先生是用一种比较调皮的口吻说 Trespassing，意思是"擅闯私宅、非法侵入"。

色绒面靴子放下。我思索着是否能留张纸条在这，然后我立刻意识到这是无法实现的。我弯下腰，把靴子整齐地摆放在遮篷下的车阶上：脚尖朝前，鞋跟相互平行。我快速拍了拍一只鞋的侧面，便跑到马路上。这双鞋是我上周四下课后从失物招领处拿走的。我把它们装在背包里，乘着独木舟，漂过三片湖泊，终于拿到这里想送给莉莉。它们是礼物，是某种隐秘的理解或赞同的信物。但当我飞奔到砂砾路上、向温妮萨嘎湖和我的船跑去时，我回头看了一眼，那双我为莉莉偷来的靴子就在那里站着，效果和我之前想象的完全不同——像是一个隐形而又愤怒的人站在那里看向她的家门，一边谴责着，一边阻隔着入口。

等我返回温妮萨嘎湖时，湖面已是波浪滔滔。我的肚子饿得咕噜直叫，可包里除了瑞士军刀和雨衣并无其他，这次出行我没带任何吃的。我从湖滨的灌木上摘下一枚还未成熟的小树莓放到嘴里，刚接触到舌头我就吐出来了——它多毛且坚硬，实在让人难以下咽。我想起了保罗。我想起待在家里的保罗——会和帕特拉一起把帐篷收起来，利奥则在一旁用抹刀指挥着——然后我决定，就在此时此地，我要亲身体验一下幸存的感受。我要切身感受饥饿、受困、距离文明和人类有百千米之远。我乘着木舟摇桨出发，直奔温妮萨嘎湖中心，波浪拍打着船头，薄雾润湿了我的面庞。船身左右摇摆，我更用力地划着桨，以保证自己笔直前行。潜鸟在我的左边和右边行进着，黑箭般的脸一遍又一遍地出现。也或许我看到的那些潜鸟是同一只，它顺着我的踪迹，在我的船下潜水。潜鸟就是以此出名的。

大约到了涨潮的时间，三片湖连成了一片。湖岸上所有的娱乐车看起来都一样。晒衣绳上的毛巾翩翩舞动，钓鱼船在绳子的牵扯下不停点头，水面上偶尔漂过几个啤酒罐和牛奶盒。为了消磨时光，也为了转移自己的注意力，我开始数数：娱乐车有11（加1）辆，船有11（加1）艘，湖岸上11（减2）只鸭子，要抵达路上需要划桨11下；要形成一套公式其实很容易。你可以呼吸11下然后屏住；你可以在地平线上看到11颗星星，然后不再数其他的。

关于我的四岁，我只记得一段真实的记忆。这段记忆中有个比我大一岁左右的女孩儿名叫塔梅卡，我们家还住工人宿舍的时候，我和塔梅卡一起睡在下铺，直到公社瓦解。塔梅卡有一件印着大号英文字母的宽松橙色毛衣，每次穿它的时候，她都会把袖口挽得像甜甜圈似的。她左肘上的疤痕是紫色的，手背很黑，但脚踝很白。当然，周围有许多比我们俩年龄大、速度快的大孩子，会凑在一起横冲直撞。但塔梅卡更安静，也更可爱。她是我真正的朋友。她会咬指甲，然后把指甲屑堆成一堆，放入一个透明塑料袋里揉成球，夹在腋窝里。她管它叫她的藏匿物。不要说出去，她耳语道。我当然不会说出去。当然不会。

"你很幸运能有这样的生活。"身边的每个人——那些拿着斧头、为人父母的人——经过的时候总是这样对我们说。

"幸运鸭子？"塔梅卡疑惑道。

鸭子，我同意这种说法。于是我们蹿入树林里。

这是我记得最清楚的事了。在我快五岁的时候，我和塔梅卡一起病了，还病了好几周。我们在一张床上睡觉，游入梦中又游出来；我们在同一个时间点醒来一起咳嗽；我记得身体的热度，记得让人窒息的毛毯，以及被塔梅卡的辫子梢搞得烦躁不已的那个我；塔梅卡决定我们无须再跟对方说话：她说我们身处同一个世界，彼此心意相通，因此无须多言——就像潜鸟或者狡黠的狗鱼——你知道它们是如何做到总是同一时间潜入水底吗？它们能够读心，它们能预见未来，躲避灾祸。病痛让我们也能心意相通，感受到对方的感受，不是吗？

　　我们躺在床上，塔梅卡把她的辫子末梢从我嘴上拿下来，安静地等着我的回应。

　　可能吧，我心里想。

　　自那以后，我看塔梅卡的眼睛便像潜鸟的眼睛一样，像颗扣子似的一动不动，透过湖水看一切却并不眨眼。只要她把她的勺子举到嘴边，我也举起我的，然后我们一起把捣碎的米饭吞进肚子里。过了一会儿，塔梅卡想挠她的痂，我也会想挠我的——直到它被挠破，血顺着我的腿流进脚指甲缝里。当那些为人父母的人在会议中挥舞着胳膊、趾高气扬地吵架，我和塔梅卡会不约而同地决定从后门溜出去，跑进"绿茎王国"香蒲丛中；等我们从另一边跑出来时，阳光已经刺眼到让我们睁不开眼睛。我们一起跑到大岩石上，用粗糙的脚摧毁小绺苔藓；我们爬上河对岸走到大道上，一路走回高速公路，一路收集完整的松果，扔掉残缺的，最后各自抱着一大捧松果继续向镇上进发——这是我们第一次发现我们的胳膊如此之长，我们的怀抱如此之宽广——并不害怕从我们身边急速掠过的卡车。

　　露出他们丑陋的牙吧，我想。

伸出他们可怕的爪吧，塔梅卡想。

　　有一个卡车司机在经过我们身边的时候慢了下来，一只又长又白的胳膊从摇下来的车窗里伸出来冲我们挥舞着。"嘿，小心点！"他冲我们喊道，但我们等到他离我们很近很近、可以用来复枪打爆他的头的时候，我们便开枪了——我们用手做出枪的样子，嘴里还喊着"不许动！"我们并不在意他或是他不停挥舞的苍白的手。我们知道我们要去哪里，但我们不会告诉任何人，亦不用解释，就像狗鱼或潜鸟一样——同时潜入水下，又同时出现在湖的另一侧。我们朝鹿飞吻，一次，两次。我们把松果扔到路上，一个，两个。

　　我们看着卡车因此而迅速变道。

　　终于，有个大男孩露面冲我们大叫，他骑着车沿着这条路行进着，油腻腻的黑色头发被风吹到后面，在两只耳朵上方形成搞笑的隆起，像是刚刚长出来的鹿角，我和塔梅卡哈哈大笑，我们很喜欢他这副样子。他骑到我们身边便停了下来。他的脸看起来像是在嚼什么很难咀嚼的东西，因此已经感受不到自己的嘴唇了。直到后来我才开始疑惑，被那群人养大的十四岁的孩子应该是什么样子，公社里全是不停尖叫着的小孩和不停播放着的嬉皮士的歌，空房间是不存在的。那里总是有太多的孩子，太少的床、干净的勺子以及厕纸。

　　他叫什么名字？有人让他跟着我们吗？

　　他很不喜欢小女孩大笑，他的愤怒与吼叫便是证据："你俩疯了吗？他妈的赶紧离开大道！"然后他停顿了一下，试着让自己镇静下来。他用两只手挨个抚平自己的新生鹿角，然后扎了一个短而粗硬的小辫儿。最后，他的嘴里终于吐出他应该要说的话："你们现在正偏离正道。"他叹气道。

　　"我们是幸运的。"塔梅卡提醒他道，还拍了拍自己幸运的额头。两次。

　　"你是走了狗屎运。"他更正道。

　　二十六岁那年，我毁了我的车。在参加过我爸的葬礼之后，我开车回德卢斯，为了绕开路上的两只鹿，我不得不突转方向，结果却撞上了一排雪松。在猛烈的撞击下我咬破了自己的嘴唇，但除此之外一切安好。我距离爸妈的小屋大概还有两英里，距离漫河大概还有三英里半。事故发生后，我一直试着打电话——即使那里的信号时好时坏，即使我很确定我的手机停机了因为我没能按时交话费，但我还是一直打着电话，对着电话说"拜托了"。几辆车驶过，每次一辆车经过，我都急忙弯下身。我并不想被迫回到爸妈的小屋，不想被迫向我妈解释为什么我还在附近，因此当那两只鹿再一次从树林里缓缓地走出来时，当它们垂下脑袋开始一点点啃食灌木时，我从行李箱里拿出我的背包，走到马路上开始步行前进。

　　出发的时候是三点，当我抵达第一家加油站时，天已经黑了很久了。我朝着漫河反方向的贝尔芬进发，需要向北走十一英里。

　　起初，我一边走一边进行数学运算——为我的汽车维修、话费以及路上断了跟的靴子想了十几种支付方案，然后我干脆停下来专心想对策，却也想不出什么对策了。开车带我回事故地点的贝尔芬机修工看了看我的车，当场给我七百五十美元回收汽车零部件。我拿了现金，在6号汽车旅馆开了个房间，把手机扔进停车场后面的河里，第二天早上买了个生了锈的二手摩托车，又用加油站的公用电话给我在德卢斯工作的公司打了个电话，辞掉了我零售的工作。那时我妈已经有座机电话了，但我没给她打，故意制造我在回德卢斯的路上的假象。

　　去双城花了我六小时的时间，路上我一直告诉自己，我喜欢川崎，我喜欢速度感。但我觉得这段路程更像是我开着一辆四轮摩托车，还得一直紧紧握住握柄，这样才不会偏离车道。这时终于意识到骑摩托车是很辛苦的，因此抵达圣保罗后，我把摩托车卖给了另一个机修工。他打着舌洞和脐洞，这是我后来才发现的——我拿到钱之后，在明尼阿波利斯租了间一居室的公寓，然后跟他上床了。我还有个室友，是我在星巴克找到的；把机修工带回与他人共享的公寓让我感觉很好。我喜欢把他偷偷带进屋里，看着黑暗中的虚无，安静而迅速地在我的沙发床上把他就地正法，然后在早晨来临之前把他赶走——我室友总是会在早上七点之前起床，做做伸展，练练瑜伽，充实自己，为求职面试做准备。

　　有一次，她起床拉开窗帘，而我被她的歌声叫醒，我在恍惚中叫她帕特拉。"早安，帕特拉。"我说道，然后被自己惊到了，就好像帕特拉不是什么好名字，但有种我曾经有过的感觉——那是一种失落的感觉，很难说不是幸福。我那来自马尼托巴小麦农场的室友，安，故意无视掉包括此在内的所有古怪行为，比如我偷偷带进来的男友和空荡荡的衣橱。最近她在脚踝处刺了一个心形的文身，这是她能想到的对她那对路德教父母的最激烈的反抗。她坐到地毯上，用一张折叠着的婴儿湿巾清理着有点感染了的脚踝，嘴里还一直哼哼着。清理干净后，她把湿巾扔进垃圾桶，然后再一次看向我道："早上好，琳达。"

　　就好像我们五分钟前并没说过相同的客气话似的，好像她在应对我那些令人痛苦的怪癖时有自己的原则，且这事儿简单得像是应对他人糟糕的口音，或是一个在咬她的指甲的孩子。

"早上好，帕特拉。"我故意如此逗引她，想让她发疯。

去年秋天，我三十七岁的生日刚过了没几天，我突然想到，我可以在网上找帕特拉。我不知道这个想法为何在这么多年之后突然蹦到我的脑子里，但这个想法一旦出现，我便抑制不住了。我花了好几个小时在网上查找她的踪迹。她换了姓氏，因此要找到她并不容易，但我记得在我认识她之前，她叫克里奥，这帮了我大忙。我在网上找到了一个可能是帕特拉的人，她叫克里奥·麦卡锡，但她的信息少得可怜。网上有好多关于审判的旧文章提示与她的相关性，但我都没看；她有一个定位显示位于图森、曾在烘焙网站上上传过一个爆米花球食谱，还有网友还在下面评论说有点太黏了。我怀着不甚满意的心情在芝加哥大学网站上闲逛，然而最终也没发现什么，于是我决定查查塔梅卡。找她倒是很容易，人生的每一段经历她都事无巨细地进行描述，似乎是故意在网上留下痕迹等着我去找似的。塔梅卡·露娜·特雷弗从圣保罗的珀尔奇艺术高中毕业后去了威斯里安，成了一名遗嘱认证律师，嫁给了无国界医生组织里一位叫韦恩的儿科医生。她有两个运动细胞发达的双胞胎女儿，威斯里安校友杂志上有她们打篮球的照片。她在明尼苏达州的伊代纳买了一栋平房，那里也是大黄蜂的家——明尼阿波利斯的高档城郊住宅区，她把购房前房地产商发布的官方照片放在网上，照片里的房子旁边还有个人工池塘。

她曾对我说，我们是一个世界的人，心灵相通，无须多言。

想起要在网上查她的信息时，我已经回到漫河，照顾了我妈很多年，将财产划分为好几份以还债。小时候的塔梅卡已经离开我们

的世界很久了。也或许离开的那个人是我。她的想法，我再也想象
不到了，一个都想不到。

　　亡灵纪念日之后的周二，我提前几分钟抵达帕特拉家。周末的
大雨已经消散，所有的外地人也都回去工作。他们一离开，气温骤
升至二十七摄氏度，加上周末的雨水，第一拨蚊子便悄然而至。任
何一小片阴影下都有它们的身影。每次顺着高速公路放学回家，我
都试着让自己走在大路中间，走在太阳底下，躲避蚊子的叮扰。只
要看到新生的它们从树林里颤巍巍地飞出来，我都会拍死它们。我
看到帕特拉的时候，她站在车道尽头，而我正在擦手背上死掉的蚊
子的血。

　　她看到我便冲我招手。那天她身上穿着芝加哥大学的卫衣，脚
上踩着她丈夫的大靴子，还没系带。

　　“嘿。”我微笑着跟她打招呼。

　　她挑着眉毛走过碎石，一副准备好要跟我达成她想跟我达成的
共识的样子：“你这周末能来帮忙真的太好了，再次感谢你。”

　　“小意思。”我说道。

　　然后我们就那么站在那儿。我看着蚊子穿过树林直奔我们而来，
心里却在奇怪为什么她自己在这路上待着，是不是特意出来拦截我
的。我把肩上的背包往上提了提，对她说道：“嗯，我原来想着，
说不定今天我和保罗能游泳，水应该足够暖和了。”

　　“噢，那太棒了。很好的主意，谢谢。”她展现出了她最富感
染力的微笑，然后说道，“但其实，那是我想说的。我觉得几天之
后我们会去的。”

她的意思是，他们，没有我。

我瞥了眼她身后拉紧窗帘、房门紧闭的房子，所有的大窗户都在面朝湖泊的那一边，但整个周末，那些窗户在灿烂的日光下都显得很暗（现在白昼变长，屋里不需要开灯了），除了晚上帕特拉和她丈夫在昏暗的灯光下进食的那一到两小时。那几天我从未见过他们中任何一人走出家门走上前廊，我一度以为他们是不是开车去郊游了——比如森林服务自然中心，或者去贝尔芬返还租用的车，或者去镇子上的餐厅里享受一块巧克力慕斯派，又或许他们远赴怀特伍德，那里有个带两个滑梯的操场、一个迷你高尔夫球场、一家电影院。

帕特拉依旧笑容灿烂："我的意思是，现在我和利奥都在这里，一切都没问题。但谢谢你了，琳达。"

"客气了。"

"我会给你打电话。"

"好啊。"其实她是无法通过电话联系到我的。

现在蚊子都奔着帕特拉去了，盘旋在她的手和脖子周围。她在耳边挥舞着手想要赶走它们，我在一旁怔怔地站着，希望能把它们吸引过来。我能感觉到十几只甚至更多的蚊子正在我胳膊上的汗毛间探索最甜美的位置，而我竟因此有一种释怀的感觉——委身为蚊子的盛宴、不躲避它们——我觉得很爽。"替我向保罗问好！"我将这种快乐径直传达给帕特拉，准头精确，"告诉他，我希望他心情好些了！"

是有一丝恐慌爬上了她微笑的嘴角吗？也可能只是我多想了。

"当然，必须的！他也向你问好！"

但当我要离开的时候，帕特拉拦住了我。她笨拙地向前走了几步，差点被她的鞋带绊倒。"嘿，琳达，"她摸了摸我的手肘，"还有件事。"

我等着她告诉我是什么事。此时的她离我非常之近，咬着嘴唇，微微有些出汗。"是'德雷克'的事。"她挥挥手赶走眼前的蚊子，又赶走我脖子上的那只，然后说道，"你见过它吗？"

我想起最后一次见到那只白猫是周五下午，它在门那里叫得像个闹钟。

"没有。"我说道。

9

过了不到一个月，学校便放假了。放假之前还得看四天战争电影——《光荣战役》《日瓦戈医生》《陆军野战医院》——教师们则充分利用这四天缩在教室后面批卷子、算成绩。莉莉的座位依旧是空的。失物招领处那些权属不明的物品被学生会充公，捐到慈善机构了。足球场上的鸽子屎被清理得干干净净，以迎接毕业典礼的到来；大厅里的布告牌上的图钉都被拆了下来，遗留下一个个小孔裸露在外。本学期最后一天的序幕是由被拉响的火警铃开启的，当时我们都在训导教室里，听到铃声便涌到了停车场——在遍布水坑的混凝土地上站了十分钟——便又大摇大摆地走回了教室。下午，最后的铃声敲响，高年级学生把他们的课本扔出一楼窗户，把椅子推到后面，发出一阵阵闷响。那些一年级的曲棍球运动员和凯伦们都冲到生命科学教室有样学样。但我站在自己的桌边，看着外面纷纷掉落的纸张，速度不可思议地慢，你甚至能抓住它们；考试卷、试题、笔记、图表，你都能看得一清二楚；几年的教育就这样飘了下来，旋转着掉在停着的车上，掉在主路上，掉进水沟里，掉在藩篱上。

我起身准备离开的时候，只有龙格尔女士还留在教室里，她得在录像机上把盒带倒回开头。她蹲伏在电视柜前对我说道："暑假快乐。"

"严格说来，夏天还得再过两个周才到呢。"我告诉她。

"确实如此，"她表示赞同，瞥了我一眼更正道，"那祝你春天愉快吧。"

自那时起，日子像是裂开了一个大口子。没有学校、没有工作，日光就这样一直亮着，似乎没有尽头。第一天，我清理了两条肥美的白斑狗鱼，处理了四十根木头，然后我又划船去河狸坝附近抓小翻车鱼，还犹豫着要不要多钓几条白斑狗鱼回家。一天上午，我不用试便成功补好了渔网上的洞，又把所有的工具整齐分类好，给狗狗们梳理狗毛，从它们的冬衣上剔走老鼠屎；下午我则步行五英里去镇上的药店买牙膏和厕纸，为此我妈还给了我好几个橡胶圈；之后又去了趟银行，在柜台处填写了取款单，取出了四十美元；柜台的收银员问我是否就要两张二十元面值的钞票，我给了她肯定的回答。到了市场，我大手笔地给我妈买了一袋子新鲜的脆梨子（标签上还写着"产地：阿根廷"），给我爸买了一罐四季宝花生酱。然后我去了鲍勃的鱼饵和渔具店，从他的储藏箱里拿出闪闪发亮的鱼饵，又把粘到袖口上的轻轻摘掉，什么也没买便离开了。走到室外的阳光下，我停下脚步，站了好一会儿才推开餐厅的门。在我跟桑塔·安娜讨要一根香烟抽之前，我向她买了一包葡萄味的宝宝乐。返程时，我往嘴里塞了一块口香糖，直到我觉得下颌疼，才把口香糖吐了。

　　日光，而后又是日光。那时的星星们已经开始按照夏令时的规律转动了，夏季大三角和张着钳子、长着弯钩的天蝎座都在向北滑行。有时候，我会在晚饭过后泛舟湖上，特别是阴天，直到天黑，或者九点之后。那时候日光开始减半，再减半，天空从橙色变成蓝紫色，然后变成紫罗兰色。日子似乎永远没有尽头。我蜷缩在船里，听着水拍动船身的声音。有时候，加德纳家里终于亮起一盏灯，我会透过柜台处的窗户看到帕特拉。利奥把她圈在怀里，但并没有更多动作。利奥在家时，帕特拉上床很早，她不会再到前廊或码头上消磨时光，哪怕水已经暖和到可以游泳了。

　　一天晚上，加德纳家里灯光灭了之后，我做了个实验。我把 T 恤衫、牛仔裤和内裤卷成一团放在船里，然后迅速滑入水里，像是被湖水吞噬了似的。湖底腐烂了的海藻因为我的到来而兴奋起来，竟缠上了我的左腿。我把木舟踢开，背朝下，意志消沉地漂浮在水面上。我那小小坚硬的乳头直愣愣地朝着天蝎座，天蝎座仿佛也在回应我。我就像是从六个月的冬天走出来的白雪，白得发亮，我的下巴、乳头和膝盖都在水面上漂浮着。不一会儿，月亮从云层后探出头来，向湖面投射下一缕月光。任何一户人家都能透过他家的窗户看到我。我就在那儿，等着被看到。

　　湖水黏而厚重，在我身下滑动着——有多少个夏夜，我是躺在这片湖泊上度过的？我能明晰地感受到身体在水中铸就的凹陷——那轮廓分明是个瘦削女孩。我在湖面上摆动了一会儿，便深吸一口气潜入水底。我在忽暖忽冷的水柱间穿梭，脚上动作用力。我潜得很深，能用手摸到湖底柔软而冰冷的泥。这让我再一次想起餐厅里的格里尔森先生。这一秒，我明明看到莉莉和他在一起，但下一秒她便不见了；我看到莉莉黑色的后脑勺正位于塑料餐桌上方，而格里尔森先生坐在对面望着她，但下一秒，我只能看到格里尔森先生拿着书独自坐在那里，桌上是他的餐巾纸和鸡蛋。透过餐厅窗户，你能看到外面雪花纷飞。荧光灯发出嗡嗡的声音，咖啡机也咯咯叫个不停。湖底的水愈发冰冷，我想象着莉莉就坐在那台餐桌旁，格里尔森先生恳求她道"不要说出去，不要说出去"。因我而生的气泡震颤着，轻轻啃咬着我的胳膊和腿；它们从我的发根处跑出来，我的身体游过一片漆黑，然后尾随着它们前行。

我回到独木舟里，冻得牙齿直打战，赶紧又穿上了衣服。然后划桨穿过湖泊，走到井边撩起净水洗净脚上的污泥，又顺着梯子爬到我父母卧室上方的阁楼，开始手淫，然后酣然入睡。清晨，树林回归到秩序井然的状态，渐升渐亮的太阳不出意外地向地面投射下阴影，又长又直，像木棒一样。这让我想起前一天晚上辫子潮湿的发梢，和我大腿上极小的海藻颗粒。

夏天总会过去的。日夜盼望着夏天的到来，但夏天却总有不尽如人意的地方。夏日里目之所及，总有大量的昆虫在空中盘旋，树上站满了鸟儿，巨大而沉重的叶子拉扯着树枝向下垂，令人想要控制它、破坏它甚至摧毁它。下午慵懒而冗长，希望能做些什么事情让无尽的沉闷泛起一丝涟漪。

大概学校放假几周后，一天，我沿着湖边小径检查路边的树莓是否到了该采摘的时候。人们一般会选择在夏天采摘，那个季节也有很多"一日游游客"会毫无计划地把树莓糟蹋光，徒留一片光秃秃的灌木，所以我想赶在他们之前采摘一些。我在那儿徘徊了有一个小时，也没见到好的树莓。这时，我听到一阵马达声顺着以前向湖里推船的路上逐渐逼近，接着，树间传来一阵窸窸窣窣的声音，绵长而吓人。我停下脚步，准备大声训斥来人驶离车道、弄脏了荒野。但来者并非游客，而是我爸。他开着他春天靠狗拉雪橇赚的钱买的四轮摩托车，现身于一片灰尘与叶子中。靠近时他举起一只戴着橙色手套的手冲我打招呼：嗨。他满脸通红，衬衣袖子挽了起来，汗水从他的脖子上流下，现出了几道脏乎乎的线。

"嗨，宝贝。"他松开油门说道。

我冲他哼了一声，就当打招呼了，然后蹦上了车。

那年夏天，那辆四轮摩托车有一半的时间是没在用的，不过另外一半时间是有人开它的，比如那天下午的那十分钟。我坐在他身后的硬革座上，他开着车驶过野草蔓生的小路，所到之处无不被我们摧毁——碾碎了蕨类植物、秋麒麟、白松幼苗和漆树叶——它们很可怜，但也很怡人。

第二天下午，冷鲜柜里刚补充完新一批的鱼，这是春季最后一批。我把它剁好、存放好后，决定去树林里遛狗。几个月来，我放学后都在忙自己的事情，已经冷落它们挺长一段时间了。"贾斯伯"和"医生"兴奋得奋力冲刺，在每一株植物、每一片叶子上撒欢，植物们在它们的脚下战栗着；和我差不多大的"亚伯"和"静静"则在它们的追逐游戏中显得更沉稳而精细。我带着它们走进山谷——那是我和保罗春天时节的游乐园。年幼些的狗狗在圆木和鹅卵石上蹦蹦跳跳，将它们蹭得一尘不染；年迈些的狗狗则是跳上跳下，而我则坐在上面，环顾四周——狗狗在我身边到处打滚到处闻，看准地方便蹲下来小便，嗓子里发出呼噜噜的声音。它们因解开锁链而表现出的欢愉让我心口一痛。它们太容易满足了。

在初夏的日子里，即使是年长的狗狗情绪也是阴晴不定的。我们走了不到一小时后，它们躲进树林的时间越来越长。它们会跟着香气跑远，然后跑回来求抚摸，接着跑到更远的地方去探险。不一会儿，连戴着灰色口套的“亚伯”都能在树上找到松鼠。很长一段时间里，我只能听到叶子相互厮打的声音。一次又一次，我都在思考是不是应该把狗狗喊回来；而每次它们都两只或三只结伴回来，耷拉着舌头，用湿湿的鼻头蹭我的手指。

有一次，它们消失了五分多钟——这段时间树林又恢复了狗狗来捣乱前的状态了，鸟儿也重新返回枝头休憩了。但接着它们四个又吵嚷着跑回来，就好像一切都是它们的预谋，计划着最后就要以狼群的姿态回归。我看到它们在追一个小小的白色的东西。那个小活物迅速蹦到一棵细长的桦木上，树枝被压得喘不过气，银色的树叶“啪啪啪”掉落到地上。

“哦，‘德雷克’，”我说道，参毛的猫咪在树枝上嗞嗞地叫着，“这世界对你还好吗？”

看起来它身下的“世界”正在变得疯狂不已，四只狗向上跳着，试着咬那只白色的小东西。我用几句粗鲁的话让它们闭嘴，然后踩着树旁的石头把猫抱下来——除此之外我别无选择。我伸手去抓它的时候，它弓起背向我示威，二十只指甲抓住了我的脖子和肩膀，就像二十只钩子一样，好在并没有太糟——我的手举着"德雷克"骨瘦如柴的前胸，从大圆石上滑下来后开始返程。狗狗们在我身后跟着。它们欣喜地转着圈圈，喘着大粗气，不停地在我身边绕圈以庆贺凯旋。

　　所以当我敲响加德纳家的门时，我们都在那儿——四只喘着粗气的狗，一只受惊过度的猫，一脸震惊的帕特拉以及——试图不笑得太灿烂的我。

　　"找到它了。"我说道。

　　我转过身，用一只胳膊抱紧"德雷克"，另一只手放低以指挥狗狗们趴到碎石路上，它们极不情愿但还是很开心，因为它们以为这个手势的意思是说，这只猫是它们的了。"老实待着。"我说道，就像某个不起眼的小神，大概是狗神吧。我想让帕特拉看到我拥有的这种控制力。

　　我抱着猫，走过她，走进了屋。

10

　　屋子里比平常要更暗一些。夏日的树木枝繁叶茂，遮住了西面的窗户。虽然已是下午三点左右，主厅并没有阳光直射而成的光斑，因此我过了好一会才看到从容地坐在角落椅子上的利奥，又过了好一会儿才看出来保罗坐在他的腿上。利奥的下巴定在保罗的头上，保罗身上裹着被子，眼前荡着几缕金橙色的头发，形成两个倒挂着的"V"。我第一次看到保罗被被子严严实实地包裹着坐在他爸爸的腿上，那模样显得他格外的幼小，看起来也就刚学会走路，刚从婴儿长成幼儿。他一直这么小吗？

　　帕特拉跟在我身后进屋，然后关上了门。"德雷克"顿时从我的怀里挣脱出来，它竖着耳朵在沙发周围匍匐爬行的时候，没有一个人说话，只见它展平自己，消失在沙发底下。"德雷克"消失了，门关上了，屋子里陷入一片寂静。我能感觉到那是利奥的影响力在起作用。

　　"啊，谢谢你，琳达。"他开口说道。

　　紧接着帕特拉的声音从身后传来："终于放心了——是不是，

亲爱的？"

然后她对我说道："终于放心了。"

她并不是在耳语，只是说话声音很小。她身上穿着的衣服依旧是我上次见到她时她穿着的芝加哥大学卫衣与打底裤，手里拿着的是氧化了的苹果切片，但随后她便轻柔地把它丢进了垃圾桶里，像是发现它原来是个鸟巢似的。"想喝点什么吗，琳达？水还是果汁？"

被紧紧地裹在毛毯里的保罗说道："喝点果汁呗？"

我的目光又回到他身上："他还病着呢？"

瞬间我突然意识到，这并不是我该问的问题。坐在椅子上的利奥皱起眉头向我表示不满，好像刚刚我说了什么很粗鲁或者不合时宜的话。保罗也有样学样地皱起了眉头，但他甚至都没有看他爸爸一眼。他们看起来一点也不像。保罗是圆脸，长着金黄色的头发，像帕特拉；天文学家利奥则是面容枯瘦，长着灰色的头发，眉毛浓密。他厚重的胡子让他看起来像是从上个世纪穿越而来的人；他的眼镜滑到鼻头处，哪怕他是坐在那里，看起来也像是他在高处向下看；他穿着黑色的拖鞋，卡其色裤子的裤腿挽起一道边。

帕特拉把手放到我胳膊上，大概是一个友好的警告："保罗很好。"

利奥点了点头："他其实一直在冲我们示威。是吧，宝贝？"

又是那个带着成就光环的怪词。但在我开口表达自己的疑惑之前，保罗从被子里抽出一只胳膊冲着我挥舞着。他手上的皮革手套从手一直捂到手肘，这让他挥手时看起来像个木偶。"明天我们要去看高船。"他说道。

"高船？"我疑惑地问道。

"你知道那种有船帆的老式船只吗？"帕特拉问道。

"德卢斯的航海节？"利奥补充道。

帕特拉接着说道："我们想着要来一次短途旅行，感觉去德卢斯旅行会很棒。换换生活节奏，对吧？你去过吗，琳达？"

"去德卢斯？"我没去过，但我并不想承认这一点。

"看到过高船吗？"

这个问题更容易回答："没看到过。"

后来在准备庭审时，他们一直在问我为什么没有从最初就向他们抛出更多关于身份背景的问题。他们一直问我：你对里奥纳德·加德纳博士的第一印象是什么？你会用什么词汇来形容这对父母？能否具体说出他们是如何照顾他的？其实我很难解释自己为什么没有问他们问题，因为他们都格外善良，甚至达到了让人难以忍受的程度。当保罗极度兴奋地开始说起高船时，帕特拉拿来一杯琥珀色的果汁屈膝在他面前递给他，保罗几秒钟之内便喝完果汁，把杯子递回给帕特拉。但她并未起身——她把头放在他盖着被子的腿上。利奥玩着她的头发，保罗也用他那只戴着手套的手拨弄着她的头发。看到这一幕时，我感觉很害羞，但同时我也无法将目光投向别处。我只能安静地站在原地，寻找那只不听话的猫在我的胳膊上留下的抓痕。最后他们中的某人低声说了些什么，帕特拉把保罗举起来带回了卧室。我走进厨房，在沥水器处找到一口锅。我翻过锅盖装满水，准备给我的狗狗喝。这时利奥也站起身来，我能听到他走过房间时膝盖发出的声音。

但其实他走路很安静，毕竟是穿着拖鞋走在地毯上。

　　没有一扇窗户是开着的，虽然每天这个时候炎热而潮湿。屋子里有一股强烈的气味，一周前我来的时候并没有这种味道。这种味道不难闻，只是隐秘而特别——微甜，充斥着意料之中的秘密：成熟的水果、猫砂、衣物洗涤剂，或许还有点厕所下水道的味道。利奥奔着厨房走来，坐到桌边，问了几个关于我的家庭的问题以分散我的注意力。当他问到我家的范围时，我回答说"沿着湖东岸有二十英亩①"；当他问到我父母的营生时，我逃避地回答说"他们都退休了"。

　　"他们真幸福。"他说道，却是忧郁的口气。他把一缕灰色的头发别到耳后，动作温柔得像是个女孩。

　　审讯中，检方问我：你有没有问过他们什么问题？

　　检方问我：你难道就对他一点都不好奇吗？

　　我好奇，也不好奇。我习惯于在他人向我解释之前，假装自己了解他们的生活。这种习惯根深蒂固，也很难向他人解释清楚。我获取信息的方式异于他人——我会认真地观察利奥为自己倒了一杯苹果汁却连抿都不抿一口，只是不停晃着杯子，然后他把玻璃杯放到一本杂志上，举起帕特拉放在身后的果汁容器，用袖子擦干其底部的水珠。这时我很快意识到，他是一个过分讲究而又仔细认真的人，是一个条理异常清晰、受过严格训练的人，但这并非是帕特拉训练的成果。他能以我父母为话题和我闲聊，提出一系列有分寸的问题，却并不让人觉得是在故意窥探。对话的方式、闲聊的节奏他

_____

① 英亩（acre）：计量单位，1 英亩 =4046.865 平方米。

熟稔于心——甚至由他掌控。他漫不经心的姿态让我看不出他的真实目的，这让我十分警戒。

"那你有很多兄弟姐妹吗？"

"我没有兄弟姐妹。"

"但你很喜欢孩子？"

"关于这一点——"

"肯定多少有点的。"他扬起眉毛，为我提供了一种正确答案。说完，他的脸上泛起了微笑，小胡子也跟着变了形状，蔓延到整个面庞，"保罗说你教他吃蚱蜢来着。"

"嗯。"

"看起来他很依赖你。"

"他是习惯我。"我更正道。

"你太谦虚了。"

我耸了耸肩："他并没有更多选择。"

"他是个相当独特的孩子，"利奥摇晃着杯中的果汁说道，"帕特拉也说过你帮了她很多忙。她说她简直无法想象她会如何——"

我等着他说完这句话，但他最后只是喝了口果汁，并十分节制地咽了下去。在这个过程中，他的脑子似乎也在思考着什么事情。

"我有个提议，"他放下杯子说道，"这个周末你跟我们一起去德卢斯如何？这会让保罗觉得开心，甚至还能给我和帕特拉独处的机会，比如单独外出晚餐之类的。我觉得她可能需要休息一下。你觉得呢？"

　　我在抱着一小锅水出门之后发现，四只狗都没在车道处等我，连年迈的亚伯都跑了。我在屋里待了二十多分钟，不知道是哪来的自信让我觉得这些狗狗会听话在这里等我。我把小汤锅放在最高的台阶上以便帕特拉看到，然后转身走向湖滨小路。我并没犹豫过要不要进屋说再见。那一上午我都在和利奥安排行程，而回家还需要一小时。那天气温很高，即使走在茂密松树的树荫下，也能感觉到炎热。所以当我到家时，我的脖颈上全是汗，T 恤的腋窝处也都湿透了。我妈穿着被脏土染黑的工作服走出家门，手上揉搓着手肘处一小片松弛的皮肤。

　　"噢，玛德琳回来了！噢，她终于决定回家了！"

　　"它们都还在吧？"我问道。

　　但其实我看到那些被拴在小棚旁边的木桩上的狗狗们了。我走近时，它们僵硬地站起身来，四条毛茸茸的尾巴在低处快速地摇摆着。

　　"你难道不知道六月 10 号公路的路况吗？"她睥睨着我，并放开了手肘，"它们福大命大没被撞到。到底出了什么事，让你一下子抛下它们不管了？"

　　我想跟她说说"德雷克"的事儿——我是如何拯救下那只猫然后将它安然无恙地送回——但当我开口时，嘴里蹦出的却是其他的故事："我当时正探险呢，妈妈。"我看着她那双棕色的眼睛斜视着我，便接着说道，"不过这只是其中的一部分，是有趣的事儿之间无聊的那部分，不过通常女孩都会用它搪塞她们的妈妈。"

　　我蹲下身来坐在脚后跟上，粗暴地摸着"亚伯"的后脖颈。我听到妈妈走进屋里——防油布发出"啪"的一声——愧疚感顿时扑面而来，像是一只老鹰瞬间遮住了太阳，天一下子暗下来似的。我便冲着狗狗发了一顿脾气，这让我心里舒服了很多。它们的腿上沾满了蓟和芒刺，胸前衣服上的泥土也早已干掉了。"你们越来越野了。"我对它们说道。这也是我真实的感受。

那天晚上，我洗完并晾干碟碗才告诉我妈要和那家人去湖那边的德卢斯去过周末。她对此只说了一句"去跟你爸说去"，并扔给我一个我看不懂的表情。于是我把碟碗摆放整齐后，跑到小棚那里陪我爸听了一小时的棒球节目广播。双城队对阵皇家队。我们把倒放在地上的水桶当凳子，我爸一口接一口地喝下了三罐百威，每一口的量都经过精确测量，以便能坚持喝到最后一局。喝完之后，他一个接一个地把易拉罐压扁，广播里的播音员也开始放送堪萨斯州的天气预报，接下来要有一场热浪袭来，天气会格外炎热；接着便会有一场雷电交加的暴风雨，棒球比赛差点因此而取消，但最终还是没有。

我爸起身时，我告诉他要去德卢斯的事。

他点了点头，关掉了广播，又从冷却器中的冰凉湖水里拿出一罐啤酒，好像是在重新思考他对这个夜晚的计划后改变了之前的某个想法。"明晚之前，会有一股暖锋向东走。"

"我知道。"

"我开始想着明天咱们去鹅颈湖抓些玻璃梭鲈回来。"

"我知道。"

"那些外地人很快就要占领咱们这儿了。"

"我知道。"

"不过苏必利尔湖一定会受到暴风雨影响的。你见过吗？"

没有。

第二天早上十点，他们来我家接我。前一天晚上，我想了很久应该带点什么。我把我另外一条牛仔裤拿出来，找到一件老旧的 T 恤当睡衣，又翻遍我妈的二手衣物袋，想看看有没有合适的衣物当睡裤之类的。我找到一条淡蓝色的衬裙，被我妈用来包碎瓦片。虽然那条衬裙有点发霉、皱皱巴巴的，前胸处对我来说也太大了，但我觉得当睡衣应该是很合适的。我还打包了牙刷和梳子，上床睡觉之前，我先在黑夜中打了两桶井水，然后去拿了我爸的剃刀，想把我那纤细而修长的双腿上的毛刮干净。指尖经过地方的腿毛就这样消失了，这让我感觉很神奇，从脚踝到大腿的光洁皮肤像丝绸缎带一般细腻。在我差不多要结束第一条腿的刮毛工作时，我发现腿上有一道口子正在渗血，之前在黑暗中我并未看到或感觉到它。一阵润滑的触感以及独特的锈腥味让我发觉，血正从我的指缝间流下。我沮丧不已，便失掉了继续刮另一条腿的心情。于是我放下剃刀，浑身发抖地用最后一滴洗发水和最后一点柠檬皂洗了头发。我把网球鞋底厚厚的泥土洗干净，然后放到屋外厕所旁晾干，又跑到胶合板洞里小便，把苍蝇堵在木板下，最后用力拧干胸前的头发的水分。

第二天，当我坐进蓝色本田的后座时，保罗正在他的儿童座椅上睡着。利奥做三点掉头时，坐在副驾驶的帕特拉转过身来轻声说道："早上好！"她递给我一个依旧温热的麦麸麦芬，剥开它的防水纸杯时，会有渣渣掉下来。"嗯，你好香啊。"她又说道。

我满嘴都是麦芬。湿润的麦芬占据着牙齿和舌头间的每一寸空间，嘴里没有一丝空当。

帕特拉咧嘴笑着。"这才对，快吃吧。利奥不喜欢中途停车，他会径直驶过一切，不管是龙卷风还是洪水，是早饭点还是晚餐点，他都不会停下来的。"

"我会停车的！当我们抵达目的地时。只要你提前告诉我，我就会停车。"

"既然如此，目的地就是午饭点，目的地就是两点左右到达的地方。"

"咱们可说好了，那是到达目的地的时间。"

一驶上高速公路，所有熟悉的景象都会在几分钟内消失。我看到树间一闪而过的湖泊，那是在绿缝中间的一抹灰蓝。抵达漫河河畔后，太阳冲破最高的行道树，我们的车恰巧飞驰经过高中学校，行车速度如此之快，目之所及都变成刀片般的光，学校的停车标志和窗户在阳光下熠熠生辉。利奥和帕特拉都戴着太阳镜，但我只是眯着眼斜视着，茫然而兴奋。接着我们驶上了州际公路，车速七十迈，利奥和帕特拉小声交谈着什么，我听得并不真切。我想把车窗摇下来，感受扑面而来的风驰电掣，但我忍住了。

快到晌午的时候，保罗睡醒了，懒洋洋地伸着懒腰。我递给他一个帕特拉准备的麦麸麦芬，但他只是用膝盖夹着。他眼中的红血丝慢慢消退。他开口问道："我们到哪了？""到……"我说不出什么具体的地点。车窗外，松树林正被拆解成一条细线，通向白杨树林和点缀着深绿色干草堆的草绿色的农场。我们胡乱地玩着"剪刀石头布"和"我用眼睛看见"的游戏。我说"我看见一座紫色水塔"，保罗就会伸着脖子看向窗外。他困乏的脸蛋十分苍白，双颊甚至有些凹陷。"我没看见啊，"他把前额顶在玻璃窗上抱怨道，"我们还是玩'我想看见'吧。"

"行啊。"

他闭上眼睛，去发现他的那座紫色水塔，他的铁皮火车和他的火星。此后，车内陷入一片难以辨别的长时间的静默——帕特拉摆弄着汽车排气扇，利奥正专心驶过一阵阵雨——驶过农场之后，我突然发现保罗又开始打瞌睡了。这并不是他的错，车里温暖如春，发动机的低鸣让人昏昏欲睡。我静悄悄地吃着保罗的麦芬，看着窗外的松树又回归视线，它们排列整齐，在路边拔地而起，形成一道葱绿的长廊。

我们在德卢斯外的一栋建筑前停下。经过交通和尘土一小时的洗礼，又一直被车窗闷在车里，利奥终于带着我们驶离高速公路吃点午饭。"看吧？"他对帕特拉说道，"我停下来了。"我们去了"丹尼的餐厅"。打开光洁的巨幅菜单后，经过长时间的深思熟虑，我点了一碗汤。在他们面前咀嚼、用刀叉切割食物这些都让我心发慌。利奥和帕特拉坐在餐桌一边，我和保罗坐在另一边。我的法式洋葱汤被盛放在一个面包碗里，那个面包跟我的头一样大；汤被端上来的时候，帕特拉狂笑不止，我谨慎小心地戳着浮在棕色洋葱汤上面那层厚厚的芝士。整个餐厅都是我们这样的家庭——一个餐桌上，一对父母坐同一边，两个孩子坐在对面。保罗大口喝下他杯里的牛奶，于是帕特拉一边又给他点了一杯，一边还不忘摇着头、嘲笑和洋葱汤搏斗的我。

最终她决定出手帮我把连接着我的嘴和汤碗的芝士丝扯断。解脱后的我问她："要来一口吗？"

她皱起了鼻子，小雀斑因此而汇集到一起形成了一个棕色的斑点。"吃这个一定会让自己看起来像——像一只幼鸟之类的。"

"幼鸟？"

她微笑道："吃蠕虫。"

利奥则更专注在吃上，他用手把火腿生菜三明治压实后分成规整的几块，然后依次放入嘴里。但他吃完后便转面向我，用纸巾擦擦他的小胡子，并用三分钟的时间问了我一大堆问题，比帕特拉这三个月内问的还要多。他说话期间，我的汤也渐渐冷掉。我舔了舔咸咸的勺子，但并不试图再吃一口芝士，它突然变得凶险无比。

"琳达，开学你上几年级？"

"十年级。"我回答道。这问题就像是一种责难——责难我喝汤的方式，责难我的幼稚。

利奥把他的盘子推到桌边："你想去哪所大学？"

"大学？"

"或者这么问，你最喜欢什么科目？"他把双臂交叉放在桌子上。

"历史。"那一瞬间，我突然想不起其他科目了。

"啊，美国历史还是欧洲历史？你最喜欢哪个历史时期？"

"狼的历史。"我说道。但这个回答脱口而出的那一瞬间，我便觉得自己很蠢。我抿了抿勺子上那一小点洋葱汤以掩饰尴尬。

"你是说自然历史？"

"是的。"

"所以其实是生物？"

"大概是吧。"

他的两只手肘迅速向前，差点撞翻了他的空盘子。"我读研究生的时候必须要修读几门生物课。这个领域的人一直在追寻其他生命体，就好像宇宙只有基于狭隘的碳基生命才有意义。"

"而且认为都在古迪洛克带上。"我试着重复保罗曾对我说的话——保罗刚牵着帕特拉的手去了洗手间。

"是的。"他说道，显得有些吃惊。他双手叠放在桌子上，你能看到他指甲被修剪得十分平整。"我并不是说分子生物学家不对，"他接着说道，"我完全不是这个意思。但我也是个科学家，我只是觉得那些人在研究的那套问题极其狭隘。"

他十分认真地端详着我，但看起来又一点不像是在看我。他是个教师，当然很可能还算是个不错的教师。他是那种会给你挖坑的教师，这种教师有个特点，就是他们希望你掉坑里。他也一样。但他希望先把我引到那里，希望我是自己走到那里的，希望我认为是自主发现的问题而不是被引诱的。

他用手托着下巴说道："我们来做个思想实验。"

我向前探了探身子，大衣下沿在大腿上滑动。

"科学家总是从前提开始推论，对吧？"他转动着手指上的婚戒，"但他们经常把立论建立在无凭无据的前提上，展开错误的推理，比如世界是平的，或者人的身体是由四种基本体液构成的。"

我想抓住我的大衣下沿，但它总是不听话。

"但是当然了，我们已经认识到，如果你想做一名真正的科学家，琳达，你的思维必须要更缜密些。你必须要先明确自己的理论基础是什么，然后再推断哪个是正确的。一个好的生物学家应该总是以提问开启自己的发现，比如说，我们假定有哪些条件是生命必需的？我们为什么假定是这些条件而不是其他的呢？"

　　看起来到我说话的时候了。他在等。"你的意思是——"

　　"我的意思是，你必须从最开始就问你自己，你觉得你知道什么？"

　　镜湖东边有块面积为二十英亩的空地。这就是我知道的。我总是假定自己知道这件事；我还知道小山顶上有红松和白松，在风中颤动的山杨与桦树比松树距湖滨更近；我还知道对于开发商来说，忍冬、花栗鼠和湖滨夕阳美景不值一钱。后来当我被迫出售部分土地时，即使房地产市场行情不算差，我还是没有拿上六万美元。我们只有十英尺长的卵砂石地以安置我们的独木舟。过去，老公社工棚就静静矗立在路边倒塌了的松树下，如今早就被拆解成一块块的木头了；多年来我爸一直去偷那些好木材修补自家小棚和屋外厕所，还给花园架上藩篱。至少我们的小屋比其他建筑更耐用，它的地基是用石头制成的，木头则来自有二十多年树龄的树木。小屋后面有个岩质草甸，一入夏，那里就变成一片生机盎然的花园，我妈在里面种了生菜和土豆，并用细铁丝网围小心地圈起来。我们还有一个煤渣砖熏制室、一口干净的井。但我最了解的还是那几英亩的树林——高大的树木总是有着斑驳的树干，剥落的红松树皮的形状像盘子一样，白松的树干上则会留下不同年龄段孩子身高的刻痕，从远处看像是打呵欠时泛起的皱纹。我们有六棵茁壮的美国黑槿和一棵高耸入云的棉白杨；我们的漆树爬满路边的山丘，甚至偷偷侵入了我们家的花园，拱悬于泥泞的车辙之上。后来县政府让我们扩路，我们砍掉了一大半漆树。

我们住在德卢斯的宾馆套房,有飘窗,能看到升降桥、海港以及后面拔地而起的绿色山丘。套房的地毯和墙壁都是白色,每个小房间的漆木桌子上都会有一个插着红绸罂粟的花瓶。两间卧室是由一个有镜子的洗浴室连接起来的,浴室里有几条奶白色的毛巾和几块包装成糖果样子的肥皂。

我没什么东西是要从包里拿出来的。于是我背着包爬上一张高而柔软的床,看着利奥和帕特拉拉开行李拉链,在房间之间走来走去。他们在找保罗的袜子、熊猫拼图和帽子,我则在一旁盯着床头柜上的书发呆。这本书叫《费茨》,是本酒店杂志。我伸手把书拿过来放在腿上,瞬间感受到一种沁凉的重量。我翻开书,开始读那篇关于 1975 年沉陷的铁隧岩船的文章。杂志的书页十分光洁,我足足翻了有半个小时,一直在看船被海浪掀高的黑白照片。几年后,那些救生船碎片得以整合恢复,我对那幅破碎船只的图解格外感兴趣,图中显示船头是垂直向上的,然后便翻覆到船尾倒置的状态沉了下去。

“咔嗒”一声,灯亮了——天开始暗了下来。窗外传来苏必利尔湖拍打湖岸的声音,那迷人的声音引诱着我从床上滑下来,穿过房间,走到帕特拉身边。她正把保温袋中的酸奶拿出来放进迷你冰箱里。我好不容易说服她同意我带着保罗去散散步,条件是在五点半之前必须回来。

我看到她焦虑地瞥着窗外的云层,便改口道:“五点一刻我们就回来。”

“那也等我给他穿上夹克外套,”她点点头说道,“等我给他拉上拉链，以防下雨。还有帽子。”

　　我在宾馆停车场后面找到一个顺着悬崖向下的木质楼梯，它通往贫瘠的湖岸，看起来快要散架了。我和保罗一步一步小心地走下楼梯，棕色的波浪将石头送往岩礁海湾，又卷走。海鸥在我们头顶上盘旋。我们站在岸边，每一次巨浪翻涌，湖水都会湿润我们的指关节。我试着教保罗打水漂，但他只是把石头扔高，于是石头每次都沉没湖底。“就像这样。”我一边说着，边弯曲手腕，将石头扔出去，那块石头在水面上蹦了四次、五次、六次，离湖岸越来越远。地平线附近的苏必利尔湖是一种接近黑色的深蓝，湖的另一边是威斯康星州，但从我们所在的位置看，基本上是看不见对岸的。我爸说的是对的。夜晚提早抵达，因为雷暴云层正向南部走来。波浪从岸边的小鹅卵石缝中退去，另一个浪又袭来，就像是波浪网住石头的时候发出咝咝的声音。保罗把手揣在夹克兜里，却依旧冻得瑟瑟发抖。他的脸憔悴而晦暗，像是鲤鱼的颜色。波浪起伏间，我突然想到，从早上到现在我都没好好看过他。他一直在车里睡着，醒了之后便成了利奥的小宠物，利奥会带着他到处逛，会把下巴放在他的脑袋上跟他说话，会给他乐高积木玩。

　　我弯下身子看着他：“还好吗？”

　　“还好。”他重复道。

　　“我们回去吧？”

　　“我们回去吧。”他说道。他的呼吸扑到我的脸上，闻起来有一股甜甜的水果香。

　　回到屋内，帕特拉照顾我们吃晚餐。她已经订好了两个人的客房服务，点了炙烤芝士三明治和插着红色吸管的巧克力奶昔。每间房里都有两张大床，因此我们中间堆着能占满一个足球场的寝具和十二个鲜红的枕头，床头柜上还有两碗薄荷糖，糖纸扭成蝴蝶结的形状。我躺在床上吸着奶昔，看着宽屏电视的天气频道，里面正播放着暴风雨向南前进的可视化模拟。根据电视中的演示，这场雷暴恰好掠过我们这里，这让我心里有一点小小的沮丧。帕特拉躺在对面的床上，保罗依偎在她怀里。终于，利奥从另一个屋子里走过来，手指微微弯曲，拍了拍他光溜溜的手腕——他们在楼下的宾馆餐厅预定了位置。于是帕特拉穿过屋子，来到充斥着毛毯和枕头的我的私人湖滨。"走吧。"我轻声说道。她用嘴型对我说谢谢，然后亲了亲保罗，把他脚上有点掉下来的袜子向上扯了扯，然后走出了房间。

　　不一会，利奥又回来，在门口探着头冲我说道："我们就在楼下，有需要就叫我们。"

　　好像我不知道这事儿似的。

　　我爬下床，走到正在打盹儿的保罗身边，轻轻扫掉他被子上的面包屑，按掉床头灯，而后走进浴室，用指甲划开一块小肥皂的包装袋。我不知道他们过多久会回来，所以我不敢冒险洗澡——哪怕它很诱人。我在淋浴下足足站了有一分钟，用滚烫的水冲浇我。这一分钟是壮丽的，让针一般的热水拨开某种孤寂悲哀的阀门，这种感受或许积压心中已久，但我之前从未意识到过。那是一种倾覆感，好像未来将我淹没的感觉。我擦干身上的水，蠕动着套上那条二手衬裙。镜子上一片雾蒙蒙的，我看不到自己，看不出自己看起来是更像一个努力长大的小孩，还是更像一个秘密忧心着男孩和大学的青春期少女。回到卧室，保罗张着嘴熟睡着。我则大字形四仰八叉地躺在自己的床上，四肢就这样裸露在空气中。过了一会儿，我决定盘腿坐起来，并等着让回来的帕特拉看到我这个模样——面对着墙壁蜷缩在睡袍里，对一切都漠不关心。

我当然是没有睡的。屋外的马路上传来不熟悉的车流声和真切的波浪声——那是苏必利尔湖的浪花拍打湖畔岩石的声音；停车场对面的酒吧里充斥着女孩儿的尖叫声；上下运行的电梯声也能穿过墙壁抵达我的耳畔。终于，利奥和帕特拉回来了，也只是把灯关上便回屋了。所以我并不确定他们是否探进头来看看我们。冰凉的衬裙盖着我的大腿，我冻得浑身发颤，这时我听到对面房间传来砰的声音，接着便是低沉的哭声。我那条刚刮过毛的腿上生出了鸡皮疙瘩，我用手摸它的时候，感觉像是别人的腿似的，很是刺人。墙壁对面有人说道："啊！"

我从床上滑下来，光着脚蹑手蹑脚地穿过浴室，用手肘轻轻推开对面的门，安静地停了一会儿，然后屏住呼吸透过门缝向里看。

里面很暗，但窗帘并未拉上，一盏街灯照射进来。刚开始我看到床上只有利奥一个人，他坐在床尾看向窗外——好像在等着某个信号，等着城市之上的黑暗天空中出现彗星或者其他什么天体。然后我看到帕特拉跪在利奥面前，利奥的手放在她的头上，这让我想起了莉莉和格里尔森先生。黑暗中，他们的脸在我眼前交替变换：他们是莉莉和帕特拉、利奥和格里尔森先生。他们是丈夫和妻子，他们是学生和老师——一方是可怖的力量，一方是美丽的百合花。这些都是他们。跪在地上的帕特拉看起来如此娇小。她伏在他的大腿间，仰起头的时候喘息着："来吧，求你了。"我本可以走进屋里打断他们，但这时我看到他轻轻把她的头推开，像是推开一只过分深情的狗狗；我听到她轻轻对他说："别像个孩子一样，利奥。"她带着一丝挑逗地嗔怪道："放松点，我知道你喜欢这样。"

后来我才知道，莉莉五月份出城，以证人身份出席格里尔森先生的庭审。她去了明尼阿波利斯的联邦法庭。但当她站到证人席上，检察官一直在提示她说出发生在湖的故事时，莉莉却表示她并不是很了解格里尔森先生、她从未单独与他说过话，除了有一次因为她的读写困难，他给她做了一次课外辅导。检察官根据法庭文件质问道："他没带你去湖边吗？你不是在原始陈述中没承认过这些吗？"显然，他慌了，这个在最后关头翻供的受害者让他几乎失去了所有耐心。他试着让她相信自己只是害怕了、让她意识到自己是在证人席上撒谎。他反问法官："如果那些事不是真的，那她为什么要说出来呢？"

莉莉没有回答这个问题。这个反问句是法官需要思考的，不是她。

格里尔森先生在他的量刑辩诉中是这么说的："我做过很多很多事。请允许我从头讲述一遍。我现在无法面对我的思绪，也不想面对。但讲出来可能对我来说是一种解脱——怎么说呢，我终于把我最害怕的事情说出来了，这是一种解脱。我很惭愧，也不会进行任何辩解，但我可以解脱了。我没摸那个女孩儿，但我想过，我确实想过，我真的想过，我承认我想过。我想的事比她说的还要恶劣。"

　　第二天早上我醒来的时候，保罗不见了。浴室的门紧紧地关着。我褪下睡裙，穿上牛仔裤和衬衣，打开浴室门，望穿贴着瓷砖和镜子的走廊，看向另一个房间里坐在软垫椅子上的利奥。

　　"早上好。"他的目光从书上抬起来看了我一眼。

　　为了争取搜索四周的时间，我问他："你在读什么？"我看到帕特拉打开着的行李箱放在两床的空隙之间，一根内衣肩带和一只淡紫色毛衣的衣袖荡在外面。

　　"《科学与健康》。"

　　"为了你的科研才看的？"

　　"不是。好吧，从某种程度上说，是有帮助的。"他说话的时候，我向房间深处挪了挪。我想帕特拉和保罗可能正在角落里拼拼图，但他们不在那里。利奥看到我盯着床、盯着门、又盯着行李箱，便开口说道："琳达，你相信上帝吗？"

　　我把目光收回，又看向他。

　　"只是问问。你有想过昨天我们讨论的东西吗？我对此尤其好奇。你觉得在你的生活中，你相信——或者说，认定——什么是真实的？当然，这是问题的起点。你认为，自我的基本前提是什么？"

　　"我不知道。"

　　"你知道。"

　　我双手抱胸看着他。

"你知道。这是假设的定义。打个比方，"他循循善诱道，"你是动物还是人？"他跷起二郎腿，一只脚轻轻抖着。他穿着他的黑色拖鞋，于是我意识到，他是那种会为了住旅馆而携带私人拖鞋的男人，哪怕只住一天。他离不开他的拖鞋，这让我对他有些失望，可能还有点抗拒。"或者换个问题，你是否把'拥有身体'视为理所当然？你认为你的身体有多大年龄？"

一只拖鞋挂在他的脚上。"十五岁吧。"

那只拖鞋掉到地上，他用一只长得像鼻子的脚趾把拖鞋钩回脚上。"所以你认为你的生命是从十五年前开始的，且它会持续到某个为止的时间点？"

"大概吧。"

"你认为这是个生物事实？"

我点点头，然后又摇摇头——我不知道他到底是如何理解这个回应的。

"现在，你问问你自己，如果你的前提变成'上帝是存在的'，那么你的这些假设会如何变化？"

他挂着拖鞋的那只脚停止了晃动。现在他已经绕回他最开始问的问题，以他的知识储备，对付这种问题得心应手。"只是个思维实验，好吧？只是逻辑层面的推论，"他呐呐私语道，"如果上帝存在，那么上帝怎样存在是最合理的？上帝是善的，否则他不是上帝。上帝是全能的，否则他不是上帝。因此从逻辑上讲，如果上帝是确实存在的，那么显然，他必须是善且全能的，对吧？这是说得通的，不是吗？这是最说得通的说法了。"

那一刻，他的拖鞋渐渐远离了他的脚后跟。

他更进一步说道："假设我们说上帝是存在的——也就是说，上帝就是我们刚刚提出的定义下的上帝——那么这个宇宙中，不会有罪恶、不会有疾病、不会有悲伤、不会有死亡。只有这样才能证明上帝的存在。因此我们的推理只可能推导出一个答案。在这场思维实验中，如果上帝是存在的，那么那个前提会如何改变你假定中的你自己？"

"帕特拉和保罗在哪儿？"

"他们很好。你回答我，琳达，这个问题最合理的回答是什么？"

"他们在哪儿？"

"十点咱们会在码头碰面。现在，我们回到这个问题——"

"是不是，"我向前跨一步，"是不是发生什么事了？"

"琳达。"他像是用一把梳子轻轻梳开了这两个音节。他有些暴躁地推了推眼镜，"可能我们只能下次聊这个？没问题。或许我们应该开始考虑准备出发了？"我没动弹，他接着说道，"帕特拉告诉我你很成熟，琳达，是个好的倾听者。"

我看着他。

"她总是说，你是个很好的陪伴者，很聪明。但总是自己待着，我确实也见过。我知道独处不容易，我知道它是如何把一个人，一个年轻女人，变得特别依赖别人。"

我感觉我的脸开始发烧，但我什么也没说。

"琳达。"这次他的语气很亲切，仁慈而认真。"你会明白的，当你开始将生活建立在我们刚刚讨论的前提之上时，我认为你会明白的——如果你真的像帕特拉说的那样聪明、忠于自己的头脑——你会明白，关于你对你的生活的一切认知都是错的。"他棕色的眼睛在眼镜后面轻轻眨了眨，"你不孤单，真的。"

我扬起脖子说道："你知道吗，帕特拉也跟我说过你的事。"

"是吗？"他只是多少有点感兴趣。

"她说你工作特别忙——"我的声音像是在嗓子的某个潮湿的地方滑倒了，但我努力控制住它的平衡，"她说你总是不着家，很少出现在她面前。"

他皱了皱眉说道："她没这么说过。"

"别装傻了。"但这句话并不足以折磨他，因此我深吸一口气接着说道，"别跟个孩子一样，利奥。"

我话音刚落，只见他眼睛稍稍睁大了些，然后他快速起身，晃着他的口袋拿出钥匙，穿过房间走到壁橱前。在那之后，他便不再直视我的眼睛，只是含糊地说道："我们可别迟到了，琳达。他们把车开走了，所以我们得走着去。"当他发现我依旧没动弹，便更迫切地说道，"我们得在十点跟他们会合，好吗？就剩五十分钟了，得抓紧时间。"

我还没走出房间他便把门甩上，这让我很生气；他跳过现在去说以后的方式也很气人——他坚持认为十点我在码头见到保罗和帕特拉后，我的疑虑就会被打消，而那还得等等将近一个小时。

但他们确实在那里，坐在铺在草坪上的巨大的皱巴巴的毯子上。

我的疑虑被打消了。我无法控制这一点。

11

码头上潮湿的草地潜伏在过往船只的阴影下。保罗和帕特拉豪放地坐在一张蓝色的棉质毯子上，双腿打开，手掌撑在身后，抬头望着经过的船只。

我和利奥晚了十分钟，所以我们没能看到升降桥升起的景象。但我们听到了码头对面警戒时的叮当声，还看到湖水大道上被路障挡住去路的车队。我们终于挤出拥挤的人群、抵达桥下的小山时，第一批船队已经溜过狭窄的混凝土河道。它们静静地从我们头顶上方飘过——形成一条又长又齐的队伍。我抬头望着几十艘白色船帆，被风吹得鼓鼓的，帆缆的复杂得吓人，但船只的移动却简单得很优雅，好像这种复杂与简单共同成就了船只移动的秘诀——以每小时四十英里的速度冲向码头是所有匀速行驶中最棒的一种——这也是它们的专属诀窍。

湖面上共有九条船。当它们经过时，湖岸上的看客们似乎都屏住了呼吸，看起来像是看到了空中若隐若现的绿色雷暴云层，或是从树林里抛出一只长着长长犄角的麋鹿。当最后一只船从升起的大桥下划过时，湖边爆发出欢呼喝彩声。掌声并非寓意着鼓励，但寄托着赞赏和观看时几乎有些紧张的心绪。然后人们突然开始忸怩起来，相互打量着对方，好像并不确定自己接下来该做什么。海鸥跟在船后面飘浮于空中，张开的翅膀形成一种弧度，却并未能引起他人的注意。有些孩子开始向水面丢面包屑，打破了船只留下的痕迹。

我们看着海鸥在空中接住他们扔出的整片白面包。

"有几条船？"利奥问道。现在我已经知道利奥的习惯了——他能就任何事情展开教学——不放过任何进步的机会。保罗和帕特拉听到声音便扭过头来，这才看到我们站在他们身后。帕特拉以微笑表示欢迎，眼中溜过一丝安慰。有利奥在，她便不用再又当爹又当妈了。这时她用手指拔起几根刀片般的草。

"你看到船了？"她将手中的草一前一后地叠成手风琴的样子。

"当然，"他蹲下身来，"嘿，保罗，这儿呢，小孩儿，你数了几只船？"

保罗没想到要数船的数量。他抬头看着我们，如鲠在喉。

"九只。"我开口道。

那时，我感受到一种要将保罗从利奥的"善心"中拯救出来的需要。从上方，也就是我站着的地方看，保罗的穿着有些搞笑。他印着蒸汽火车头的 T 恤松垮垮地挂在他身上，脖子和肩膀那里明显有些大。穿着尼龙搭扣鞋的脚则摆出内八字的姿势。

利奥说道："保罗，你知道那些船是什么时代建造的吗？"

我再次感受到了"美女救英雄"的感召。但就在此时，帕特拉打开了摊子上的竹篮——内置物品都经过精心地摆放，包括银器餐具和塑料杯，手绢被卷成卷儿码在一边——那种感召顿时消失了。

那种感召总会消失的。帕特拉旋开篮子里像是暗门的东西，从里面拿出一个银色热水瓶，然后为我们每个人都倒了一杯饮品。原来是柠檬汁。然后她打开一个蓝色的特百惠食盒，圆润的草莓喷薄欲出。"这可是有机的。"她一边强调着，一边将盒子递给我。

我坐在帕特拉旁边的草地上，用牙齿咬开一枚草莓。"这边有地方。"她拍了拍毯子，于是我快速挪了过去。利奥则继续他的说教：

"它们应该是建于十八至十九世纪。你知道那是什么时候吗？"

"在火箭被发明出来之前。"保罗猜道，浓密的睫毛呼扇呼扇的。

"应该是在车被发明出来之前。"利奥说道，"每条船上有几只船帆？"

"它们速度很快，在这里待的时间很短。"我插言道。

"一百只吧。"保罗无声地说道。

"十四只，"利奥苛刻地说道，"也或许是十一只或八只，这取决于船的类型。"然后他开始讲风海流、中桅和上桅杆帆、传统索具和海里。准确说来，他并不是在讲道，只是在罗列一堆数字、数据和细节。但他说话的方式有种教皇式的傲慢，平静而坚持。在他说话的时候，我用牙齿咬着一枚草莓种子玩儿。它和一粒沙子一样刚硬，让人难以下咽。过了一会儿，利奥开始讲如何把英寸换算成米，我便开始神游了。我把草莓种塞进两颗龋齿间，然后抿了一小口柠檬汁，等着帕特拉注意到我戴着她的发箍。那是我那天早上出门前，偷偷从浴室柜子里顺走的。它是用蓝色的硬塑料制成的，里面有一排很小的小齿儿，感觉像是某人的牙顶在我的太阳穴上——这让我极不舒服，甚至隐约有些恐惧——但又倍感安慰，就像一只狗友好地用牙扣住你的手腕，虽然它能咬，却并不会真咬。

我的头部从未有过这种感觉：我等着帕特拉发现这一颗崭新的头。

但帕特拉的目光始终聚焦在利奥身上，而后者刚结束他关于船帆的演说，将目光投向正向码头靠近的拖船。拖船船长正站在前廊上向保罗招手——而我注意到，保罗正扭头看着我，他的脸上晃过一丝尴尬。当时他正在颠三倒四地说着"木卫二"的事——他的"木卫二"里有个放着挖掘机的沙盒、"木卫二"里没有人居住、船在空虚中航行、割草机会修整草地。

"木卫二位于古迪洛克带。"他说道。

利奥大笑，他惊喜地看向帕特拉说道："他正将'木卫二'和伊利诺伊结合到一起！"

"他想家了，"帕特拉似是开心地解释道，像是发现了某些问题的关键，"他只是想念橡树公园了，是吧？"她向利奥确认道。

"啊，不好意思，"一位女性打断了我们。她在我们旁边的草地上铺了毯子坐着。

她说着便站起身来，手里的一沓餐巾纸如一群小鸟般飞入空中，又纷纷落到地上，看起来莫名的协调，像是给孩子看的一场魔术表演，但只不过是简单的重力学把戏。我以为她是不是要给保罗表演一段，毕竟他经常会遇到愿意为他表演些小把戏的路人。我对着那位女性熨帖地微笑着，但我真不该对她笑。她皱着眉头，把手中剩下的纸巾扔到我和帕特拉面前的草地上。"不好意思？"她训斥道，将她的嫌恶表露无遗。然后我看到保罗吐了，白色的秽物在草地上冒着泡。

利奥把手放在保罗的脊椎上，轻轻地拍着。

那女人摇着头看着我们说道："看起来他好像得了很重的病。"

"我们知道了，谢谢你。"利奥礼节性地说道。

阳光依然和煦，微风依然翩跹。我们快速把银色热水瓶、特百惠保鲜盒、掉在草地上的塑料杯和黑色手绢打包好，我和帕特拉把所有东西都放回竹篮里，用篮子里的松紧带绑好，然后把竹篮盖子盖好。帕特拉的双手惨白，但她坚持想把所有东西都井然有序地安置好，于是我们努力收拾着。利奥带着无精打采的保罗坐回车里，我们跟在他身后。走过草地时，孩子们绕着我们转着圈跑，向海鸥投掷吃食。孩子们戴着帽子，防晒油让他们在太阳底下闪着光，吵吵嚷嚷地笑话着那些掠食的海鸥。风吹跑了他们的帽子，他们抻着头向后看。之前我们坐着的草地聚集了越来越多的孩子，他们头顶上方的海鸥数量也越来越多。鸟儿们饥饿难耐，对任何可能是吃食的东西一视同仁地抢着。我转过身去看了他们最后一眼，看到那些孩子正在做实验——往空中投掷着爆米花片、蜡杯、胡萝卜条、水果软糖、从父母兜里拿出来的硬币以及好几把小石头。

那天是 6 月 20 日，夏天正火力全开奔向我们。这座城挤满了车辆和一日游游客，到处都是系着绳子的白色泰迪犬、鲜花和爆米花小贩、骑着滑板的孩子、挂着拐杖的老年人和步行者，以及站在街角处的冰淇淋车。那个夏日像极了雪花玻璃球——四处都是飘浮落下的海鸥，圆顶般的蓝色苍穹不含一丝杂质。一天后，也就是 6 月 21 日，保罗去世。死于脑水肿。后来我才知道，这和攀岩者死于高海拔、深潜者上浮时被水压垮是一个道理。脑部肿胀后向外压迫脑颅骨，视神经在这种强大的压迫下击碎眼球后部，大脑将头颅塞得满满当当，头部空间已经容纳不下庞大的脑部，脑灰质也因此被改变。保罗躺在床上，两边是毛绒玩具和几摞书，他可能在剧烈头疼着，可能会在喉头处尝到一丝腥甜。后来我听人说他患有糖尿病酮酸症。

我后来知道了很多事，比如在此次旅行之前的几周内，保罗经常犯恶心，且有大小便失禁的状况；比如他的脑部在开始肿胀后的二十四小时内，已经半盲并丧失意识、陷入昏迷；而在这一切发生时，他被安置在夏日房间的小床上放任自流——他们没有带他去医院，没有给他注射胰岛素和营养素，利奥做了松饼并在一旁为他读书，帕特拉整理好房间、清空垃圾箱，而我则在糖果王国的纸板上挪动棋子。他的父母载着他开了很久的车，与此同时他的保姆将石头、叶子和松果拖进他的房间。我竟然把庭院里的垃圾拿进屋里，他们表示不敢相信。

当时你在想什么？我站在听证席上，听见别人这样问道。我当时想，卧室地板上那些叶子和石头是"木卫二"的首都。但我说不出口。那是我想要告诉保罗的，我没法告诉他们——我最后一次看到那个可人儿的时候，他正躺在床上向外看，可那时他只有一只眼睛能睁开，半张脸压着枕头。当他到家时，我想告诉他，没人住在"木卫二"里。目前还没人住进去，可能永远都不会有人住进去；但首都已经建成，有几列火车驶过海平面，还有潜艇和起重机船，但那不是给人住的地方，不是给精灵、外星人或是任何其他可爱或幻想

中的东西住的地方。它就是一座城，这就是我想说的。它只是一座
有火车、掘地机、推土机和大马路的城市。

我记得当时离开德卢斯的情形是这样的。帕特拉需要人帮她叠
起我们铺在草地上的棉质毯，我还记得那些刀片式的草在阳光下如
此青葱，倒像是泛着点蓝了。我们上车之后，帕特拉和利奥迅速而
短暂地讨论了下一步计划，并决定提前启程返回漫河，当天下午就
动身。利奥希望帕特拉走回宾馆打包物品，他陪着保罗在车里等着。
其实他们因此还有些争吵，那是我第一次听到他们吵架。他们并未
冲对方叫喊或者提高音量，只是分站在车子两旁，在阳光下斜眼瞪
着对方，争论谁应该在车里陪保罗、谁应该回宾馆打包结账。当他
们发现自己正深陷争吵旋涡之时，他们立刻调整自己，向对方道歉。
"对不起，利奥。"帕特拉苦涩地说道；利奥回应道："不，是我的错。
我不应该让自己为这么一点小事就惶恐不安。你陪着保罗。我回去
收拾。"

保罗坐在后座里听着。车门开着，我站在离他很近的位置，却
不紧贴着他。他并不想让人触碰。"天空在我之下，"他说道，我听罢，
嘴角止不住地上扬。

"你应该说，你在天空之下。"

他正忙着喝水，并未顾得上反驳我。他随便喝了几口柠檬汁，
又用帕特拉为他专门做的塑料水瓶喝了一或者两大口水，却立即满
头大汗——直到他的前襟被柠檬水、水和口水的混合物湿透了，便
一头仰进车座里，微微吸了一口气，闭上了眼睛。

　　帕特拉陪着他坐在后座里。她把车钥匙给我，我爬进副驾驶座打开了空调。最初的一两分钟内，它吹出的风的温度和呼吸是一样的，然后渐渐凉了下来。我们便把所有的车窗摇上去，让自己置身于凉爽之中，将夏日世界隔绝在外。汗消了之后，我突然有种滑进驾驶座里挂挡开车的冲动。我觉得开车很容易。这有什么难的？

　　"今天的他不是他。"坐在后座的帕特拉开口道。我回头看了她一眼。开始我以为她说的是保罗，但她的目光投向窗外的酒店的方向。因此她这句话说的是利奥。她吸了口气，像是要说什么，但她放弃了，只是咬着嘴唇。

　　我把身子也转过来，越过座位偷偷观察着她的神情。"温度合适吗？"我问道，想要哄哄她，安抚她的情绪。我希望她能卸下担忧，就像那天晚上在帐篷里那样。我希望她能有某些自己做不到的事情而需要我来帮她做到。

　　"可以的，谢谢，真的谢谢你，琳达。"她冲我虚弱地微笑了一下，眉头紧蹙，然后垂下头来注视着渐渐睡过去的保罗，用一只手轻轻抚摸着他那只露在外面的胳膊。

　　于是我说出了这个考验她是否真的感激我的问题："你想让我把车开走一点点，离开这条路吗？"后面的车一直在对我们摁喇叭，想进入我们的停车位。

　　她有在考虑："你有驾照吗？"

　　"没有。"我坦言道。

　　"那就这样吧。"她躺回车座里闭上了眼睛。在耀眼的日光下，我甚至能看到她的眼球在苍白的眼皮下不停地动。噢，那里是她黑色的瞳孔，我得意扬扬地想着，同时也有点被吓到。但接着，她便用手遮住了整张脸，我什么都看不见了。

她开口道："一会利奥就来找我们了。"

我并不喜欢她说这句话的语气；不喜欢她字里行间的自信；不喜欢她在利奥面前像是变了一个人，所有的肢体动作都有一种做戏的色彩；不喜欢她对利奥恭敬的样子，但似乎又带着磁力——只要她想，就能抓住他的注意力。

她的发带太紧，我的太阳穴突突直跳。我能感觉到发箍内部的小齿儿像皇冠似的，从左耳到右耳，折磨着我的头皮。这种感觉太痛苦了，让我不由得厉声质问她。

"你们在哪儿认识的？"

帕特拉睁开眼睛，在对上我的目光之前先看了看保罗是否还在睡着。"我和利奥吗？"

我点点头："对。"

"他是我的教授。"

我沾沾自喜地说道："芝加哥大学吗？"

"你怎么知道的？"

那件卫衣她穿了能有一千次了。但我并未这么说，只是耸了耸肩。

"天文学101。"她皱了皱鼻子，扬起的微笑中掺杂着一次悔恨。这是我后来才意识到的。她把手放在安睡着的保罗的前额上。"我以为那很简单；我以为我们能一起学习星座、探索所有行星的名字等这类美好的事。"

"你们做了？"

"当然，做了一部分，"她的目光对上我的眼睛，"但不是你想的事。"

我盯住她忧郁的眼睛："我想的事是什么，帕特拉？"

她在座位里不安地动了动，用手指拨弄着保罗的头发，他因此而颤了一下。有一瞬间，他看起来像是在被梦魇追赶，整个脸都皱到一起，像是要哭似的。但他并未醒过来。"是我在下课后留在教室里，你知道的，是我约他出去的。是我，不是他。"

我等着她往下说。

"他像是——我不知道。那时候，他对我来说，比任何事都重要。"

我很难相信这点；很难想象那个穿着拖鞋的瘦弱男人会给她留下这样的印记。在我看来，他虚无缥缈——虽然可能有些固执，像是污渍一般。我想象着他脱下拖鞋的脚后跟有多肿胀，拖鞋又黑又丑又旧。

"一次，我一个同学在学校里碰到他——他当时在为慈善收集签名还是什么的——然后他跟我说，他总是让人莫名不安。我立即表示赞同。他确实聪明得让人不安。他真就这么聪明。"

她在为自己辩护。她在给我论据以完整她的论证。她在试着让我相信她的说法——她说话的时候坐直了身子，目光也有了焦点。

"你听着，琳达，"她为了不影响保罗，努力小声说着，因此辅音听起来格外飘忽，"我不擅长解释。我并不是因为他聪明才喜欢他的。学期结束后，我终于约到他跟我一起坐在咖啡厅里吃麦芬，他点的是麦麸麦芬，而我点的是蓝莓麦芬。第二周我们又这样约会，第三周还是这样。我还记得他起身时是如何整理衬衣下摆的。你知道那种感觉吗？就是你一直等着某人做某件事，而他就真的做了！

他每次起身后整理衬衣下摆的动作都一样，这种感觉就像是，我不知道该怎么形容，就好像你不需要费尽心力就能了解他，因为他做了这事儿，而你能预测到他会做这事儿。他太聪明了，但我当下立刻觉得，我比他更了解他自己。那种感觉很冲击我。"

"你喜欢他整理衬衣下摆的样子？"我对这种说法又好奇，又沮丧。

"不，不是喜欢，而是知道他如何整理自己的衬衣。这是完全不同的两件事。我对此感到十分开心。他那时候研究生刚毕业，在《自然》杂志上发表了一篇文章，当时震惊整个学校。他对我说，哦，也可能是过了一个月之后，他说他并没把他的一切都告诉我，但他想告诉我他的一切。你知道吗，那时候我才十九岁。我当时就想，坏了，这是个堕落的人或者变态之类的，而我还只是个孩子！"

"但他不是个变态。"我顺着她说道。

"不是，完全不是。他只是想告诉我他的宗教信仰——他是家里第三代基督教科学派的信徒。他说这件事的时候，我都笑翻了，我完全放心了。我当时真的很担心他会说什么不好的事。"

这时，我看到利奥走到这条街上。他用手挡住刺眼的阳光，在人群中搜索着这辆车的位置。他肩上背了两个包，一个是我的，一个是保罗的，一只手还拉着一个大号行李箱。他的步速很快，卡其色短裤挽到大腿根，露出细细的腿。

"然后呢？"我急迫地问帕特拉。

我的意思其实是，你说这些是想向我证明什么？我隐隐感觉到，就在我看向窗外的时候，我可能错过了什么，而这是这个故事中最重要的部分。

"噢，我不知道！"她那时肯定也看到利奥了，因为她的声音变了——变得轻柔而平滑、甜蜜而凉爽，甚至有些调皮。"我当时笑话他太严肃了。后来我们就结婚了。我喜欢他的严肃，这可能是我和别人的不同之处吧。"

我们看着利奥找到这辆车后，走到后备箱处把行李厢安置好。显然他看不到车内的我们正盯着他看，因为他上车前，看到车窗映出的自己，便做了一次深呼吸，抚平头顶上一撮立起来的棕色头发，然后又用两只手指将卷到大腿的短裤迅速扯下来。但这还没完。

"看。"帕特拉轻声道。

上车前的那一瞬，利奥摊平手掌，伸进他的腰带里，把他的蓝色棉质衬衣向里掖了掖——这是一种无意识的动作。他的表情看起来有些慌乱，像是并不确定他的归来是否受人欢迎——又或者是在开门的瞬间，他发现了我们在看他。

帕特拉对我说："你到了十九岁的时候，会觉得自己特别成熟，会觉得自己有二十几岁。那时候你就明白了。"

"一切都还好吗？"利奥重重地坐进驾驶座里问道。

帕特拉身子向前探，亲了亲他的耳垂。

他回过身来看了看保罗熟睡的面容，然后看了看帕特拉。

"我们都很好。"我替她回答了。

返程路上我们的角色变了。一路上，利奥一直礼貌地问我一些问题，但不再提湖边垂钓和铁矿石的事了；而坐在后座上陪着保罗轻声玩着游戏的人变成了帕特拉。这次我们被堵在德卢斯外的时间更久。在橙色的尘埃与黑色的疲倦中，利奥和我就这样一问一答地交谈着，他并不扭头看我，对我的回答会以点头或沉默回应。后来我回答问题越来越简洁，他最终便也不再问了。我们之间维持着一到两小时的安静。回家路上，没人再提议去丹尼的餐厅坐坐。交通一顺畅，我便开始寻找着前天见到的地标——紫色的水塔、山坡上的隧道——但因行驶方向改变，每个地标看起来都与前天的样子有所不同，我甚至无法预测那些地标何时会出现。我只能在记忆中搜索它们的样子，然后在奔驰而过的瞬间扭过身去，隔着窗户看着水塔离我原来越远。

当我们终于从隧道里冲出来时，利奥振奋地哭喊道："快到家了！"看来他对此期待已久，直到他终于能用这句话准确地形容我们现在的情况。当我们终于踏上老旧而熟悉的高速公路——几年来我一直沿着它们来回地走——距离他喊出"快到了"那句话已经过了一个多小时，我们终于在斑驳的阳光下看到丛林深处流淌着的漫河，利奥兴高采烈地唱起了《仁君温瑟拉》。接着帕特拉也为他和声。我的心不受控制地沉沦了。帕特拉的声音唱到第二段中间时突然变弱，这时利奥喊道："我们回家啦！"我把手放到屁股底下，想象着车故障了，或者在路中间遇到一只可怜的鹿，或是任何一种灾难性的障碍。我并未提出下车、自己走上漆树小径，而是让利奥在傍晚的阴影中，开车在稠密的树丛走廊里行进，一路上都能听到车被刮蹭的声音。

慢一点，慢一点。停车后，我从后备箱里磨磨蹭蹭地找到我的背包。

"晚安！"他的声音穿过摇下玻璃的车窗，准确无误地抵达我的耳畔。我一盖上后备厢，这辆本田便掉转方向离开了。我不知道帕特拉或者保罗有没有说什么。后座的车窗紧紧地闭着。

当然了，他们后来对我说，那时候你一定感觉到有些东西渐行渐远了吧？

可能吧。可能我有办法，比如某种特殊的梯子或某个优势视角，将自己抽离出来，将一切都看个真切而全面。可能对一些人来说，他们很自然便能找到这种方法，这样的人很是幸运。但直到今天我还记得当时那种混乱的感觉，像是完全相斥的两种感觉同时发生在我身上。一种可以形容成——恶心、头疼、昏迷等等——但其实我满脑子又充斥着和帕特拉、保罗在一起的回忆——高高的船、开车回家、《仁君温瑟拉》、床。虽然它们的结局是相同的，但它们是完全两个不同的故事。可能我从不同的视角看同一件事，得到的结论是不同的。但这不就是问题的症结所在吗？当我们成为别人的时候，我们不都会做出完全不同的举动吗？

"这么早就回来了？"我推开家门时母亲这样问道。

我在进门前已经在门外消磨了一段时间；我用背包当坐垫，在小棚后面和狗狗们坐了一个多小时，就是希望能避开这个问题。但即便如此，她还是问了，而且她在等着我回答。

"玛德琳？"我看她看得并不真切，但她投射在桌上的影子告诉我，她驼着背，不是在缝纫，就是在读什么东西，我看不出来她具体在做什么。我并未开口，只是背着包穿过昏暗的房间，顺着梯子上了阁楼。

当然，我妈那时候还没开灯。

我当时想：好吧，就这么黑着吧。那天大概是白昼最长的一天，我爬上阁楼的时候也就是八点半或九点，但四面八方的松树将小木屋和太阳隔绝开来，屋内几乎已经全暗下来了。当我滚到垫子上时，帕特拉的发带越发地扎人，而我对这种让人愉悦的疼痛很是享受。我妈摁了下灯的开关，然后低声咒骂了一句，便走到木屋后面找发电机。灯光亮的那一瞬间，我的皮肤似乎也跟着颤了颤。我妈在楼梯下面站了一会儿，我能听到她的呼吸声。"玛德琳？"她再次开口了。她轻轻地晃了晃较低的梯阶，梯子衔接处发出了嘎吱嘎吱的声音。

我衣帽整齐，却钻进了睡袋里。

"去德卢斯玩得开心吗？"

我要睡觉，我心想。

几分钟后，她的脚步声响起，脚下的松木板发出嘎吱嘎吱的声音。我听到她打开橱柜，拿一个我一周去镇上买回来的梨出来啃食着。咬一口，然后停顿一下。我想象着她用手指从牙间取出一条条湿润的果皮的样子。她的鼻息很重，嘴里哼着两首歌杂糅成的完全不同的歌——我们的那些日子怪异得很 / 把他们的皇冠抛入玻璃板透明的海上。我的妈妈啊。那晚我从德卢斯返回后躺在床上，蛾子绕着光亮的灯泡飞舞，发出巨大的嗡嗡声；它们羽毛似的翅膀打在灯泡上的声音、她不停咀嚼的声音、她哼歌的时候气音比喉音还大声，而这一切——加之我不停跳动的太阳穴——让我完全无法入睡。

健 康

12

　　"她以后肯定能做企业高管，我敢发誓，"我妈曾对我爸如是说道，"她曾在山上用松树，做枕头。"

　　她说这话时，我心里默默想着：十二棵巨大的松树能做两个枕头、七张毯子。

　　我妈开始叫我 CEO 的时候，我大概也就六七岁的样子，会穿着系扣的睡衣爬到我爸腿上，假装自己还是个他能抱得动、保护得了的小女孩——或者是他平时会用的工具，经过时间的洗礼变得有些磨损，需要他的翻新，比如他很重视的卷尺，他一直用它当腰带。我装嫩的做法是把腿蜷进睡衣里，把大拇指尖放进嘴里，然后开始咬指甲。

　　"别咬了，"我爸警告道，"估计指甲里有艾草屑。"

　　当下，他会用胳膊环抱着我，声音从我的后脑勺后面传来，呼吸会吹到我的头皮上；他在说话前，胸口会发出呼隆隆的声音。这些都让我觉得，我几乎是被宠爱着的。但他很快别过头去，像是要试着从我屁股底下逃离似的。现在我才明白，当时他是累了；他的疲惫让他看起来心不在焉、动作迟缓，脑子似乎被某种他无法识别的思绪僵住了，一时间无法思考任何其他事情。我和我妈就静静地等着他的回应。

最后，我妈一边嘲笑着我一边说："她的模样真是太让人讨厌了。你看看那个样。"

"以后别在高速路附近数东西。"我爸用这一句话结束了对话。

我慢慢从他的大腿上滑下来。自从塔梅卡和"大孩子团"离开后，我几乎从没离开过公社和小木屋。我一只脚踩到地，接着落下另一只脚，希望我爸会把我抱起来。但他没有。我躺到地上，盯着他靴子上破旧的棕色鞋带。

"说真的，"我妈说道，"她告诉我她想测量这个木屋的大小。显然，她还数了家里的盘子。多亏了她，我才知道咱家现在还有十六把勺子。"

"孩子都喜欢数数。"我爸说道，脸上一副了然的表情。

"是咱孩子有这方面的天赋。"

躺在地上的我开始咬我爸的鞋带，还嚼了好一会儿。我从他清嗓子的方式看出，他准备起身去小棚了。

屋子只有这么大，一楼只有两间房——厨房和卧室——外加一个通往阁楼的活梯，阁楼里靠着椽的地方放着一张鹅毛褥子，那便是我睡觉的地方。阁楼是用碎木板搭建的，我的铺盖就是一堆浸染着霉菌和烟草味道的军用睡袋。低低的天花板上挂着一块黄色的布，上面印着许多抽着烟的黑猫，图案错杂而又缭乱。睡觉的时候，我妈就会把这块布围在我的睡袋周围——除非是过于寒冷的冬天。冷天里，我爸会把那床陈旧的褥子挂在他肩上，像是背着一个不整洁的胖子——但那是他深爱的人、他希望救活他。他举着褥子走下梯子，把它让在壁炉旁边。"睡吧，"他边对我说着，边用一只宽大的红色手掌抚平褥子，并把一件旧外套团成枕头状，"做个好梦。"

他对物品总是很友好，但与人接触是总有那么一点畏惧。

冬天实在是太束缚了。我们都围在乌黑的壁炉旁——像是被绳子绑在那里似的。不过我很清楚，如果你能以恰当的方式描述这个场景，你便能讲出蕴藏其中的浪漫，比如讲述维多利亚时代的鬼故事所用的严肃语气就很受人喜欢，我就曾在咖啡店里用类似的套路对牙尖嘴利的约会对象描述"冷冬取暖"，以博得他们的好感。其实，有太多人向往贫穷，即使是在当今这个时代。他们认为贫穷会把你雕琢成有能力伤害他们的人，就像美一样，有种双面性的迷人魅力。他们无意识地盘点着自己能与之抗衡的能力，准备表示怜悯或反抗。

举个例子，就拿我在圣保罗约会的机械师来说，他终于厌倦了从我床上爬起来偷偷溜走的早晨，将见面地点改到他的公寓。一天晚上，我们在他家里吃了墨西哥卷，也喝得有些醉。他在蓝色的地毯上将塔罗牌排成几排，然后指着愚人牌上问我在想什么。他在做机械师之前是学心理学的，对卡尔·荣格① 像对化油器一样精通。他想要窥探我的过去。"塔罗牌不是预示未来的吗？"我盘腿坐在

① 卡尔·荣格（Carl Gustav Jung，1875—1961）：瑞士心理学家。1907年开始与西格蒙德·弗洛伊德合作，发展及推广精神分析学说长达六年之久，之后与弗洛伊德理念不和，分道扬镳，创立了荣格人格分析心理学理论，提出"情结"的概念，把人格分为内倾和外倾两种，主张把人格分为意识、个人无意识和集体无意识三层。

地上问道。当时我醉得让他无法正常进行下去。

"亲爱的,那是茶叶,不是魔法。"

"哈。你在教我迷信,这可不是什么好东西。"

"我保证这有益无害,"他跪在地上,身体靠我更近了些,并伸出一只手指继续说道,"给我一分钟。这张牌让你想到了什么?"

"如果你非要问我的话,我觉得那个愚人像是个头脑简单的人。他的眼睛是闭着的。"

"好,很棒。接着说。"

"他那个棍子上挂着的是一只猪吗?"

"如果我理解正确的话,你说的那是个帆布包。"

我眯起了眼睛:"你之前是在哪儿学的塔罗牌来着?"

他也眯起了眼睛——虽然他还在微笑:"在你的童年生活中,谁是那个头脑简单的人?"

"我跟你说过我知道很多关于狼的事吗?"

"哈!小侦察女兵,我认识她。每次你一紧张,你体内的小侦察女兵就会跑出来。"

"这么说吧,我是狼专家。你可以随便问我问题,我都知道。"

"那么,谁是那个头脑简单的人?"

其实,那个老旧的木质壁炉对于童年的我来说非常乏味,让人昏昏欲睡,我并不看它,却离不开它,但我又没由来地讨厌它。我九岁那年冬天,有一天在我坐在地上读《雪橇狗训练手册》时,我把脸颊靠在壁炉上,我的脸因此被烫出了一个半圆状的水泡——像鱼的气囊一般——就在我的左眼下方。这个水泡随着时间的推移慢慢长大，高高地鼓在脸上；它是半透明的，每次我向下看，它都会妨碍视线。如果我爸妈注意到它，那他们也没对此引起重视。上学的时候，我找了个借口跑到洗手间，对着镜子刺这个水泡。有时候滑冰选手莎拉也会在那个时候早退跑到洗手间，这样就能在训练前完成换装。她一边嗛着一根棒棒糖，一边将超紧连身裤扯到大腿根处。"真恶心。"她盯着镜子中的我的倒影说道，说着还摸摸自己的脸。

有一次，她一脸好奇地走近我，问道："是你爸爸把你弄成这样的吗？你家里人都是这么对你的吗？"

我有两件杂务是要和我爸一起做的：砍树、清理鱼。十岁的时候，我便能独立劈开整块圆木，我爸便将这件杂务甩给我自己处理。但直到我上高中之前，我爸是一直跟我一起清理鱼的，我们就对着棚里的两桶鱼默不作声地各自忙碌着。正式开始清理之前，我们会在磨刀石上把掉了色的片鱼刀磨利——这是这项杂务中最棒的部分，钢片在岩石上发出粗厉的声音——这会让我的汗毛发硬，刺痛我的胳膊；牙齿也会产生愉悦的痛感。接下来的事情就没什么意思了，只有流水的水闸和飞溅的鱼鳞。空气中会并排出现两团拳头大小的哈气，一个是我爸的，一个是我的。哈哈。

清理鱼和砍树只需要几个小时，因此我会自己找点其他的杂务来做。四年级的时候，我开始记录在霍宁先生那里购买的牙膏和厕纸的数量，保证家里一直有囤货；我会在我妈去镇上之前给她看这些清单，这样她便知道需要买什么东西；十一岁的时候，我开始独立照顾家里的狗狗，早上给壁炉添柴的工作也成了我的，因为我会很早起床喂狗狗吃饭；后来，在我上中学之前，我自动把每周天下午陪着我爸听棒球比赛和小说《牧场之家好做伴》看作自己的义务。我爸曾对我说过，他在大学期间和盖里森·凯勒[①]一起上过课，几年来我一直以为这位盖里森是我没见过的亲戚，是我爸一个比较爱交朋友的哥哥；而我爸是比较害羞的弟弟，只有在孤独和灾难面前能更好地掌控自己。

我和我妈倒并没有固定一起做的杂务。她洗衣服或做晚饭的时候完全不能忍受有我在旁边。她说我动作太慢，又太挑剔，总是揪着她的错误不放。"我削土豆皮时只是削得略微厚了一点点，你就表现得好像我很浪费似的。"

我妈是个很勤快的人，但同时她又很粗心，而且想法很多，经常是一件事做一半又去做别的，所以到处都是半成品，比如她为囚犯缝的被子，抗议化学污染的信件，誊写《圣经》的索引卡，以及去杂货店搜罗来却永远看不完的神秘小说。几年前她列了个计划清单，其中有一项是将从图书馆借来的一本书读完，书里全是俄罗斯童话，但那本书她再也没有还回去。每每她在木屋中穿梭时，长发都矗在空气中，她的头发会和任何她碰过的东西发生静电效应——锅柄、拖把手柄，甚至是她弯腰对我说话时的我的脸。

"你还坚持给那个老卷轴浇油吗？"她问道，"这怎么可能呢？"

她的头发随着她的离开也"啪"的一声，离开了。

她有时会邀请我加入她的游戏、朗读，还会用碎布给我做条恐龙尾巴，让我扮成恐龙，但我从来不配合，这让她很困扰。她曾拽

[①]　盖里森·凯勒（Garrison Keillor，1942—　）：广播《牧场之家好做伴》的作者。美国作家、配音演员、广播名人。

着我的头发哄逗着我："快咆哮啊！"她做着斗眼，想要惹怒我；还会伸长舌头，我却只能注意到她粉色的舌头上覆着一层白色的舌苔。

然后我就会想：我们需要牙膏。

然后我就会把这些列入我脑子里的清单：牙膏、漱口水、牙线。

"我在你这么大的时候写了篇小说，"我妈对我说道，"还在我父母的后院里和二十多个人排演《麦克白》！我们那个版本的《麦克白》还真的挺搞笑的。"她把脸皱成一团，用一种夸张的英式口音说道："出去！你这个该死的苏格兰人！"然后她就等着我笑，但我并不确定哪一段是搞笑的。"好吧。"她叹了口气说道，然后递给我一根手杖。那是她用桦木树枝、胶水和闪粉制成的。她特别希望我会因此而欢呼雀跃，哪怕是伪装的，以此证明我未被伤害过，是个快乐的小姑娘。那些年来她每周六周日都会去教堂，去参加天主教、路德教以及不同宗教团体间的服务项目，以求掩盖她所有的过去。她从来不会让我跟她一起去。她说她是个"宗教杂种"，她无法判断，善功和上帝的慈悲，哪个是最重要的；她无法确定，人的肉体和空洞的隐喻，哪个决定着血统的神圣。她郁闷的时候会说："都不怎么样。"她能确定且坚信着的，就是私立学校和电视合伙腐蚀了她的心灵，玷污了她的天赋。

她会在被我彻底惹怒时张开双臂对我说："赶紧珍惜你现在拥有的自由吧！"好像她现在最珍贵的宝藏只有她的抹布、石头和一罐罐的沙子；好像她是用了她的一生才换来了这些破烂。

有时候，为了逗她开心，我会穿上她做的恐龙尾巴出去驯狗。十二岁那年夏天，我把它们从雪橇犬训练成了搜救犬，它们因此也都收获了各自有不同的奖励：坏了的船桨、橡胶软管和我在高中球场上捡回来的网球。训练初期，每次我只松开一条狗的狗链，让它先在某处待着，然后我躲到树干后面等着它来找我。但这对它们来说太容易了，每次都能找到我。于是，一个夏日的下午，在所有熟悉的地方都藏过之后，我冲到房子后面，爬到棚顶，把我的恐龙尾巴拖到裂了的屋顶上。然后我吹了一声口哨，示意"亚伯"可以开始动作了。它找遍了所有之前藏过的松树，逆着风不停地上下嗅着，绕着木屋疯狂地转着圈。那时候"亚伯"还没有很老，但二十分钟之后，它也喘着粗气，院子里到处都是它甩出来的长长的口水。半个小时过去了。四十五分钟过去了。其他被拴着的狗也开始跟着它一起苦恼。我从棚顶上看着"亚伯"的腹部一胀一缩，看着他一次又一次地找着之前那些地方，看着它在疲惫中将自己绊倒。

而我依旧在棚顶上怔怔地坐着。我做了个实验——我把手里那个满是浮渣的、毛茸茸的橡胶质地的网球放进了嘴里。在我要呕吐之前，在我窒息、把球吐出来之前，一种很奇怪的愉悦让我倍感振奋，就像飞起来一样。

回到圣保罗。我把机械师毛毯上的塔罗牌摆成一摞，嘴里说着："真的，你随便问我，我都知道。"他叫罗姆，有一双浅蓝色的眼睛，胳膊上的肌肉发达，但有个啤酒肚。他打呵欠的时候，舌头上的舌钉会冲我抛媚眼，于是我用手指截了戳他的胸口："你问我嘛，问我狼的进食频率是多少？那我就会告诉你，每四到五天吃一次。它们的饥饿是很露骨的，一看到食物便会扑上去狼吞虎咽地，像——"

"这个我知道！小姑娘。"

"但它们吃过一次之后短时间内是不会再吃了。现在，你来问我，它们吃什么？快问。"

他摇了摇头，但还是配合着我："它们吃什么？"

"白尾鹿，还有蠕虫和蓝莓。"

"接着说，小侦察女兵。把你潜意识里的一切都说出来。"

"还有狗！阿拉斯加有这么一个小镇，叫'不知道什么地方'——"

他眉毛上扬："你不就来自那里吗？"

"它们在晚上出现，搞坏别人的净水器。你会听到一阵咀嚼的声音。第二天晚上，来了一对从来不乱叫的爱斯基摩狗。最后来的是一只家养的猎犬，很可爱，口鼻很长，在很多狗狗比赛中斩获头奖。它还拴着狗链呢，就被吃了，只留下它的项圈，还有，你知道，它的颚骨和尾巴。"

"《颚骨和尾巴》。这是张专辑的名字。"

"一般来说，狼会吃掉它们的大部分骨头。这是小侦察女兵的友情提示。"

"那在'不知道什么地方'发生了什么呢？"他伸长了身子，进一步贴近我，将头埋在我的脖子里喃喃道，"谁救了剩下的那些狗？"

"没有准！"我一把推开他，"谁会救那些狼？它们都被射杀了。"

上中学的那年秋天，我妈不再叫我 CEO，而是叫我叛逆少女，这是因为我总是从学校秘书办公室里偷杂志出来看，比如《人物》

《我们》或者《魅力》。我会仔细研读用吹干机将头发吹成"龙卷风"造型的步骤，会认真学习如何把爆炸头抹平、让头发看起来湿润有光泽。但我无意尝试这些发型；我喜欢的是看着那些神秘的东西被肢解成明确的步骤，并用海报和图解将其拼接起来。如果办公室没有新杂志了，我会从图书馆拿冰河世纪古生物学或电力历史的书籍来看。我贪婪地看着发型和头骨的图解，以及我并理解不了的铅印在纸上的角与方程式。我妈从不关注我读什么书，因为我从来不做她觉得有意思的事。她宁愿去整理用来做果酱的罐子——或者在粉色的索引卡上誊写名言——只要她抬头，便会盯着我看。我没有看电视的习惯，直到我搬到明尼阿波利斯跟安一起住后才开始看电视，这时我才明白，看着一个永远不会看你的人是什么感觉。

看到我在读书，我妈偶尔也走近，越过我的肩膀看我手中的书。她会惊奇地摇着头问道："这是作业吗？"我知道她希望我学习好，但她希望我是以她年轻时候的学习方式取得好成绩——即不屑于学习。我这么努力让她觉得有些苦恼。"噢，你现在都成了小教授了，不是吗？我们应该给你买一件学士袍。"她垂眼瞥着书里伶盗龙的图片，箭头指示着它骨头的位置。她看起来有些惊讶，甚至可能有些开心，但大部分是轻蔑和鄙夷。

"别给我露出那副表情！"她大笑着说道。

那时我十二岁。我这一生都在给她看她不喜欢的表情，虽然是无意的。

"那要是穿上那种袍子一定很令人难忘，像个教皇。"她瞪大眼睛看着我又接着说，"我开玩笑的！听着，我不是说这个社会一点制度都没有，不是这个意思。我是想说，这个世界有比学校更高阶的秩序，我们应该注意到事物的相对高度。上帝，人类，政府，工作，"她叹了口气，"你在学校里，会有人告诉你要完成这个工作，然后有一个接着一个的工作，但你心里得清楚，做那些并不会让你更上一层楼。这一点很重要。那只是一种伪升阶。你明白吗？"

"这是什么！"她话锋一转突然问道——她发现了桌子上的《人物》杂志，翻开的那页正是一篇关于戴安娜王妃的文章。王妃的悲惨遭遇深深吸引了我——像她这么优雅的人，竟连秘密都守不住。我读着她儿子的故事、她丈夫的风流韵事、她的饮食失调、她的口红搭配、她的长袜、她的高跟鞋。我看到一篇文章中写道，她在离婚后为自己罗列了一张"每天早晨的必做清单"，其中包括一条：哪怕做噩梦了，也要积极思考。这让我同情她的同时，又为她的勇敢而感动。但我妈无比费解地翻了翻杂志光滑的页面，然后说道："这篇文章你读完了？我真是搞不懂你。这玩意儿到底有什么好看的？"

刚上七年级的时候，有一次，我去洗手间的时候，发现滑冰选手莎拉和另一个女孩也在，那女孩儿正往自己的头发里抹亮闪闪的发胶。那是莉莉·赫尔邦，她看起来饱经沧桑，油亮的黑色秀发渐渐变尖，像一根棍子竖在背后。"噢，怪物来了。"莎拉看到我时说道。但在她的表情是饶有兴趣而不是厌恶恶心。她一直盯着我的脸看，想要找那个破了的水泡。水泡已经没了——可能——脸上还有道并不明显的印迹。

一缕发胶从她的前额流下来，莉莉瞬间将一只眼紧紧闭上。

"嘿。"我小心翼翼地冲她打招呼。

莎拉是很令人敬佩的。我听说她已经做到了单脚旋转两周半跳，这一点我是相信的。她的身体如同一根掰下来的潮湿树枝，紧致的肌肉赋予她有些怪异的外形，让她看起来有些机械甚至有点危险。每个人都认为她未来能实现三周跳，不论她走到哪儿，他们都在她看不到的地方着了魔般地追随着她。后内三周、后外三周、后内点冰三周跳、后外点冰三周跳。这就意味着她能冲击五大湖上游、中西部比赛、国家级比赛、世界级比赛。

莉莉并不具备传统意义上的健美，但在她母亲去世后的几个月内，莎拉一直形影不离地陪伴着她，并成功说服她和另外两个长相一般的金发女孩儿加入列队滑冰。这不是慈善，只是莎拉的兴趣。莉莉不再被叫成"印第安人"，也没人再用以前那种对待弱智的态度待她了。

莎拉告诉她，"路特斯组合"需要线条优美的人，大家了然于胸地笑了。

她的意思是，得有胸。

因此，莉莉才会在这个时间出现在七年级盥洗室里，让莎拉用沾满发胶的手梳理她的头发。她浑身都是金粉，连脸上都是——那天下午"路特斯组合"在德卢斯有场比赛。

我从她们身边挤过去，想要进入隔间。这时莎拉说道："莉，别看那个怪胎了。你知道吗，她爸以折磨她为乐。她们那里的人都信奉这个。他们用蜡烧她的脸，还逼着她到室外小便，不教她怎么用马桶。"

莉莉棕色的眼睛透过镜子对上我的目光。那一瞬间，我感觉那是我在看我自己，突然我枯槁的脸旁边出现了她的，我吓了一大跳。

"我觉得她的脸还好啊。"莉莉并未直接回应她的说法。她向前探着身子，莎拉便像拉绳子一般拉着她的头发把她拽到后面。

"我见过他们这么做！你见过吗？见过吗？"

"没有。"莉莉承认道。

我没有说话。隔间的地板上全是她们换下来的衣服。牛仔裤、带衬垫的内衣、卷成卷的灰色内裤。我用一只脚趾从满地狼藉中扫开一条路，坐到马桶上开始小便，但一滴都挤不出来。

她们在头上打摩丝，发出哧哧的声音——一次又一次。她们在听。

我解决完后走出来的时候，整个人都被羞耻感包裹着。莉莉对我说："很抱歉，那些衣服挡着你的路了。"

"别跟怪胎说话，"莎拉开始扫视着莉莉的脸，"闭上你的眼睛！"

莉莉照做了。但我在水龙头下冲洗指尖时，莎拉的目光对上了我的。她的表情像极了那些狗狗在小棚角落里得到多肉的骨头时的表情。

"我们来唱歌吧，"莎拉对莉莉说道，莉莉瞬间睁开了眼睛，"我们来唱《一名锡士兵》。"

莉莉并未跟她一起唱。莎拉便向她小腿上踢了一脚。

"你得对这首歌有敬畏之心。"她如是说。

"我真希望自己相信这些垃圾"我妈在给我施洗礼的一天早上如是说道。那年我六岁，也可能七岁。一道斜阳从门口射到她的脸上。冷冽的泉水从她手里的量杯里倒出，缓缓从我背上流下。

"什么垃圾？"我颤抖着问道。

"比如手头这事儿。好了，不要再说垃圾了，好吗？你是一桶新米，亲爱的。我正赋予你新生呢。"

"我还不饿啊。"我告诉她。

她大笑起来，扶我从金属桶里爬出来。"亲爱的，你唯一要做的，就是做个孩子。你做到了，我就会开心很多。"

"塔梅卡什么时候回来？"我问道。

"她和别人一起越狱了。"

我曾想象过，我们是如何像潜鸟一样带着我们的想象，顺着高速公路离开的。其实我们当时已经逃离牢笼了，但他们却派了一个所谓的大人跟着我们。

"嘿，别让我看见你这种表情！"我妈握着我的肩膀把我扳过身去，用一条粗糙的毛巾擦着我的背和脖子，"是不是至少觉得自己干净了许多？"

"我现在只觉得冷。"我说道。

"你就有一秒觉得干净了不行吗？觉得很棒不行吗？"我知道她哭了。我没有和她面对面，但我听到她的鼻子发出齉齉的声音。"我们重新开始，你和我。我试着让上帝站到我们这一边，让一切有所改变。这样你就能重新成为一个快乐的小孩了，明白了吗？你能不能就做一秒正常的小孩？求求你了。"

我不知道除了小孩我还能做什么。

"笑一次能有多难？"她乞求道。然后她手脚并用地爬到我面前，这样她便能重新与我面对面。她看到那个量杯，便把它放到头顶，双手高高举起。显灵吧，她做了一次深呼吸。她的脸上还挂着泪水，嘴唇因笑容而发紧，头发被量杯中的水浸湿了。过了一会儿，她把量杯咔嗒一声扔到地上。

"这是最后的办法了。"她警告道。

她伸出手来挠我的胳肢窝，于是我扭动着跑掉了。

"你看，有那么难吗？"她说着话，放掉了我。我呼吸频率越来越快——试图把它变成一种大笑。

"为什么这个愚人总是带着帆布包？"我一边问罗姆，一边像扯草一般扯掉他的蓝色毛毯，用手到处翻找着吃食。不过太迟了，我们的啤酒瓶都空了，墨西哥卷也都吃完了。

他耸了耸肩道："因为他是个流浪者，是个旅行者。"

"这哪里愚蠢了？"

"嗯，因为他正为了一个人向悬崖走去。"

我之前没注意到这点。于是我又看了看这张牌，还真是这样。愚人的右脚悬在悬崖上，但他的眼睛是闭着的。他只是继续走着。

罗姆靠得更近了些，我能闻到他混杂着墨西哥卷饼味道的呼吸。"但其实任由自己坠落并不总是坏的。试试吧？"他张开嘴亲吻着我，慢慢把我扑倒到毯子上。舌头上的金属钉子伸入我的口腔，刺探着我的牙龈。这感觉真好，我心里想着，让人感觉自己是被需要的。

"等一下！"我突然明白他话里有话，便从他身下逃脱出来，"我可不是愚人。"

"你不会过夜，不是吗？"

我站起身来,整理了一下我扭曲了的牛仔裤:"我是不会待整晚,如果你说的是这个的话。"

"我没有恶意。"他的声音中有一丝出乎我意料的锋利,"你最终还是会回到那个荒无人烟的鬼地方的。"

"不,不。"

但当我从地上拿起我的外套,把墨西哥卷饼包装纸塞进塑料袋时,我发现自己还在不停地说:"我妈妈甚至不知道我在哪儿。我爸去世之后,我什么也没说就离开了。"

"我想她很愧疚。"他说道。

"我妈?"我回过身来。

"不是,是那个旅行者。那个背着帆布包的女孩儿。"

"走开,"我说道,"你不了解我。"

他耸了耸肩:"好吧,走吧,愚人。"

从德卢斯的高船节回来的那天晚上,我在阁楼里躺了很久,很多蛾子、苍蝇和蚊子被灯光吸引着从屏风缝中、门板缝中以及窗户缝中爬进来,聚集在灯下。我妈在楼下的桌子旁坐着,等着我从阁楼下来跟她说说话。我能听到她在不停地移动,松树木头地板在她的脚下嘎吱嘎吱的嚷着。我能感觉到她希望我能从楼梯上爬下来,在重力的作用下蹦到地上,走到桌前跟她坐一会儿,聊聊德卢斯的旅行。她希望我能主动告诉她有关帕特拉和她的家人的事——最后——她便能嘲弄他们和他们的中产阶级价值,但同时又骄傲于我能和他们相处得如此愉快,骄傲于我明白这个世界的运转规律,骄傲于我能和她一样，不与这个世界做斗争。我能感觉到她在等着这些。如果我这么做了，如果我告诉她关于"丹尼家的餐厅"的汤和红白相间的宾馆的故事，她会把加德纳一家说成龟毛而冷漠的、完全平凡的普通人。她会说："别对我做出那种表情。"她会问："你头发里那是什么东西？"她会立刻注意到我头上的发带，然后嘲笑着它，并继续叫我半大的孩子。

我是叛逆少女。我还能是什么。

所以我就表现得像个叛逆少女一样。阁楼上有个很小的三角形玻璃窗户，夏天的时候，我有时候会用一根松树枝将它顶开。在我尝试入睡很久都没成功之后，我推开窗户，探出身子晃动着——那时候我像一根金属丝一般瘦——靠近木屋后面有一棵松树，我让自己挂到一根缓慢摇动着的树枝上，然后让悬挂在枝丫上的自己跳到几英尺下的棚顶上。我爸会听到这一声响，但他会以为是一根树枝或者浣熊掉下来了。他绝不会怀疑那个声音是我弄出来的：也就是一个平常夜晚里，一个九十磅①的东西从树林里被风吹到了棚顶。并没什么重要。我并不重要。我的目光一直聚焦在湖对岸的加德纳家里。他家的灯依旧亮着，光亮让一直处于夜视中的我的眼睛一时间适应不过来。慢慢地，事物在黑暗中变了模样。树枝在其阴影中隐没了。云层渐渐靠近，但我依旧可以清晰辨认出离开小棚的路。刚开始我只是单纯地习惯性地想离开木屋、前往湖边。但我刚到那儿，就发现我爸的敞篷车威诺娜停在那里等着我爬进去。

___
① 磅（pound）：英美制质量单位，1磅=0.45359237千克。

那是第一千次，我对那条波澜不惊的河道充满感激。我甚至不用划桨，船可以自动前行。

"你想知道荣格会说什么吗？"罗姆问我道。我提着装着玉米饼的袋子，站在他家门口。"愚人的原型是彼得·潘。"他用一种英伦口音捏着鼻子说道。

"随便你说什么。"我说道。

"真的。鞋尖端是金色的，她手里牵着一只宠物，提着打包的午餐。"

我拉上外套拉链，摇着我手里的垃圾。我感觉被攻击了，同时也对他感到抱歉。"你说过你会做我的过去，绝不会他妈的涉足我的未来。"

"现在看来，这俩是一样的。"

13

　　湖对岸的房子比我想象的要黑，夜空比想象中的要亮，夜晚还并未降临呢——我是后来才渐渐意识到这些。我将船桨深深地插入泛着树叶的水面。那时仅是六月，秋天似乎已经迫不及待地跑来摧残了几棵白杨。我依旧穿着在德卢斯穿的衣服。在阁楼躺着的时候，我没脱网球鞋，没脱牛仔裤，这让我抱着船桨挤进独木舟时觉得胯部有些紧。帕特拉的发带依旧哀怨地盘在我的脑袋上，带给我隐隐的痛感。

　　快点，快点，快点。船终于随着我手中船桨的划动而动了起来。

　　我并没有明确的前进方向；我只是想离开这里。我静静地坐着，把木桨横置在膝盖上，随风和湖水要将我带向何处。冷风阵阵，我的脉搏剧烈地跳动着。头部的疼痛已经转移到下巴和脑壳，这种痛感让我想吐，同时我也意识到，从德卢斯返回途中，我们并未停下来吃点晚餐。早餐和午餐也只是吃了几枚奇形怪状的草莓——其实我一整天没正经吃东西了——当我终于发现这一点时，我开始真的觉得不舒服了。这种感觉来得太突然了，但我很清楚它其实已在我体内潜伏了好几个小时，就等着我走到室外、漂到湖上，再将我彻底击垮。我开始头昏眼花。独木舟抵达岸边之前，整个世界都在我眼前晃动。还是那片湖，但它已不再静止了。

我双手握紧船边，小心地从独木舟里爬上岸。我并不奇怪自己竟然伏在加德纳家前廊下的潮湿的大石头上听着自己的肚子不停地叫唤着，虽然这并不在我的计划之内。我脑中没有任何想法，只是觉得很饿、很累、衣帽很齐全；身后是我家的木屋，我妈正握着梨子、双手发黏地坐在屋里，我一点也不想看见它。

我在帕特拉家的前门那里徘徊。

后来我告诉警察，当时我并没有在想保罗。我只是想给自己找点吃的。我知道我可以径直走入那扇门——我知道它从来不上锁——然后在橱柜里搜刮点保罗的椒盐小饼干来吃；我知道我不需要吵醒任何人，只要我静静地咀嚼，离开时不留下任何少了什么的痕迹。但当我有这种想法的那一刻——椒盐小饼干，或者一根燕麦棒——我发现自己想要的不止这些，我还想打开冰箱，从包装盒里取出一块白软干酪，用手指从罐子里掏出最后两块腌菜，再把保罗碗里吃剩的面条全都吃掉。这些我都能做到，可能我还能摸黑走进洗手间小便（静静地、慢慢地让小便流下来），再把他们用了一半的薰衣草肥皂放进我的衣兜里，拿走帕特拉放在柜台上的手机，把利奥的手稿塞进我的衬衫里。我为这样的想法几乎有些晕眩了。我是不是计划这件事很久了？这样想来似乎我确实为此谋划已久。但当然，这并不是一个真实的计划，只是我脑海中的波动，只是一种渴望，但实际并不可行。

Fee-fi-fo-fum。当我伸手旋转那个冰凉的球形拉手时，这句话突然蹦入我的脑袋里。

主室在黑暗中很难看清。我最先看到的是那几扇巨大的三角窗户，从窗户外投射进来的那一道窄窄的光线来自我父母光亮的小屋。出于习惯，我蹬掉我的网球鞋，把它们放在墙边。

我穿着袜子，向橱柜走去。我满脑子都是那些躺在皱巴巴的包装袋里的零食。我想吃那些平静地窝在盒子里的花生黄油燕麦棒。橱柜的胶链发出一阵嘶哑的声音。我还没把燕麦棒拿到手，橱柜的门关了。我的后脊梁一阵发麻。

"琳达？"

我转过身来。

帕特拉坐在沙发上，身形隐匿在阴影里，我并未注意到她。她缓缓地站起身来，黑色的轮廓投射到窗户上。我脑子里一个荒谬的信念一闪而过——如果我什么也不说，如果我就僵僵地站在那里不动，她就不会看到我。

"是你吗？"

我静静地站着，纹丝不动。

"噢，亲爱的。"她说道。她身上只穿了一件 T 恤衫，两条光洁的腿在黑暗中看起来像桦木树枝一样苍白。她快步穿过屋子向我走来，并未抚平自己大腿处的衣服褶皱。

"这是什么？等下——利奥忘了给你钱了，是吧？还是你把帽子忘在车上了？哎呀天啊，琳达。我看着你从湖对面漂过来，我看着你，然后想——我心里浮现出这样的想法——她是来拯救我们的，那个女孩儿坐着她的船来救我们了。在黑暗中想这样的事情是不是很荒诞？你的思绪就这样飘忽着，你甚至不知道是睡着还是醒着，然后你想：那个女孩儿，那个疯狂的女孩儿划着她的独木舟要来接我们去另一个地方？这么想是不是很搞笑？"

"摇。"我轻声说道。

"什么？"她问道。

"船是划的，舟是摇的。"

"管他呢，就是这个意思，"她把一只手放到头上，T恤衫的下摆微微向上，露出了她的底裤。"我在说胡话呢。我透过窗户看到你之前，我肯定是在打瞌睡。利奥是不是忘了给你写张支票了？或者你是来拿别的什么东西？"

我是来干什么的呢？我的肚子咕噜噜地叫了起来。这时这个屋子才变得更清晰了些。我看到柜台上闭着口的野餐篮子，手机静静躺在帕特拉手里，她看着我的脸、等着我的回答的时候，手指情不自禁地轻轻敲着它。我向远处看去，保罗的门是关着的，门下的缝中透出屋内的光亮。帕特拉随着我的目光转过身去，我突然听到门后利奥静静说话的声音。

帕特拉摸索着灯的开关，一种奇怪的恐慌向我袭来："等等——"

"我猜我们都醒着呢，我们得承认这一点。"

"但——"一部分的我依旧想在没人察觉的情况下溜走。

"今晚没人能入睡——"

保罗那屋的门开了，利奥走了出来。帕特拉打开了灯，我俩在突如其来地强光下眯起了眼睛。利奥瞪着眼睛站在那里，看到我一脸惊喜——不，是惊愕。

"怎么了？"他说道。那一瞬间，他的脸上有一丝真实的恐惧。我想起第一天他走进这个屋子的时候，拿着斧头的我和他的会面。

接着，他便认为我是无害的，甚至是不起眼的。他跟我握了握手，进行了简单的自我介绍，为我们倒了两杯果汁。现在他的行为就好像我可能要加害于他，我可能是的——我是想这样做的——但并不是他以为的那种方式。我小心地把燕麦棒放到柜台上的野餐篮子里后，抱起了双臂。

"琳达？"他问道。

"你忘了付她钱了。"帕特拉说道。

"是吗？"他目光灼灼地看着我。他看起来像是要为我的不请自来而大吼大叫，但他突然改变了主意。"是，我想我确实是忘了。"他跟我一样，还穿着白天的衣服——衬衣下摆掖进他的卡其色短裤里——但脚上还是那双黑色拖鞋。他走到桌边开始写支票，一路上拖鞋就那么松散地挂在他的脚上。

另一个屋子里传来一声低语或是哭泣。

"他饿了！"利奥边解释着，边弯腰写着支票。"我们一会应该会有松饼吃了。世界上有些食物是人无法抗拒的，松饼就是其中一种。他已经准备好要吃早餐了。"

那时应该还没到晚上十一点，最晚也不会晚过半夜，因为我划桨漂过湖面时，天还是亮的，只有灰色的云层凝结在月亮周身。有一瞬间我似乎真的丧失了时间感，似乎在不经意间，夜晚已经偷偷溜走了。我是在阁楼里睡着了吗？我看到的天空其实是黎明时分吗？

"早餐？"帕特拉看起来像我一样混乱而困惑。

"是啊，"他抬起头来看着我们。"现在很早，但还不算太早。谁在哪儿说过你的早餐早一点都不行来着？是谁定下这条规矩来着？"

他把支票撕下来递给我，说道："给你，拿着吧。"我看到他写下的金额是一百五十美元。那个时候的我从来没见过这么多钱，比帕特拉给我的十美元钞票脆弱得多、也虚幻得多。应该写我名字的那一栏是空着的。"就让琳达按她的方式写吧。"他解释道。

出人意料地，帕特拉抓着我的胳膊："留下来吃早餐呗？"

"她这一天已经很辛苦了。"利奥警告道。

"回家路上我们该停一下休息一会的，"帕特拉冲他抱怨道，"如果我们中间停一会儿，这一天不会这么辛苦的。"

"保罗要是在睡觉。就让他睡着吧。"

"但你刚刚不是说他饿了？"

"我认为他能吞下一匹马，"利奥告诉她道，"因为他睡了一整天，现在他醒了。"

"这样好吗？"她的声音有些刺耳。

"这样很好。"

他一只手把帕特拉拽过去，引她走到沙发旁，把她摁进沙发里。然后他在她面前蹲下来，亲了亲她的脸——一遍又一遍，从脸颊、额头上的皱纹、到长着雀斑的眼睑。她仍焦虑地用拇指摩挲着手机，但我能感觉到她体内有种不安渐渐平息，像是做了一晚上的噩梦之后，有只手轻轻在你的被子上拍着，让你感觉无比安心。我之前从未见过这样的利奥，我简直被眼前的场景迷住了。他把帕特拉脸颊上的头发抚到耳后，就像帕特拉之前对保罗的那样。利奥轻柔地对帕特拉说："所以我想，我们该吃早餐了，对吗？明天我们早点开始。没有哪条规定说我们不能这么做。"

"是明天吃？"帕特拉问道。

"噢，是的，当然。"

"我们只是吃早餐？"

"松饼、糖浆、草莓和牛奶。"

光是听着这些，我的嘴里就溢满了口水。利奥走进厨房，将壶和平底锅拿出来，然后转身在音响里放入一盘 CD。"来点音乐如何？"利奥回头问道。紧接着，屋子里渐渐弥漫着经典弦乐的美妙。一直盯着敞着的保罗房门的帕特拉把手机放到了咖啡桌上。

手机一离帕特拉的手，利奥就开始放松下来。"好了，琳达，再见吧！"他站在厨房里冲我说道，但眼睛并未看向我，只是理所当然地认为我已经向门外走去了。他的眼睛紧紧地盯着帕特拉，后者正揣着一种奇怪的紧张从沙发里站起来走向大厅。

"现在还是不要打扰他的好。"利奥一只手里拿着壶对她喊道。

"但是他不是醒了吗？"

"他没事。"

"他醒了吗？"帕特拉回看向利奥。

"他几分钟前醒了。他一定饿了，说要吃早饭呢。"

于是利奥就开始做早餐了。他把主厅和厨房的灯全部打开，将所有开关摁了个遍；他向水壶里灌满水，为糖浆瓶加热；他只用了一到两分钟便搅出了金黄色的面糊，然后用勺子将多泡的糊糊倒入煎锅里。他一边用铲子尖部轻轻拍着成型的松饼，一边不停地暗示我可以离开了："你已经拿到钞票了，琳达，再次对你表示感谢。"

"不用客气。"我说道。面团的香气盈满整个屋子。

"你知道吗，有你在，真的帮了我们大忙。所以，真的谢谢你。

真的是很大很大的忙。"

他微笑着，却并不抬头，氤氲的蒸汽液化在他的额头上，小水滴闪闪发亮。

"我帮点什么忙吧，"我提议道，"我可以倒牛奶。"

"你真是太善良了！但我相信你一定累了。"

"还好，不是很累。"

"你已经做了很多了。"

"你没准备我的吃的是吗？"我问道。

"这是两回事。我只是觉得，你爸妈在家等你呢。"

"我很碍事吗？"

"不是这个意思，"他下巴上的一块肌肉微微发紧，"听着，我们很高兴你能待在这儿，但——"

我没理他，径直在柜台上排摆了四个玻璃杯，打开牛奶盒，倒了四杯奶；又从橱柜里拿出一摞碟子放到桌子上。这时猫儿们不知道从哪里蹿出来，用脸蹭着我的脚踝。从利奥的煎锅里冒出来的水蒸汽晕了所有窗户。我根本看不清窗外的景象。

再见了，树林，我心里想着，再见了，世界。松饼在锅里发出嗞嗞的声音；猫儿在我脚下喵喵地叫着；水在糖浆玻璃瓶周围欢快地咕嘟着；古典音乐在空气中远远近近地游荡着。我将刀叉、纸巾和一盘黄油切片摆放好。趁着利奥转身的空隙，帕特拉跃进保罗的屋子，手中紧紧抓着门把手。然后她探出头来，光着脚轻轻在客房里走着，边走边抚平枕头，叠起毛毯，还重新堆放了书籍。

突然，她走到厨房里："早餐是个好主意！"

"而且琳达也在这里！"她补充道，并走到我旁边给了我一个拥抱。她的拥抱很用力，我能感受到她的尖下巴插进我的肩膀里。瘦小的帕特拉比我还矮一英寸——她的四肢以及 T 恤衫下的肌肤冰凉而湿润。接着，就像她迅速抽离，在利奥的后脖颈上亲了一口——速度与那个突如其来的拥抱一样快。"利奥，我要那个大的。"她踮着脚尖说道。我能看到某种她几乎承受不住的能量正穿过她的身体。她所有的动作都带着一种急促与夸张的兴奋，好像她正努力控制体内的某样东西。她急匆匆地将利奥做面糊的刮刀清洗干净，洗了搅拌钵，又用纸巾将柜台擦干净。不知何时，她茫然地从纸板箱里拿出一枚鸡蛋，然后紧紧地握着，直到鸡蛋破碎。

"我在干什么？"她举起自己闪着光的、黏糊糊的手问道。但她一脸要笑的样子。"看看这一团糟的！"她呼喊着，用洗碗巾使劲擦着手，用力地擦着每一根手指头。然后她做了一个很深、很沉的呼吸，坐到桌边，说道："好的，我饿了。松饼好了吗？"

利奥进屋叫保罗去了，我给帕特拉拿来一杯牛奶，又把做好的松饼放到盘子里。不过几秒钟的光景，利奥就回来了。他笑着看着帕特拉——笑得如此之开心连帕特拉都受到感染，嘴角上扬——利奥开口说道："小王子想在床上吃！"说完，便拿着一盘松饼、一杯牛奶离开了。

走到一半，他扭过头来说道："我明白，亲爱的，吃吧。"

我看到她又坐下了。

她安静地用手指撕下一块松饼放进嘴里。我也学着她的样子吃了一块。我太饿了，松饼又是那么温软，还是溏心的，你根本不需要过分咀嚼，可以一次塞进嘴里一大块，甚至是可以将松饼"喝"下去。我不停地重复着这套动作，直到我觉得自己已经吃得够多了，不能再吃了的时候，我抬头看向帕特拉，她早已没在吃了。她的双唇微张，我能看到她牙间塞满嚼了一半的松饼，泡沫状的混合物堆积在下唇，它们倒维持住了自身的平衡，并未溢出来；两腮因食物而鼓鼓的，她就这样呆坐了十秒、二十秒，最后慢慢地闭上了眼睛，认真地动着下巴，努力把嘴里那一大块松饼吞下去。它终于滑下去了。我看到了。

"帕特拉？"我小心地开口，恐惧的感觉像电击般传遍全身。

后来他们问我，那时的保罗是什么状态？

我记得当时我只是怀疑帕特拉是不是被呛到了，怀疑一个人的器官是不是真能被松饼这种无害而柔软的东西塞住气管，怀疑这种危机是否真的可能出现。

"啊。"帕特拉喃喃道。然后她站起身来，径直走到沙发那里坐下。她把木柴般的膝盖塞进 T 恤衫里，把头靠在垫子上。"这就够了。"她轻声说道。

那时候是几点？不是太早也不是太晚。我看着满桌的松饼碎屑和还未动过的松饼，突然感觉精疲力竭。我将手中的纸巾握成球，喝尽杯里最后一滴牛奶，然后将屋里利奥打开的灯都关上。这时我发现帕特拉坐在沙发的另一端，将几分钟前叠好的毛毯抖开，盖在蜷缩着的自己的身上。

利奥的音乐还在播放着。

我并未对帕特拉说什么。我们一起看向窗外。湖对岸的我爸妈的木屋已经黑了，但夜空依旧是亮的。我想，大概是一轮满月升空了——或者黎明终于还是到了。停在湖边的我爸的威诺娜像一条搁浅的鱼一般微微发亮。

"你看见我来了？"我问道。我想再一次听到她口中的那个故事。

"哦，琳达。"

"你乘过独木舟吗？"

"嗯。就一次。但我不像你，我是个城市孩子，你明白我的意思吧？"

"我明白。"

她看向坐在沙发这头的我说道："有一次露营。他们把我摁到一条独木舟里，我满脑子想的只有'我要掉下去了'。但我越这么想就越害怕我最后会把木舟弄翻，因为我的想象如此清晰——就是哗的一声。太具象了。"

"每个人都会这么想。"

她缓慢地深呼一口气："我需要修炼自己控制思维的能力。"

"每个人最终都会翻船。"

"真的吗？利奥从来不会这么想。"

"怎么想？"

"他总是想一些负面的东西，预想最糟的情况。"

我并未接话。

"他是个好爸爸。"

"是吗？"

"而保罗，我的保罗也是个好孩子！"

"他确实是个好孩子。"

她听到我这么说似乎很开心的样子，掀起毛毯的一角让我钻进去，于是我向她身边挪了挪，顺从地让她把毯子盖在我身上。"你知道保罗是怎么出生的吗？"她问道，并把毯子盖在我腿上，又用手掖了掖。

不知道，我从未想过这些。我以为保罗就是以一个四岁孩童的模样从另一个星球来到地球上的。我从未想过他作为一个婴儿、作为帕特拉身上掉下来的又红又润的一团肉会是什么样子。

"我给你讲些故事吧，琳达。"我很喜欢听她跟我讲这些，真的很喜欢。"我怀了保罗之后病了很长时间。我一直认为，世间的一切都注定会走向糟糕的结局。我对这个宝宝总有种不祥的预感。但利奥一直对我说，你很担心，这就是全部了，你只是担心而已。当时，我确实很担心，我担心自己犯了一个巨大的错误。"

"你当时大学刚毕业？"

"我的朋友们有的加入美国和平队①，有的去读研究生。"

"那你有这样的感觉也是正常的。"

"我不仅是担心，而是在怀孕期间实在是太难受了，这种不祥的感觉太过真实了，由此产生了各种并发症。利奥一直劝我不要担心，一直给我读他写的书，但不好的事情接连发生。过低的胎儿体重、子宫早期收缩……只要你能想象到的糟糕的情况都发生了。生产的时候，我真的觉得我的心脏停止跳动了，我听到它怦、怦、怦"——她边说边拍着我的腿演示给我看——"然后就没有声音了。然后我脑海中冒出一个小小的想法，那个想法告诉我我不应该这么担心害

---

① 和平队（Peace Corp）：和平队成立于1961年，是肯尼迪在总统竞选中提出的，按照肯尼迪的构想，和平队的主要使命就是以志愿者的方式，向第三世界国家提供教师、医生、护士、各种技术人员等"中等人力资源"。和平队目标之一是帮助其他国家的人们更好地了解美国人民和美国的多元文化社会，也是美国"软实力"输出的主要举措之一。

怕，上帝不会对我这么残忍的。上帝不会让我停止心跳的，是吧？"

我的心快跳到嗓子眼了："他不会的。"

"后来，利奥对我说，当时我脑子里那个关于上帝的想法是保罗传递给我的。那个想法是他出生的讯息。"

窗户外黑漆漆的树站得笔直而坚挺。帕特拉的手放在我的腿上。她静默着，且静默了很久，久到我以为她睡过去了。然后我感觉到她换了个姿势，靠我更近了些，我们的头几乎都靠在沙发垫子上。

她轻轻低语着："我一直很抵触利奥的思维模式。我一直对他讲，我就是不能和他一样毫无疑问地对某件事充满坚定的信念。但保罗来了，一切都好了。保罗是真的很完美，真的。他出生之后我真的很开心，也不再对抗利奥了。按照他的思维模式走似乎也是很简单的事。你知道吗，快乐是无法诉说的。你说你很快乐，没人会相信的。"她哭了起来，边哭边问道，"我很快乐，对吗？在你看来，我们不快乐吗？"

"你看起来很快乐，"我保证道，"你是快乐的。"

我一定是打瞌睡了，因为我仍有记忆的后来的事便是我半个身子盖着毯子、半个身子被帕特拉压在腿下。帕特拉的头从毯子的另一边探来，她的身体柔软和温暖，被压在下面的我几乎动弹不得。这时我的身体感受到一种真切的快乐，当初我和塔梅卡蜷在同一张床上的同一个睡袋里的时候，我也是这种感觉——我们的睡袋就像我们的第二个身体，也是我们所拥有的最好的身体，比我们分开时的身体要来得结实。如今这种熟悉的感觉铺天盖地地朝我袭来，我向帕特拉身边挪了挪，上身依偎在她身上，屁股靠在垫子上。然后，我闭上了眼睛。那时，可能确实有什么东西拉扯着我的意识，因为我记得，当时我还在想，没什么好担心的——就像是担心独木舟会翻一样，因为都是自己的想象。我告诉自己那是不可能的。事情的发展不会是这种走向的。

再次醒过来的时候，我满身的虚汗。利奥已不再播放 CD，一阵微风吹过我的发梢。我将毛毯的一角推开，让我那潮湿的脖子在冰凉的空气中阴干。几点了？沙发另一头的帕特拉正安稳地睡着。我没有叫醒她，独自站起身来，走了几步才发现我感受到的微风来自室外。我闻到一丝树的香味随微风飘进，那是松树针叶特有的清香。通往前廊的推拉门正敞开着，几片枯叶静静躺在小地毯上。

我颤抖着跨过门槛。黑夜终于降临了。天空黑暗，寂寥，没有一颗星星。

有人蜷伏在望远镜上。

"保罗？"

他抬起头来看我，面颊光亮而清澈。他看起来比这几日我所见到的他都要健壮，眼白和牙齿甚至是闪着微光的。他的头顶上竖着一撮头发，他的脸上挂着微笑。

"噢，兄弟，又一只海狸。"他格格笑了起来。

"保罗——"我顿时有了一种解脱的感觉，这让我不禁板起脸来斥责他，"赶紧进来。"

"我们一起玩生存游戏吧，"他建议道。

　　"改天吧。"

　　"看！那里来了一只熊！"

　　他开始奔跑，跑下了台阶，跑进了森林。他那么幼小，奔跑的速度却大大超乎我的想象。他快速爬过圆木，钻过树枝，他挤过的松树树枝在惯性作用下都弹回到我身上。保罗穿着他的连脚睡衣在前面跑，我穿着袜子跟在他后面追。虽然我对那些潮湿的树叶和长满苔藓的岩石无比熟悉，但我甚至有些追不上他。终于，最后一根树枝被甩到身后，视野豁然开朗，湖滨静静地躺在我们眼前。我震惊地发现，水面上凝结了一层银白色的冰。保罗回头看了我一眼，头顶上的发弯得像是两个角。"噢不，一只熊！"他大叫着。然后他爬到地上，匍匐着爬到那层薄薄的冰上。我终于意识到那里有多冷，雪的气味让空气变得格外稀薄，我的指尖几乎全麻了。"保罗！"我大叫着，向冰层迈了一小步，顿时冰层在我的体重下发出碎裂的声音，一切似乎都开始分崩离析。我的第三步踩破了冰层。我站在寒气刺骨的冰水里，看着保罗匍匐着爬过冰面——像一条蛇一样——像湖中心进发。这一切对我来说恍如梦境。

　　黎明时分。从大窗户里向外看，两片灰色的三角形天空正透着光亮。薄雾从湖面腾起，我在朦胧中只能依稀辨认出我父母木屋的所在。我让阴暗的屋子一点一点将我吞噬。保罗的灯灭了，利奥在看不见的地方打着呼噜，帕特拉则靠在沙发上，在我身边安然睡着。玻璃推拉门被紧紧地闭上了。一切的一切都在它正确的位置上。我将身子坐得更直了些——便看到德雷克正来回地在保罗紧闭的房门前踱着步——前前后后，前前后后。

　　我用眼的余光瞥到放在摇椅上的利奥的手稿。我不想回归梦乡，但也不愿意离开沙发，便倾身从厚厚的一摞纸上取走最上面的那张。我本以为那是关于宇宙的文献，是基于未经证实的假设所做的关于外星生命的愚蠢调研，我本以为我知道利奥的文章风格，我会看到满篇的术语和公示，中间穿插着似是很简单的设问。我还希望看到图解。

　　但我错了。那页纸里的内容用淡漠而干脆的语言平铺直叙着。我拿到手里的时候，才注意到它的字体和下面手稿的字体是不同的。整页文字我读了两遍，第一遍主要是看机打文字，第二遍则是看帕特拉用紫色笔做的修改。她划掉了几个分句，并在底部用瘦长的草体做了笔记。内容如下：

　　首先，我要感谢基督科学教会创始人玛丽·贝克·埃迪，她的启发让我受益良多。接下来我讲述的虽然是我儿子的故事，但我想感谢无所不知的全能的上帝的恩典，他以童真的形式活在我们所有人体内。我的儿子最近正在和腹痛顽强斗争。有一天，他舍弃了自己最爱的睡前故事，请求我为他朗读《存在的科学论述》。这让我无比惊喜。他才四岁，但他的智慧堪当我和他妈妈的模范。我为他读了我们熟知的论述："世间并不存在物质的生命、真实、智慧乃至物质……"读完之后，他问我："什么是物质？"这个问题惊住了我，因为他从未问过这样的问题。作为一个科学家，我想起了我和我的同僚争论以及探讨过的对物质的所有定义；但我仍以自己科学家的身份引导着回答他："你的胃痛、欺骗你的一切、假装自己是真实的东西，就是物质。"然后他对我说："小孩都说真话。我不是物质。我不骗人。"我便明白了——他比我更了解自己的本质是精神。我们聊过之后的第二天早上，我儿子的腹痛烟消云散，他甚至能兴致盎然地准备参加我们之前计划的家庭周末远足。他的论证很完整。就像玛丽·贝克·埃迪说的："只要有一刻意识到，生命与智慧是纯精神的——不生于物质，亦非存于物质之内——那么身体便会毫无怨言地为其服务。"我必须要一再对此教会表示感激，这么多年来，它以真挚的教义浸润着我和我的家人。

帕特拉在底部添加的笔记如下：

或许开头增加一点对保罗的描述会更好？

或许对他斗争的病症展开细节描述会更好？

修正："小孩都说真话"：他是这么说的吗？他说的是"我不会物质"而不是"我不是物质"吧？还记得他是怎么对我说这句话、你是如何纠正他、气氛是如何的甜蜜与快乐、大家是笑得如何开心的吗？你还记得吗？当时他坐起身来，把你的旧手套套到他的肘部，你跟他说话的时候他一直在抚摸你的下巴，我觉得这样的细节会让读者深受感动。不要忘了加入一些这样的细节。还记得他想把两只手同时放进那只手套里做鱼鳍状吗？这个细节也很搞笑。还有，他把手拿出来的时候，所有从湖边捡回来的小石头都掉到你腿上了。我不确定这个小故事合不合适，如果你能把它写进去，当然也能增色不少。

14

我曾给格里尔森先生写过一封信。我查到他住在佛罗里达州的塔拉哈西外围的镇子上。那个镇子叫克劳福德维尔，网上说这个名字来源于很久以前住在那里的一个医生。网上还有篇报道称格里尔森先生在那里开了一间店，贩售《星球大战》午餐盒、十九世纪的摇椅和二十世纪五十年代的明信片。明信片是带有橙色图样的，那种橙是一种明亮的橙黄，并非完全是橙色。那家店的名字叫"珍宝箱"，而人们叫它"垃圾"。

"亲爱的格里尔森先生。"我写道。

然后我停住了。那时候我住在明尼阿波利斯，周一到周五做着秘书的工作，晚上会和机械师一起吃饭。睡不着觉的时候，我会读探险家的自传，那些攀登珠穆朗玛峰的勇士无视高原反应和生了冻疮的手，将勺子插入冰层中，借力于此向上攀着。为了不影响同屋的安睡觉，我都借着手电筒的光看书。我用毛毯盖住自己，背靠着冰凉的墙壁，在阴暗的"洞穴"里一读就是几个小时，却对书中完全孩子气的生存策略越发失去了耐心。当我读到攀登者不可避免地在山里遇到了暴风雪，身上却只有一把小折刀和一个铁铲时，我放下了书，开始给格里尔森先生写信。这封信我重写了一遍又一遍。拂晓降临，屋内被染了一层又一层灰。

"亲爱的格里尔森先生，"我写道。

"亲爱的亚当""致亚当·格里尔森""致亚当·格里尔森先生""致亲爱的你"。最终我定下了这么写。

　　或许您已经不记得我了。当初您在明尼苏达州的漫河教八年级的美国历史，而我正是您的学生。当时我坐在窗边，梳着长辫子，总是穿着短夹克衫和登山靴，您叫我玛蒂，还给我起了个外号叫"创意小姐"，因为我在"历史之旅"比赛中获得创意奖。我当时演讲的主题是狼——狼的历史，您还有印象吗？我提笔写下这封信，是因为最近有件事一直困扰着我。在您离开漫河、赫尔邦讲述了她做过的事之后，同学们对您在课上教授的东西只字不提，好像您从没来过一样，这感觉太怪了。但我想，您一定在教学中付出了巨大的心力。当初您起身激昂背诵整篇《独立宣言》的场景仍历历在目，为了记下它，您一定费了大功夫。我还记得您让我们画国家地图，我们把自己当做刘易斯和克拉克，因为只有在亲身漂流后才会知道河流的形状。当您带我去参加"历史之旅"比赛时，我承认，我以为您会笑话我想要讲狼的想法。后来我想，您在所有人中挑中了我去参赛，可能您是看中我比其他女孩更省心，但对现在的我来说，您选中我这件事本身比原因更重要。

　　您知道吗？您离开后的那个秋天，莉莉·赫尔邦回到了学校，算是给了我们一个惊喜吧。人们一直说她病了，但其实不是，而是她怀孕了。虽然后来大多数人听到的说法是她收回了对您不利的证词，但怀孕这件事彻底摧毁了她在镇上的未来，也毁了您的。听说莉莉在收回证词后，在法庭上被威吓了。您能想象吗，她竟然怀孕了。她是真的很漂亮，甚至比之前更漂亮。但有一天，她坐上了大巴，去往圣保罗，那里的天主教堂有专门为她这样的女孩安排的项目，后来，我听说她成为一名血液实验室的实验员。得益于这个公益项目，她有机会接受免费的职业训练、宝宝的衣服和生活用品。这样一来便不难猜测她为什么说谎了。很多跌进陷阱的动物都会装死，我便是从这个角度来理解莉莉的做法的。如果她听别人的话，留在这里，嫁一个累人的丈夫，她的生活会是多么狭隘；于是她偷偷在这样的生活中找到了一条出路。

莉莉并不像她看起来的那样沉默。但或许你已经知道这一点了。

我曾经考虑过搬去加利福利亚。那是您的家乡，对吗？我想看看那里的红树林，感受高耸树林旁边的自己的渺小，改善自己对事物大小的感知力。我听别人说那些书对你是有这样的作用的。但是明尼阿波利斯的消费水平更低些，这里的树很像漫河边的树，但比漫河稀疏多了。

我也从没去过佛罗里达。我觉得如果我进了您的店，我会买下那个有高靠背的摇椅和软胶底跑鞋，您在自己的网站上挂出的图片看起来穿着会很舒服。我看了别人在网上对您的评论，说您不该住进他们镇子、若有小孩游荡到您店里怎么办，如此这般。但我认为您也应该知道：我觉得您是无罪的。我觉得您应该从他人口中听到这句话；我觉得应该有人对您说这句话。但我担心没人对您说这句话，因此我来做那个人。

您真诚的，

玛蒂·福尔森

我总是觉得，黎明是张免费入场券。四点到七点之间的时间是几只烦躁的鸟儿和最后一波为自己补血的蚊子的专属狂欢时间。明尼阿波利斯的高速公路会在这段期间变得越来越吵，直到一缕斜阳透过窗帘爬到我的脖子上，我放下我的书和纸。七点整，我爬下床，用火炉烧水，为自己和安做手冲咖啡。我在厕所里蠕动着套上连裤袜。当我伸出舌头，想要用牙刷刷一下时，我看到镜子里的女孩儿正冲着我干呕，双眼通红。

在加德纳家的那天早上，七点如约而至，没有一个人起来忙活。我想这对我来说算是个惊喜，毕竟我以为加德纳一家都是早起的鸟儿。我坐在沙发里，旁边是还在睡着的帕特拉。从我这里看出去，湖面渐渐变成银色，并网罗到了初生的几滴日光。一只潜鸟远远地停在另一边的湖面上四处张望着；一艘汽艇粗暴地飞驰而过，划破了水面，另一只船顺着水面的划痕跟在后面。我多希望早晨就停在这一刻，慢慢悠悠地姗姗而来。

帕特拉极不情愿地醒了过来。她的眼睛睁到一半又闭上了——好像我的存在让她甚感心安，让她可以毫无愧疚感地回到无意识状态。清晨的阳光抚上她的面庞，她的每一个雀斑都变得生动而独特，我能看到她的右眼皮上有两个雀斑纠缠在一起。随后，我注意到之前我从未看到过的一条细长的白色疤痕，亘在她的上唇处；在她的头皮附近，几根发丝上还伏着几粒微小的头皮屑。

后来，我再也不可能和他人说起那几小时的欢快；我坐在沙发里，旁边是熟睡的她，那种精致的甜蜜旁人无从考究；我甚至无法对自己承认那种甜美的感觉从多大程度上仰赖于保罗和利奥不在这个屋里的事实。一片日光从她盖着毯子的大腿处缓缓地向上爬，毯子上整齐的黄色棉毛随着她的呼吸上下轻摇。我还记得她睡觉的时候，眼珠会在长着雀斑的眼皮下转动，她脖子上的浅蓝色血管在白皙的皮肤下清晰可见。我没有碰她。我在沙发上盘腿坐着，毯子盖在我们两个人身上，她的一只小小的红色膝盖从毛毯的一角探了出来。

那时，我没问她为什么会和我一起待在客厅——而没有选择和利奥一起上床睡觉或是去保罗的房间陪着他睡。我也并不奇怪她为什么会睡这么长时间，这对当时的我来说非常自然——这便是一切都还安好的证明。她陪着我的那几个小时、她安然地睡着的状态，是我唯一需要的安慰。虽然后来我对此有过疑问，但当他们问我她的举动时，我无法对"她那晚为何没有去查看保罗的状态"这一问题给出合理的解释。庭审给出的意见是，她选择留在我身边是对事实的完全否定；她选择和一个十五岁的孩子待在一起是因为她想要减轻自己的责任。另一种更为仁慈的说法是，她选择跟我待在一起是因为从某种程度上，我们都很容易受他人影响，可谓是两个年轻的女孩子在一个自以为是的年长男人面前做出的正常反应；利奥是故意让帕特拉远离保罗的。庭审给出的这两种推论中都有一定的真实度——因为支持两种说法的证据我都亲眼所见——但我知道他们疏忽掉、遗漏掉了一些东西。帕特拉很清楚自己的能力所在，她虽然有些错乱，但她有着令人惊叹的决心和毅力。他们并未把这件事考虑在内——而这正是让帕特拉成为帕特拉的特质。

　　她难道不是总是需要别人看着她并给予她支持的吗？
　　我难道不比任何人都擅长这一点吗？

　　终于，她心满意足地醒来，从沙发上坐起身，扯了扯膝盖处的毯子，对我露出不露齿的微笑，像是奖励我恪尽职守地守夜。
　　"于是，"她开口道，"珍妮特留在这里过夜了。"
　　"珍妮特？"
　　"罗切斯特就是这么称呼简·爱的。她跟你一样，也是个家庭教师。"她把面颊上的头发拨开，接着说道，"你们都是家庭教师。"她对这个词感到很满意，说完便微笑起来。突然，她好像想到了什么："现在几点了？"
　　我耸了耸肩。
　　她坐得更直了些："利奥哪儿去了？"
　　我又耸了耸肩。
　　她扭过身去，粗略地环顾了一下大厅。我以为她会站起来，但是她没有，她只是又闭上了眼睛。她的体内似乎有两股力量在搏斗——一边是继续坐在这里，一边是想要起身的意志。然后，她从洁白的牙间呼出长长的一口气，坐在一英尺外的我甚至能闻到她的口气——那是昨夜未消化的食物残渣腐朽了的味道。
　　她再次睁开了眼睛，微微歪了歪脑袋："你读过这个了？"她眼睛看向的，便是我身旁椅子上放着的利奥的印制手稿。
　　我等了一秒才答道："不可以吗？"

"可以啊。"她像个石像鬼一样蜷伏着，说这话时向前探了探身子，把一只湿润的手掌放到我的胳膊上，"你知道的，这没关系。"她用气音说出这句话，好像她在对着某样东西自言自语似的。

她带有口气的呼吸和放在我胳膊上的她的手让我的胃里一阵翻涌。

我倾身离她近了些以细嗅她的呼吸，我一方面觉得很恶心——一方面又觉得很吸引人。

她再次开口时，声音比平常低沉了很多："我一直告诉自己，担心是一种病。是需要克服的，对吗？"

我犹豫了一下："我不知道。"

"这是我的心理出了问题。"

"嗯——"我思考了一下这句话，突然意识到了什么，"你想说明什么？"

"我想说明什么？"不知为何，她看起来被这个问题唬得大脑一片空白。她吐出了舌头——是在大笑吗？我甚至能看到她口中的白色浮渣滑到牙体后面。从昨晚到现在，她变得更散漫、更脱线，也更迷人了。她咽了咽口水，双手抓住我的一只手，目光游移不定："你说得对，琳达。当然你是对的。担心'担心'真的太蠢了。你看，'德雷克'回来了，利奥还在这儿，你也在这儿。一切都很好。"

"我也在这儿。"

"一切都好。"

"一切都好，"我点点头，"我知道，我知道。"

"天空万里无云，还有鸟儿在歌唱吗？"

"那是山雀。"

"看吧，你知道那是什么鸟。我就知道你知道。"

因为这似乎很容易地就让现在的她开心起来，我便又补充道："还有紫色马丁斯。"

"紫色马丁斯，明白了。"

"嗯，还有，"我侧耳听了听，"两只潜鸟。"虽然那两只潜鸟有可能是马达的轰鸣声，大概当时我有点夸张地虚构了。

"当然了，两只潜鸟。我应该知道这个的。我应该听出来的。关键就是我要让自己把一切看作它们本身，就像现在这样——"

那一瞬间，我眼前浮现出昨晚湖面上的那层白色冰层。

"我们只需要了解事实——"她说道。

而事实是：每个人都在沉睡——除了我们。我点了点头。

"嘿，你戴着我的发带。"她说道，目光停留在我的脸上。

"嗯。"我承认道，享受着她的注目。疼痛如旧，但性质变了——它已经成为我头部的一部分；它附着在我身上，但它自己消失了。

"你戴着很好看。"她说。

然后，帕特拉的电话响了。《星球大战》的音乐响了三声后，利奥从后面的房间走了出来——速度极快，像是一只从灌木中冲出来的猎鸟。帕特拉跳起来去取了电话，向前廊的方向走了走，便接听了电话："你好？""谢谢，好的！"我也站起身来，手上抱着还存留着我们体温的毛毯。我盯着门口的利奥，但他从未向我这边看一眼。他一直看着帕特拉，后者来来回回地踱着步，不停地点着头，热情地接受着电话对面的人提出的建议。"好的，好的，好的。"

接着，她顿住了脚步——她急切地想要解释："我在尝试。我真的真的有在尝试。我真的有。"她突然变得神采奕奕："这个早上我真的感觉好多了。或许这是一个转折点？是的。他在上帝的眼里是完美的。我一直这么认为。而且你猜怎么了？我还没告诉你最重要的部分呢！"她又开始踱步，这次是向着桌子的方向，"他吃早餐了！吃的什么？松饼呀。那是什么意思？哦，我思维太跳跃了，真是抱歉。但是的，这绝对是真的。好的，我们会的！我们真的很感激你！"

她挂上电话，便转身对着利奥张开双臂，脸上挂着无所顾忌的笑容。而站了一会儿之后，那笑容又渐渐消失了。

她站在那里，看着利奥，笑容就这样飘走了。

"在你了解到的事实中，他们给医生打过电话吗？"他们问我。

帕特拉说道："是实习医生朱利安女士吗？"

"是的。"利奥肯定道。虽然当时和这位医生通话的是帕特拉而不是他。

"她说我们应该感恩？"

"我们是感恩的。"利奥说道。

那天早上，他的身上出现了另一种平静，言行举止十分简洁，好像他觉得自己动作越少越长寿似的。他的脸上带着某种微笑，嘴角微微上扬。

他对帕特拉说道："来点热可可如何？帕，你能用水壶烧点水吗？"

她摇了下头，便冲着屋子另一端的利奥走去。奇怪的事情发生了——地上铺着的编织地毯都在移动，在她光洁脚丫的作用下碰撞到一起——她移动的速度太快了。

他张开胳膊，抱住了几乎是小跑过来的帕特拉。

他抱住她的时候，说话声音变了，变得抑扬顿挫，带着韵律："怎么了呢小帕帕？现在不是退缩的时候，宝贝帕蒂。咱们就像平时一样，做点热可可，倒垃圾，度过这个美好的早晨。你能为我做到这些吗？"

我看到他把嘴巴放在她的耳朵上。

然后，他不带一丝波澜的声音越过帕特拉的头顶传到我的耳畔："琳达，你能帮我点忙吗？"

我以为他会无视我，于是他的请求让我充满戒备。我冲他皱着眉头，准备摇头拒绝；我的肩膀因戒备而微微耸起。但当他松开帕特拉转身离开的时候，我发现自己不由自主地跟着他往外走。

我太好奇了。我抑制不住自己的好奇心。

帕特拉跟在我们后面，于是利奥开口道："帕特拉，弄点可可，然后倒垃圾，穿好衣服。有时间再看会课程？多美好的一天啊。"

在我的梦里，保罗狡猾而敏捷，看起来又淘气又狂躁，让我又爱又恨；他趴在冰上扭动着穿过冰层的方式非常刁滑，最后我还冲他发了好大的脾气。因此当我跟着利奥走进保罗的屋子时，心中对保罗仍有些许的不满。但我只望了躺在床上的保罗一眼，那些不满便都烟消云散了。他毕竟只是个孩子。一个还在睡梦中的小孩。他趴着熟睡在床上，被子把脖子捂得严严实实的，只露出一颗金灿灿的小脑袋，他干裂的嘴唇微张，双眼紧闭。看到这样的场景，我感觉很心安。

"琳达，现在你别害怕。"利奥在我身后喃喃道。本来我不害怕的，他这么一说我倒真生出了恐惧之意。

"琳达，没问题的。"看起来他想伸手拍拍我的肩膀。

利奥关上了身后的门，我的第一反应就是冲回屋里，第二反应是找机会逃跑。我不知道自己到底掉入了怎样的陷阱中，紧张得腿肚子直打战，指尖一阵刺痛。

利奥的脸似乎是歪的——他的舌尖在口腔内顶住一侧的脸颊。我不用细想便知道这是他只有在独处时才会做的动作。

"我们在玩糖果乐园的游戏。"他用手指着地面，几乎是有些羞赧地对我说道。

"什么？"不过这样说来倒是可以解释地毯上的粉彩板了——一个个彩色方块排成曲折的小路贯穿整个屋子。

"保罗是蓝色，我是红色。"

"好吧。"但是保罗在睡觉啊。

"轮到他的时候，就挪动他的小人就好，"利奥鼓励地冲我点点头，"我得去趟洗手间，快速解决一些问题，然后打一个小小的电话。希望你能及时通知我，如果他——"

他一脸痛苦地表示着抱歉，并把一本《圣经》和其他几本书摆到保罗的床头小桌上，形成扭曲的矮塔。他又匆忙瞥了一眼碗柜里整盘的松饼，但他并未扭头，好像他并不想让我注意到这一点，但他又无法自控地看了一眼又一眼。然后，他就那么站在那儿，眼睛充满血丝，舌头依旧顶着一侧的脸颊。"利奥？"我开口唤他。

他开始用手指把衬衣下摆掖进裤子里。

"不要害怕。"我发现自己在喃喃自语。利奥规整他的衬衣下摆，一次又一次——再一次。他提了提裤子，再把衬衣下摆推进去，尽量地把衣服往深处塞，他的衬衣肩部因此而变得紧绷。他似乎想要把他整个躯干掖进裤子里似的——裤腰都已经到他的手肘部位了。他真是要把他整个人都塞进去。

为了让他停下，我跪在糖果乐园色板旁的地毯上。

"保罗，"为了让利奥离开，我开口说道，"轮到你了。"

其实我不会玩"糖果乐园"①。我童年时期从未玩过这样的游戏，因此我完全不知道游戏规则、应该如何从一个格挪到另一个格。没有骰子，也没有转盘。我知道保罗就躺在床上那堆被子里，但我并未试图叫醒他。于是我不假思索地从一摞牌里抽出一张，然后把保罗的蓝色姜饼人移到与牌面相符的黄色格子里。然后是利奥的红色小人。又轮到蓝色，然后又是红色。我的心在游戏中渐渐沉落——我不需要知道游戏规则。一切都很简单明了。它就是一场竞赛。利奥的小人缓慢走过"花生脆房子"。保罗的小人抄近路穿过橡皮糖山脉。短短几轮过后，我便有种深深的沉闷感，觉得这游戏玩了太长时间了。我按照规划推着小人们在粉彩轨道上滑行。利奥穿过棒棒糖树林，保罗则被困在甘草糖空间里。当利奥的小人抵达糖蜜沼泽，即将赶超保罗时，虽然距离终点还有很长一段路，但当比赛结果越来越明晰时，我碰巧抬头看了一眼。"保罗？"我发现他正趴在床上看我。听到我的声音，他的呼吸变得沉重，然后停住了。他

① 糖果乐园（Candyland）：一种类似飞行棋的儿童棋牌类桌游。

的半张脸都浸在枕头里，但一只眼睛看向外面，一眨不眨，充满忧郁。"保罗？"我轻声唤道。

当他再次开始呼吸时，他的枕套被口水浸湿。

于是我作弊了：我把保罗的小人放到终点。

那只眼睛的目光越过我的肩膀，掠过我的头。

我轻轻地走了出去。

我在玄关处撞到利奥。他刚从洗手间出来，手还滴着水。"嗯？怎么了？"他一边扣紧腰带一边问道，在蓝色的棉质衬衣上留下巨大而潮湿的手印。

我不知道该说什么，最后只说出了一句"他赢了"。说这话的时候，我感觉我的声音冲破了恐慌的坚硬外壳。

"真的？"利奥听到我这么说，仿佛真的松了口气似的——好像赢得"糖果乐园"游戏的胜利是一项了不起的成就；好像看着别人在板子上移动你的棋子可以看作一项胜利。"那还真是幸运呢！他一定会很开心的。一定会的。他会神不知鬼不觉地回到他之前的样子。这花不了多长时间。几周之后他便能去幼儿园了。"

"他只有四岁！"这句话说起来像是为他辩护似的。

利奥理解到这一点，并驳回了它："但他的脑袋已经准备好了。你了解他，他的成熟度远远超过他的年纪。他会搞定这些的。他能做好的。"

我摇了摇头："他还是很——他还那么小。"其实我的意思是他是个无防御能力人。为了证明这一点，我努力从记忆中搜刮证据："他甚至还不识字呢！"

保罗甚至不能对着他最爱的书念出"火车"。如此这般的事实让我湿了眼眶。

利奥似乎并未看见我的眼泪。他把他潮湿的手放在屁股上，准备要跟我展开辩论。现在他看起来更随意了，因为他回到了他知道他能获胜的领域。"好吧，琳达，严格来说，这并不完全正确。你是知道的。他是识字的，他认识'保罗'和'不'。"

"那些词是他背过的！"我已经偏离论点了。

"我确定你这样说是不公平的。你读书的时候会怎么做？你会念出声来吗？会吗？"

我困惑地摇着头："利奥，是这样——"

"好了，琳达——"他伸出手来，用他潮湿的手掌托住我的手。现在他开始挤压它们——挤压我的手指，我的手变得像他的手一样潮湿。他的声音又变得悦耳了，像是跟帕特拉说话似的。他便这样抑扬顿挫地向我强调道："你真的帮了我们很大的忙。现在我得回去了，看看他接下来要做什么，请允许我失陪一会。好吗？"

我离开利奥走进主屋，早餐的盘碗还放在桌子上没收拾。残留在盘子上的滴滴枫树糖浆早已凝结成琥珀色珠子。松饼残渣散落得到处都是——木质桌子上、竹质餐具垫，甚至枫木地板上都能看到它们的踪影。

还穿着 T 恤衫的帕特拉正在厨房里清理垃圾箱。她跪在地上，一手拿着蓝色塑料铲，一手拿着白色垃圾袋，看起来像是一个在沙地里玩耍的小孩儿。我走进厨房时，她抬头看了我一眼，将眼前的头发拨开。

我脸上一定挂着她不喜欢的表情，因为她只看了我一眼便在瓷砖地面上跪着溜走了。

"帕特拉。"我走近她。

她站起身来，膝盖上沾满了猫咪的杂物，红色的皮肤上像是覆上了一层灰色的马赛克。我又向她靠近了一步，但她坚守那台白色复合木板长桌，并始终保持跟我分隔在长桌两端的状态。

我绕着桌子走近她，她顺着与我相同的方向绕着桌子转，坚持和我保持距离。

"帕特拉。"我又叫了她一声。

"就这样行吗？"她恳切地问道，好像这样我就能和她保持距离、不伤害她。

"我想可能——"

"可能？"

"他需要的是，比如去药店买点药，或者——"

"不要告诉利奥。"她打断我道。

我转变话锋说道："买点泰勒诺之类的。"

"利奥说，控制你自己的思想。把保罗当作新的一天。"

"我能替你去药店，好吗？"

"谁能阻止新一天的到来？"

"我想我应该替你去买点东西。"我舔了舔干裂的嘴唇，"帕特拉？帕特拉？"

我移动地速度比帕特拉更快，于是我现在离她仅有一步之遥。她突然站住了，呼吸依旧带着清晨的口气，膝盖上的垃圾依旧沾在上面。我从她的眼睛里能看出，她在她的大脑皮层上奔驰，在波涛

汹涌的希望与担心中沉浮。于是我一时冲动吻了她。那一瞬间，我
对她充满歉意，但我想做的不仅如此——我想伤害她、扇她，让真
正的她回到她的体内。她的嘴唇冰凉而扁平，对我的吻没有任何回
应——它们甚至不像嘴唇。

"买泰勒诺就行了。"她说着，向一旁走去。我能看出，她并
不理解我的意思——她并不理智，只是坐在船里随着波浪漂浮。

"该死。"我温柔地说道。

"什么？"她问道。

她已经痛苦得失去痛感了。她的 T 恤很短，刚刚能遮住她的内
裤。她整个人，她的每一个部分、瘦长的四肢——几乎都裸露在外。
她嘴唇上的疤痕充了血，然后又变白了。我离她那么近，近到我能
清晰看出这条疤痕的颜色变化。

"那么好吧。"我对她说。

我穿过屋子，把穿着袜子的脚塞进摆在歪斜的擦鞋垫上的棒
球鞋，然后转动前门的把手，推开门，被门框框住的明亮而酷热的
夏天就这样出现在我眼前。我回头看了帕特拉一眼——她站在长桌
旁边，T 恤褶皱不堪。她无声地嚅动着她的嘴唇——缓慢地，怪异
地——她说的是"谢谢"。这让我有冲回去逼她大声说出口的冲动。
但我没有，我就这样离开了。外面已经很热了。我走了几步，钻进
树林，假装是要回家，然后我突然蹲下身来，举起小径边沿的花岗
岩石头。蠕虫盲目地向空中摆动着身体；半透明的小甲虫愚蠢地转
着圈圈——石头下的一切都在凄惨地蠕动或跳动着，但那里有帕特
拉几周之前留下来的钞票。那些钞票已经湿透了，但它们毕竟是真
钱。我塞进口袋，并以最快的速度跑离这里。

15

　　高中毕业后的三年里，我一直在大急流城的伊塔斯加社区学院里修读课程，课余时间在一家叫作"闹"的比萨酒吧里打工，店里有棕色的塑料餐桌，桌子上摆着酒瓶形状的花瓶，里面塞满了塑料康乃馨。这项工作唯一的要求就是即使在冬天也要穿黑色短裤，并且要时刻保证沙拉台总是有充足的生菜段和削过皮的胡萝卜。那段时间，我攒钱交了一台雪佛兰科西嘉的首付，尾款付齐后，我便搬到德卢斯生活了几年，主业从事销售工作，兼职做家政。休假的时候，有时我会沿着河边漫步，等着升降桥升起，等着运矿船和帆船一个个驶离港口。我不会和游客一起站在长满草的小土墩上，而是选择走过大桥，坐在坚硬的湾口沙地上。搬到德卢斯的第四年春天，我父亲去世了。我们在漫河举办了丧礼。丧礼之后，我把我的科西嘉撞入树林，只得变卖了车的零件，在双城里找了一份临时秘书的工作。他们把我安排到马妮科翟船公司，专门负责接那些托运废弃钢材和玉米的男人们的电话；他们来自密西西比河下游，声音又粗又哑。我的工作就是安排他们的日程，告知其出差的预定抵达和离开的时间，有时候还要接他们妻子的电话，帮他们找些不回家的借口。我会和其他员工一起在休息室里吃盒饭，下班后，我会走到位于市中心的盐撒大街上的公交车站。透过公交车挂着划痕的窗户，我看到灯光下的雪呈巨大的球状纷纷下落，坠入河里。

　　维修机械师住在一座曾辉煌一时的维多利亚式建筑的地下室。学生们都住在塔楼里。路边水沟里的光秃秃的杨树幼苗冒出了新芽。当他推开摇摇欲坠的后窗时，我会冲罗姆喊道："嘿，在这儿呢。"他还穿着他的工装上衣和挂着机油的蓝色工装裤，他的蓝色眼睛会因室外冰冷的空气而氤氲。我会举起冷透了的比萨和六罐装的啤酒。

　　"嘿，"他会这样回应道，"噢，真的，那是一块墓碑吧？算了吧，你不该买的。"

　　如果他并没被此番举动打动，那么在微波炉加热比萨的三十分钟内，他会喝掉三罐啤酒。但我不会让他拿我的啤酒，每次他要多拿一罐，我都会把他的手打掉，并且会说："一人一半很公平。"于是有天晚上，罗姆走进卧室，手里拿着一瓶还剩五分之一的威士忌。他一边对着瓶子大口大口地喝着，一边用干小麦、薄荷和黄瓜快速做一盘标准沙拉。比萨加热的时候，他会给我倒一杯牛奶喝，给我吃几口沙拉、一瓣橘子，然后才允许我嘬一小口他的酒。

　　"一人一半很公平。"他会如此嘲弄我道。

　　加热后的比萨上的芝士烫着我们的上颚。当我伸手拿威士忌酒瓶，打算再喝一大口时，他把瓶子放到我拿不到的地方："吃你的沙拉。"

　　那是我搬到双城的第一个冬天，罗姆格外喜欢维他命片。他觉得我吃得太差，有一段没有释怀的过去，并且应该去看看牙医。

他希望我俩能一起在餐桌上吃饭，因此他在桌子上摆上盘子，并把餐巾对折放好。他迫切地想要养一只宠物——一只拉布拉多黄金猎犬——因为他觉得一只狗能帮我养成更规律的生物钟，让我加强锻炼，也能让我搬来跟他一起住；我们周末可以去德鲁斯，苏必列尔湖的北岸度假，搞个什么该死的篝火晚会。我不知道那都是什么玩意儿。当我对所有这些建议报以不屑的白眼时，他说："如果你哪里都不去，小侦察女兵，那你就闭嘴。行吗？就闭嘴。"

"我什么也没说。"我抗议道。

"你也不用说。"

吃过晚饭后，有时我们会戴上连指手套，戴上帽子，向着国会大厦的方向，走到几个街区外的电影院看电影。两个座位，两杯可乐，一桶爆米花，我们 AA 制。罗姆选的电影总是特别吵，全是警察冲着车群开枪的场景；尽管身处血脉偾张的黑暗中，我依旧觉得很宁静。电影越吵，我睡着的速度越快——头倚着座椅靠背，脚怔怔地踩在地板上。我一点也不介意错过车战、爆破的场景。睡着的时候有些重要的事——有些与枪有关的事——发生在我周遭，反而给我一种安定的感觉。

后来，罗姆会给我出题，以查验我是否睡着了。一次我们向电影院外走着，他问我："有个家伙的脸后来变成鱼了，你看见了吗？"

虽然我经常是没看见的，但我会说："简直太惊人了！"

我搬到双城差不多八个月后，一年的假期几乎要过完了，我用红色麋鹿图样的纸包装好我的小礼物，用一根细长的绿色缎带打了

个蝴蝶结，并带着它在平安夜那晚出现在罗姆的公寓门口。他打开
礼物的时候正盘腿坐在乱糟糟的床上，光着两只脚，脚指甲呈黄色；
但他穿着一条崭新的牛仔裤和一件按扣黑色衬衣，下摆自然地垂在
裤子外面。我看着他用牙把绿色缎带撕咬开，然后从礼物盒里拿出
一个狗狗项圈和一根皮革狗链。他费了好大劲儿才解开皮带，但他
脸上始终荡漾着欣喜若狂的神色。一个成熟男人的脸上还能出现这
样的表情让我感觉有些怪异，因此我用一种看待孩子的眼光来看当
时的他：没有胡楂、不设心防。接着，他的天真便消失了——我扭
动着脱下牛仔裤，解开我的内衣，全裸着出现在他眼前——他暧昧
地看着我。我把皮革项圈拿过来套在我的脖子上，那一瞬间他看起
来很失望、很沮丧——好像我做了什么真的伤害了他的事——但接
着，我像小狗一样嗅着他的胯下，把皮带递给他——那晚十分美妙。

　　"坏女人。"他对我说道。

　　我把皮带扔到一旁。我才不会让他指挥我前进的方向。

　　"坐下，"他警告道，眼睛闪闪发亮，"老实待着。"

　　他给我的礼物是一把瑞士军刀。"笨蛋的自我保护工具。"他
解释道，脸上带着一丝紧张。我向前探了探身子，听到他的舌钉碰
撞到他牙齿的声音。那时，我们已经穿好衣服，躺在他的床上，啜
饮着用从纸箱里拿出来的鸡蛋做成的蛋酒。他一直静默着，等到我
说完"好棒的礼物，谢谢"之后，便开始给我展示这把小刀所能做
到的事，包括给橙子削皮、给鱼刮鳞。我没告诉他我的钱包里有一
把一模一样的小刀，虽然那把刀伤痕累累；我也没有告诉他我已经
知道用指甲拨弄哪个金属缝隙才能让剥皮钳或是三英寸长的刀片蹦
出来。我们之间存在着太多别的东西。那个礼物，对我来说，确实

是一个正确的选择，又是一个完全错误的选择。

　　还是那个冬天，圣诞节过后，我在信箱里发现一个浅红色的信封。那天傍晚，天已经很暗了，我和安打算整理账单，这时她从所有信件中举起一个贴着圣诞老人邮票的信封，寄件人地址位于佛罗里达。"这是你家人寄来的吗？"她问道。我从她手里接过这个信封。她拔过的淡色眉毛弯弯地悬在她的眼镜框之上，看起来很期待我的回答的样子。其实，我从未有过正式的假日计划，从不告诉她我的信息——包括哪怕是我的家乡在哪儿这种小事——这让安很苦恼，而这种苦恼也打破了她加拿大式友好的严格标准。

　　我把信封举在胸前晃动着，犹豫了很久，才开口说道："是的。"

　　我站起身来，拿着信封去了小厨房。信封里是一张有麋鹿图案的贺卡，上面还有"吼吼吼"的黑色草书字样。我打开卡片，一张照片掉了出来——里面是一个头发花白的老人，胳膊上挂着一只小狗。从某种程度上说，这人多少有些令人害怕，但也并不是很惊悚。那只是一个躺在躺椅里的男人，一个和自己的猎狗待在一起的男人——这个男人的头顶上方还浮着一片巴掌大的树荫。

　　我能感受到房间那头的安的视线。

　　"你家人住在佛罗里达的哪个城市呀？"她问道。

　　我不能看着她的眼睛回答这个问题。我无法忍受谈起漫河。于是我走向门口："我想吃点东西。你需要我从便利商店帮你带瓶零度可乐吗？"她每次都会说需要。我迅速披上外套，把照片和贺卡塞进口袋里，打开门，乘坐电梯向下降四层楼，沉默地接受着看不到的机器发出的各种战战兢兢、磕磕巴巴的声音。到达一楼时，电梯弹了一下，并发出叮当的声音。我为什么要告诉安我已经八个多月没和我妈联系了？我为什么要告诉她这个？公寓外，车辆在结冰的道路上慢悠悠挪动着，空气中凝结着雪和疲惫。寒冷使得我面颊上的皮肤迅速发紧，并让我镇静下来。没过一会儿，我便从旋转门转回温暖的大楼门厅里，信箱上方的灯正大亮着。

"亲爱的玛蒂"，格里尔森先生在贺卡中如是写道。

他的草书像圈圈一样一环扣一环。

"感谢你几个月前的来信"，他那潦草的字越靠右越向下歪。他接着写道：

这太不可思议了，一封真正的老式手写信件。本来我是想要立刻回信的，但过了一段时间，似乎还是不要回信比较好。但圣诞节可真是一个好契机。你的来信真的是个很棒的惊喜，我想这大概是因为我从未想过会收到这样一封信吧。我很担心收到老教师的信只会是件让人失望的事。我还记得几年之前，我冲进一位教授的办公室，但我们只是尴尬地站着，相对无言，所以我猜他并不像他口中说的那样记得我，只是表达善意而已。那时我便发誓，我永远都不会假装记得某个自己之前教过的学生。我要说的是，请不要以为现在的我已经记不清当初在明尼苏达州的日子了。我只是对那一年没有太多回忆而已。另外，我已不再年轻，我相信你很清楚这一点。即便如此，得知有人在我的课上学到什么东西真是件很美妙的事。我真的有在很努力地工作，现在知道这些努力或许是有用的，这感觉真的很棒。

　　这张卡片已经快写不下了！佛罗里达还真没什么地方是我想推荐给你的。这地方像是被一双看不见的手慢慢地挤压着揉碎了似的。我的意思是，这里真的太热了。日子过得如此之快，最近我特别希望有个购物清单似的盘点货物的方法。现在我的能力似乎也仅限于此了。我想要的，不过只是在一天将要终结之时，坐下来，用目光盘点货物。你在信中的言辞很善良，但我确实不是你口中的那种人。这段时间里，我对于不辞辛劳在网上不停写我的那些人有了些许认识。我发现曾经做过错事的人只会继续过着他们的日子并谴责他们周围的每个人，以免觉得自己是人渣，仿佛这真的有用似的。另外还有一些人——我得声明你并不是这种人，我只是写在这里——会按照原则为我辩护，因为当他们也沦落至此时，他们急切地需要有人这么对他们。最后，我这两美分得体现它的价值。加利福尼亚很赞。如果你有机会，可以去看看。

　　愿上帝保佑你平安喜乐，新年快乐！

亚当·格里尔森

　　新年那天，我起得很早，虽然前一天晚上我和罗姆在外面玩到很晚才回家，但我实在是睡不着。我走在通往连接着诺克米斯湖和明尼哈哈河的小路上，小路蜿蜒曲折，我就这么慢慢地走。太阳并没有真的升起，天空依旧很暗，只是比深夜浅了那么一点点。我走到湖边，看到一位渔夫正拖着一雪橇的物资走过冰面；雪橇是红色的，渔夫是喜庆的。平素里的那些慢跑者和越野滑雪者都待在家里，估计他们还在睡梦中，梦着自己在笔记卡片上写下自己的新年计划、喝着低度"含羞草"鸡尾酒 、和某人上床。全世界只有我和这个雪橇男待在室外。他的身体和冰面形成锐角，拖雪橇的时候身体前倾得很用力，他的雪橇在湖面的两端画出一条长长的蓝色线条。

　　风力逐渐加大，我快速穿过树林，让自己的身体热起来，然后半蹲着在一个残破的移动厕所里小便。出来之后便把那片湖留在身后，不再回望。城市中的人去哪里才能体会到挣脱牢笼的感觉？走到雪松大道，我钻进一家面包店，买了杯咖啡，为我没戴手套的手取暖。这家面包店产品种类繁多，样品占据了一整面墙。我盯着面包看了一会儿，但一个都没买就离开了。我进了一家符合我的审美的酒吧，那里的凳子被设计成人腿的样子。我把自己灌醉，让自己像那个雪橇男一样，与酒吧形成锐角，懒懒散散地走。终于，我看了眼手表，意识到我得坐巴士回去，这样才能赶得及到自助洗衣店与安会合——她想把我们的毛巾、地毯、窗帘全部洗掉以迎接新年。"新的开始。"她是这么说的。

　　所有织物清洗、烘干与折叠花了我们三个小时。

　　我们动身回家的时候，天又已经暗了下来。安说她想看看河边富人区的街灯，于是我们提着篮子，穿过一条小径，一路走回了家。蜿蜒曲折的小路旁坐落着一排商店，一家打烊了的相机店和一家银行之间，一家店孤独地亮着灯；店门口立有只乌鸦正啄着地上结冰了的面包棍。那家商店在窗户上用蓝色粉笔写下《科学与健康》的字样，屋里贴着一张海报，海报中那个别着胸针的维多利亚仕女平静地微笑着。人行道上的那只乌鸦正用力把它的面包棍拖到一根电话线上，这时，提着篮子的安在玻璃窗前停住了脚步。多年之前，她曾和几个基督教科学家一起露营，这段经历让她觉得自己也是某种权威——她怔怔地站了一会儿，透过窗户静默地看着里面的海报。"我以为他们会把大部分这样的阅读室关掉。教堂已经所剩无几了。"说罢，她摇了摇头，换另一只手来提篮子。"我的意思是，去信仰一个对恶的起源没有做出解释的宗教，这不合理啊。"

我继续向前走。

那天又是一个沉闷而无雪的冬夜。街上空无一人——我们完全可以在大道中间走。那些街灯呢？我疑惑着，胳膊被柠檬味道的毛巾压得生疼。我们走得太远了吗？我们错过了它们吗？但其实并不是。继续走了不到一个街区，我们终于看到第一排棕色纸袋子亮了起来，里面的蜡烛发出橙色的光。

"啊！"安突然停下脚步，哭了起来。

她把篮子换到另一侧，这只手抓住我的胳膊："快看啊！看！"

那年的某一刻——或许是那一晚，也或许是几周之后——我给安讲了我在漫河的故事，比如圣诞节那天，街上立着相互矛盾的基督诞生场景的摆设——路德教会的沙袋基督和天主教会的冰雪基督；比如八年级的时候，体育馆的房顶被雪压塌了；比如那位爱沙皇胜过一切，包括美国的阿德勒先生；可能最后我甚至对安倾诉了我父母的故事，还有那位美丽的莉莉——为了生下她的孩子，她选择离开我们——但我并未对她说过帕特拉和保罗，也没有告诉她我对基督科学的真实想法——在我极为有限的知识范畴内，基督教科学为我提供了一种人类罪恶起源的最佳解释。

安，罪恶就是从这儿来的。

我想，现在这就是我想讲述的故事。

保罗兴奋的时候，他会迈着登月似的步子奔跑。他看上去似乎非常专注——他会默默地对自己说"跑起来""跑起来"，而且每次当脑中浮现这个词时，他还会在空中轻轻地跃起。每次我让他跑得再快些，他总是跑得更"高"，他的速度便会因此而下降。他每次跑步时总是做这种无用功，比如高抬膝盖，或者晃动拳头。

他跑步的样子让一旁的我心情很好。在鼓励他奔跑的时候，我也会变得不那么残忍。

我会冲他喊着："跑！"他的速度会变慢到近乎爬行的状态，每跨一大步前几乎都要停一下。

这时我便会说："跑快点！"他瘪着嘴，两只胳膊更用力地前后交替摆动着。他的跑步方法是从他的信息来源中习得的，而他的信息来源就是电视机里、动画片里的小矮人。

有一次，我对他说："咱俩比赛，看谁先到家！"最后，他似乎明白了我的伎俩——在我喊过之后，他待在前廊上没动弹。于是我很夸张地跑了几步，想要激起他的胜负欲："我要打败你！"我用力地跺着脚，靴子在木板上发出噗噗噗的声音。结果我没能得逞。当我回头看的时候，他肚子朝下，俯卧在地上，胳膊蜷曲在身下。

"怎么了？"我问道。

我走到他身边，随意地用靴子顶端顶了顶他："看起来这只熊要冬眠了。"

过了一会，他开口道："我好无聊。"

"熊熊无聊了？"我假装怀疑地问道。

"还有——"他转动脖子，脸颊贴在木板上，嘴唇被挤成一个圈圈："我的胃——"

他说这句话的方式里有某种东西让我不由自主地蹲下，更仔细地观察他的状态。然后我把他拉起来坐着，把自己有限的储备食物全都给了他。"你不了解狼吧？"

"我不想装作了解。"他呻吟道。

"我带你去看真正的狼。"我向他保证道。

那时候可能是五月下旬。山杨和杨树正四处播撒着种子，一簇簇蓬松而柔软——像雪似的——落在泥车道上。我用几个椒盐小饼干把他哄到车库里，在他忙着吃的时候把他扣到自行车后座里。他无精打采地戴着头盔坐在红色塑料座椅上，一副看破红尘的表情，像个目空一切的佛祖。我把自行车推到车道上，坐上车的时候气势汹汹地摇晃着。"走咯！"我大喊一声，想让他失去平衡，想把他吓出小孩该有的样子。我骑了很久才抵达自然中心，一路上我一直给他讲狼的真相、狼的数据、狼的故事。我想用大厅的狼标本吓他一大跳，想把藏在蓝色嘴唇下的黄色尖牙以及画在用珊瑚制成的爪子上的樱桃红色的血滴指给他看。我还记得小时候我第一次看到这匹狼的时候，内心涌起一种超越爱的感觉，那种感觉让我饿、很饿、非常饿。

但保罗对这只狼一点兴趣都没有。他盯着看了几秒，然后耸了耸肩。驾车十一英里，他唯一要说的就是："这不是真狼。"

整个自然中心最让他喜欢的是拼图。他在角落里的架子上找到一片恰好能填补他家里那幅拼图。拼图中呈现的是乡村森林雪景：

一只圆润的雪白色猫头鹰，眼睛圆圆没有眼皮，像是两个没有盖儿的锅。保罗熟记拼拼图的方法，因此在自然中心，他没有认真观察狼或者狐狸玩具，也没有用手拨弄橡胶刮刀，也没有把小手放进木质盒子里，通过触摸猜里面放着什么东西，而是盘腿坐在角落里，认真地拼着拼图，虽然他在家里有一幅一样的拼图，而且他拼了几十次了。我在自然中心到处晃着打发时间，看看用松树针叶如何制茶，看着金鱼在佩格的鱼缸里转圈。最后，我终于无事可做，便走到保罗身边蹲下来，这小家伙一只手正握着一片瑞士干酪状的拼图，上面画着猫头鹰的脸。

我走近他的时候，他连头都不抬一下。这让我很是恼火——他对我在做什么完全不感兴趣，甚至连个招呼都不打。但他自动靠向我这里，坐到我腿上，钻进我怀里。整个过程他竟没有中断对拼图的研究。他在我怀里找了个舒服的姿势，把腿搭在我腿上，最后我不得不完全坐到地上。他假定我有空陪他，而且对他手头的工作兴致勃勃；他总是假定，也只是假定而已。他弯下腰去拿顶部刚从我腿上拿下去的那片拼图，身子几乎扑到脚踝上。而外面——窗外的街上——漫山遍野的杨树绒毛翩跹飘过。

刚开始我很恼怒，但后来这种情绪渐渐消退。每次吸气都会让他的胸腔随之扩张，顶着他的尼龙外套，也硌着我的肋骨。他的体温透过我的牛仔裤传导到我的身上。他的手指老练地在拼图间游走，头部会时不时地缩到我这里，好从整体上把握拼图进度。每次完成拼图后，他都会把它重新打乱，然后从头再来。

"不要拼了。"我说道。虽然我并不确定自己是不是真的想结束，但我觉得这是我应该说的——那个时候，房间被傍晚的太阳染成了金色——"到点了，该回家了。"

　　然后他会打个呵欠，头向后仰，头盖骨顶住我的锁骨。于是我莫名后悔提议回家——或许是舍不得他那小小的身体赠予我的简单的礼物——温度和亲密——这让我想在这里再待一会儿。

　　走到门口的时候——我给他拉好外套拉链，佩格递给他三个树胶小熊——我替佩格问他道："玩儿得开心吗？"

　　他使劲地点点头，整个身体都随之上下摆动。"拼图真的很不错。"他说道。

16

　　根据她的证词，帕特拉在密尔沃基外的郊区长大。她家共有五个孩子，她比其他孩子几乎小了一轮，因此她从小身边围绕的都是成年人。她的父亲是个工程师，母亲之前一直在家照顾她的兄姐，怀了帕特拉之后，她母亲回到学校攻读城市社会学博士。幼小的帕特拉会出现在大学课堂里或者沃基肖的少管所里——陪着她妈妈做助教或者做田野调查。帕特拉上高中的时候，母亲成为大学终身教授了，她兄姐的孩子都有十几岁了，而她的父亲也在那段时间死于大肠癌。帕特拉提前一年结束高中课程，考入芝加哥大学；第三年，她认识了里奥纳德·加德纳博士。她毕业的那周，他们结婚了。他购置的新房位于奥克帕克，是典型的十九世纪末、二十世纪初殖民地建筑风格，有一片小菜园、几只猫、一架秋千和一个露台。

　　保罗出生之后，帕特拉会带他参加婴儿音乐早教班；等他开始学走路时，她又带他参加体育早教班。保罗三岁的时候，帕特拉把他送到了镇上首屈一指的幼儿园——蒙特梭利早教中心。她每天都会开车把他送到幼儿园——这一点是经过证人帕特拉的证实的——

虽然她不喜欢开车，虽然她更倾向于把保罗留在家里陪她多待一会儿。在地方检察官的逼问下，帕特拉也承认，二月的某一天，保罗的老师向她表达了对孩子健康的担忧；于是帕特拉偷偷带着孩子去见了她母亲的朋友——一位儿科内分泌学专家。检察官拿出一份文件，当庭指出医生为孩子预约了检查，但帕特拉并未带孩子前往。帕特拉解释称保罗在会面之后状态好了很多，因此她检讨了自己无谓的担忧——以及她带孩子去看医生的决定——她认为这是对成长中的孩子的自然波动的过分担忧。利奥计划三月的时候去新建的夏日小屋里待一段时间，而她同意了。"给自己一些心灵空间，"她说，"换换风景。"她也承认，这时的她已经慢慢开始丧失理智了。

　　我还从庭审中得知，我在漫河拿到泰勒诺那天，在我从镇上往返的途中，利奥认定再次"换换风景"是最明智的选择。他为已经失去知觉的保罗穿好裤子，把他的脚塞进鞋里，给他梳好了头发，还往他的背包里放进拼图和火车模型、湿巾和动物饼干，以及他在德卢斯买的小鸟涂色书。到了下午，我拿着一瓶药回来，他们已经从厨房向门外走了。帕特拉率先出门并径直走过我——她的脸色发白，一脸紧张——然后利奥过来了。保罗趴在利奥的怀里，利奥横跨着穿过厨房，像是抱着一大捆木头，或是一个小小新娘。利奥布满红血丝的眼睛看了我一眼，便转移到其他东西上——桌子、前门——我搬开一把椅子方便他走，他说"谢谢了，琳达"。保罗一条白皙的胳膊吊在他身后，像是一截了无生气的绳子。

　　后来他们问我："他们有没有告诉你他们要去哪里？"

他们什么也没说。

他们有没有告诉你，他们的车程长达两个半小时，中间会到布
雷纳德市以及圣克劳德市的私人住所稍作停留——

没说——

那晚 7 点 30 分左右，受害人由于脑水肿并发症死亡，在此之
前他们中没有一个人找过医生吗？

利奥只是让我帮他们锁门。

我最后见到帕特拉时候，她正蹲在车道上，上身伏在膝盖上，
双手捂着脸，掌根位于嘴部，看起来像是一大片面包。她踩着软皮
平底鞋，牛仔裤没系扣子。等她直起身来，她的整张脸都是湿的，
目光失去焦点，嘴巴张开的大小已经超过呼吸的需要了。然后她关
上车门，不发一语。

他们离开后，我在车道上呆呆地站了很久，手里依旧拿着那瓶
药片。过了一会儿，我转身进屋，把它放到桌子上。进屋时，我并
没有把鞋脱到门口处，于是地板上出现了一串小半月形的灰色脚印。
我走回垫脚垫上，解开棒球鞋鞋带，用扫把扫净灰尘，还用袜子把
厨房和大厅的地板擦了一遍。

保罗的卧室外飘着一股腥甜的味道。我屏住呼吸在那里站了一
会儿，然后我走进去，拿起梳妆台上的那碟保罗并未吃过的松饼，
紧紧握着他那杯满杯的牛奶——看起来如此黏稠——并把它们拿回

了厨房。我走到室外的前廊上，从"木卫二"的墙上窃取了几个松果和条状树皮，用胳膊环着走回屋里，对着梳妆台的方向在保罗屋里的小地毯上摆成一个半圆。屋子里的味道变得好了一些，闻起来像是树木的汁液。然后我推开了窗户，让屋里的空气流通起来。已经有人把床铺卷了起来。我把糖果乐园纸板叠了起来，放回到它的盒子里；又打开保罗的守车夜灯——即便傍晚的阳光以一个精妙的角度穿过树林，以一种不规则的四边形形状投射到地板上，屋里并不黑。我坐在他的儿童床上，躺下。当把自己的皮肤紧贴在褥子潮湿的地方。我盯着四边形的阳光渐渐向里弯曲、变小，变成舞台的形状，缓缓地移到墙上。我那双穿着袜子的脚悬在床边晃着。

　　你还以为他们会回来吗？

　　屋子开始变得阴暗。我能听到嘀嗒嘀嗒的时钟、嘎吱嘎吱的水槽和嗡嗡的冰箱。潜鸟鸣了两次，将夜晚解构，只留下必要的存在。它说，此即是此，彼即是彼。一阵微风晃动窗帘。我并未注意到梯形灯光的消失，我甚至没注意到天已经黑了——直到我听到车道处传来一阵清嗓子的粗哑声音。

　　我站起身来。借着保罗小夜灯的红色光亮，我看到一个男人的轮廓。我第一反应便是，利奥回来了。我以为那是利奥，一种恐惧或解脱——或两种感觉交织在一起——渗透我身体的每个细胞。

　　不过那不是利奥。

　　而是我爸。"你妈让我来的，"他说道，"我需要敲门吗？"

　　他肯定在我睡着的时候推开未锁上的门，将这个空空的屋子侦察了个遍。我睡着了吗？他看着坐在保罗床上的我，像是一个青春期的金发姑娘，穿着下垂的袜子和被汗浸透了的 T 恤，一脸的愧疚和混乱。

"玛德琳？"他试探地问道。

我想象着当时我爸眼中的一切——角落里的红色夜灯、环绕梳妆柜摆放着的松果、安置在头顶架子上的兔子和小熊玩偶——以及躺在床里的我。这场景就像是我在树林里搭建了一个精致的城堡之类的——好像这一切都是我创造的，而他走进来，找到正在玩布娃娃的我——或者说是假装在玩布娃娃。有一瞬间，我感觉自己像是孩子群里那个最小的。我迅速溜到床边，脚板着地。

"本来我是不该进来的，"他道歉道，"但我看到门边放着你的棒球鞋——"

他穿着一件我之前穿过的衬衣，柔软的灰色法兰绒布料紧紧地贴着他的胸部；但去年春天我穿着它上学的时候，它是那样肥大地挂在我的肩膀上。头发与平时一样，灰色的马尾辫穿过双城队棒球帽的帽孔。他眨着眼睛，以适应这屋里的灯光。

"还好吗？"

我以为对于这一问题，只有一种回答能让我控制住自己奔向他，把脸靠在他的胸前。但我可能想错了。

"是的。"

"你朋友的家人呢？他们？"

我能看出来说这些话费了他多少精力。他并不问太多问题——他一贯如此，这让他显得十分善良——而且是所有善良的品质中最善良的那种。但这不是我一直都知道的吗？他不是也告诉过我这一点吗？

"他们离开了。我现在正要回家呢。"

　　哪怕这言辞假得如此明显，他也没有反驳我，只说了一句"好吧"。他宽大的手掌再次覆上他的嘴巴，把他想说的一切都揉搓掉了。然后他转身出门，我跟在他身后。

　　在那之后他只又活了十年。在他生命的最后几个月里，他中风两次，脸因此变得虚浮而臃肿。他最终几乎变成了一个胖子，而这变化似乎发生在一夜之间——虽然几年来他一定没少长肉，毕竟他走路的次数越来越少，开车的次数越来越多，划船的距离也绝不会超过湖的宽度。在他人生的最后一年，我回了一次家，帮我妈给房子安装御寒设备。那次我看到有人在前排的一棵松树上挂了一个野鸟喂食器。我爸会静静地望着鸟儿来了又走了，就这样看一整天。我还记得一天夕阳西下，天空呈迷人的蓝紫色，我陪他在屋里坐着，看着窗外的鸟儿在雪中扎堆抱团。某一刻，我举起手指着某处说道："看，一只五子雀！"但马上我便意识到我错了——那是一只跳到树枝上拉屎的朱雀。我知道他也知道，但即便如此，他还是点了点头。
　　我爸就是这样的人。
　　而我妈是什么样的人呢？还是那年冬天，我站在窗边一个凳子上，上面摞着几床被子。屋外的鸟儿们正为了种子打得不可开交——我爸在他的椅子里睡着了——我妈就在一旁不停地说着我爸年轻时候的样子。"他像我的跟屁虫一样，"她絮叨着，完全不觉得自己需要放低声音，"他并不知道自己是想上学，还是听他爸的话去工作还是去捕鱼。当时的他毫无头绪。于是他哪里也不去，就在家里转圈圈。但我知道他应该做什么。"

　　她把手肘放在厨房桌子上未缝完的被子上，翻开那摞书最顶上的那本。那个冬天的她比往常更为焦躁。她站起身来，想为自己倒点咖啡，但她的马克杯还是满的。"他需要方向，"她又坐下，一只手指在杯子边缘游走着，"但以他的思维模式，他是想不通的。不过，那时周遭有几会弹吉他的小孩，他是其中之一。当时的你爸只会弹吉他、抓鱼，其他的一窍不通。他现在会的东西都是后来学的。"

　　我妈告诉我，他们出走的那一年是 1982 年，没有人想要响应当时的变革时代。这群人中有八个成年人和三个半大的孩子。由于我妈比其他人都年长，而且他们都说我妈擅长计划，她便成了出发时间的制定者及任务的分配者，她还说服我爸从鱼饵渔具店里拿了几把斧头和来复枪。"你懂吗？"我妈问我。我没有回答。这些故事中大部分我之前已经听过了。我小时候听她讲述了好多次他们在这个木屋里度过的第一个冬天的情况：各种繁杂的小危机，比如那条他们必须要吃的鱼、春天之前诞生的两个新生儿、前营养师的孩子一天晚上意外将其中一个新生儿放入火中、暴风雪中悲痛欲绝地驱车前往医院、半路抛锚的火车、大难不死的宝宝、宝宝在青春期到来之前从未开口说过话。我听着这些故事，但并不怎么喜欢，也从未有过苦涩或怀恋的情绪。以前，她会一直强调他们年少轻狂、懵懂无知、误入歧途。但现在她会对我说，她已不再年轻。那年她三十三岁，远离高中和大学校园很多年了。当年她所做的每一件事，都是在她没想清楚的时候做的。

　　"听着。"她对我说，然后将故事从头再讲一遍。那辆半夜从她父母车库里偷出来的货车、在冬日冒险驱车前往她叔叔废弃的钓鱼木屋、第一个春天他们搭建的崭新的大型工棚、夏日的狂欢、第二年夏天他们在羊皮纸上用美术字体誊写公社宪章并将其挂在门上——但六年之后，一切土崩瓦解，一把火把一切烧尽。"当然了，最终的结果是很糟糕的。每个人都在和别人打架，每个人都嫉妒着孩子，同时又对他们感到困惑，不知道该拿你们怎么办。但并不是一切都是糟糕的，大部分时间还是和谐融洽的。我们有好的想法、好的计划；我们想要亲情而非义务。"她顿了顿，接着说道，"我们相信一个家庭不应只有父母和孩子。我们真的以为自己能看到更好的结局——"

她看了一眼熟睡中的爸爸，他的脸歪着，面颊枕在肩膀上。

她继续说道："我们真的以为我们能为这个世界做更多——"

我站在椅子上低头看着她，等着她说完。

"但最后每个人都离开了。只留下你和我们一切从头开始。"

17

另：如果你有机会去加利福尼亚的外围看看，你会发现水杉给人的冲击比红杉要来得剧烈。你只要看到便会发现它们之间的差异——海滨红杉（显然）生长在海岸上，而水杉生长在山里。你能开车穿过水杉树林是吧？去往那里的游客有几项必须要做的事，这便是其中之一。此外，水杉的年岁比红杉要更久远。我想你应该会想知道它们之间的差异。我曾和我父亲一起去内华达山脉野营，吃罐头汤，睡他从军队里拿的小巧的双人帐篷。那是段很美妙的经历。那些树如此高大，看起来确实是永恒的。我们在那儿待了好几周，喝果珍速溶饮品，从不洗头。当然了，在小孩的眼中，任何事都会是深刻的。这也是我不太想回去的原因之一。确实，谁会想要破坏自己最喜欢回忆的事情呢？谁会故意舍弃它呢？

谢天谢地，贺卡背面还有空白可以写，不过写到这里也已经写满了。

再一次再见，

格里尔森

18

　　加德纳一家离开之后，夏天也跟着快速溜走了。或者说，并不是溜走的，而是支离破碎了。那算得上是几年来最热的一个夏季之一。六月有几天实在太热了，于是到了夜里，我在睡前用湖水把 T 恤浸湿，然后走到树林里，把衣服拧干穿在身上，再穿过漆黑的屋子，爬上我的小梯子。白天，太阳会将部分湖水化成蒸汽氤入空中，下午便会潮湿得让人做不了任何事。我还记得当时的我会躲在松树下摇曳的阴影里，边用冷杉树枝驱赶苍蝇，边在狗狗身上找虱子——围在我身边的四只都瘫软在尘土中——以熬过最难过的时光。我的手指伸入"亚伯"有些粗糙的毛发中，摸着它的每一根肋骨，感受它每次喘息时的骨头的震动；它的骨头分离又聚拢，以吸入更多氧气；它努力地想要远离我的手的重量——它对此已不再熟悉。

　　我还记得某一天晚上，空气依旧潮湿，我跳到我爸的汽车后座，跟着他去了怀特伍德的警察局。到了那里之后，他们给我倒了一杯可乐；但可乐流速太快，可乐溢出塑料杯流到了桌子上。几天之前，一位警官出现在漆树小径尽头，和我爸靠着他黑白相间的车的发动机盖交谈着。现在，我们坐在警局里，他们递给我一卷棕色的卫生纸以擦干溢出来的可乐。他们又递给我一罐可乐，但我摇了摇头，嘬了嘬浮在顶层的泡沫。有人打开了风扇，暖风徐徐不断地吹到我的脸上，吹干了我的鼻子和眼睛。我心里好奇着莉莉是否也来过这里——是不是去年春天，她也坐在这里喝了杯可乐，控诉着格里尔森先生的罪行？

但我永远也没能得到确切的答案。

那个夏天，我在那个狭小的屋子里待了好几个小时——坐在一把绿色的塑料躺椅里，回答那些穿着不同制服和套装的人提出的各种问题。我已经不记得谁、问了什么、什么时候问的、按照什么顺序问的；我只记得我喝了好多温热的可乐、咬坏了好几个本该用来盛咖啡的小纸杯。我把咬下来的白色碎片撒满整个桌子，像极了结了块的雪，最后我跟他们要来一把坐垫折叠椅——它一直放在前排桌子的后面。后来来了一位容易生气的女士来给我辅导——可能是地方检察官的助理——告诉我坐着的时候脚踝要交叉，双手相叠；如果我的记忆正确的话，她还告诉我要称法官为"女士"，称辩护律师为"先生"；这项辅导一直持续到七月下旬。"现在，不要让他唬住你，"她对我说道，"不要像现在这样咬手指，不要向下看，不要让别人影响你。你就想着自己是浮动或者类似的东西，比如一条鱼？你喜欢钓鱼，是吧？但不要把自己当作一条死鱼，我的意思可不是你得像一条死鱼那么漂着。我是说你得游起来，明白吗？把这种印象深深地种在你的脑子里，你要记着，在这个庭审上，你不是一个人。"

其实我并没被吓到。我也没必要把自己想象成一条在洋流中漂流的玻璃梭鱼，等着我的鱼钩把我钩上去。我其实是渴望它的。

八月到了。日里的雾越发厚重，空气中扬起的灰尘弥漫着一种香味——那不是雾。北边几片湖以外的森林起了大火，虽然最严重的火灾距离我们至少五十英里，但空气中满满的都是燃烧的味道。人们一直在感叹着"死里逃生"。夏末，天气依旧炎热，但所有落叶的树——山杨和桦树——它们的叶子已经开始变皱变黄。怀特伍德的区法院大楼里，粉色的天竺葵坐在窗台上的花盆箱里，长长的肢身悬在窗边；步行通道两边的草也已枯黄了，但大理石阶梯下的方形草皮仍是翠绿色的，像是一块小巧而昂贵的地毯。高温已经持续好几周了，让人郁闷难耐，而今夏季渐渐远去，九月触手可及，鹅也开始南迁了，每个人都在谈论着这样的季节是多么完美、我们能拥有这样的天气是多么幸运、住在北边的森林里是多么幸福，因为这里是上帝的故乡。

我和我妈走上大理石阶梯，要迈入法院大楼的时候，听到有人说："这天儿多美啊！"

有人回应道："温度也很宜人啊！"虽然那天的气温几近 32 摄氏度。

走到屋里，同样的对话不停地围绕在我耳畔。我看到检察官助手在和一位男士说话，后者正费劲将他其中一个袖子一点一点一点挽起，她则用一根手指沾了沾杯里的水抹在嘴唇上。我看到他们穿着二手衣服打量着我——审视着我，又装作漫不经心。当我回望他们时，他们将审视的目光变成假意的微笑，低头看向自己的手表，并跷起了二郎腿。我和我妈坐在走廊长凳上，她紧紧贴在我身边，一边出汗一边用一只手无力地为自己扇风。我爸不来了，他说他怕风向转变把大火引来。其实我希望他能给出其他的理由，这比我质疑他的说法或者让他再重新想个理由能更让我满足一些。有人推开了法院大楼后面的窗户，一阵微风细细淌入，但这还没完——我妈把她潮湿的手放到了我的胳膊上。

"哦天啊，哦上帝啊。"她念叨着。于是我跟随她的目光看向别处。

利奥和帕特拉排队走了进来。走过我身边的时候，我发现帕特拉的头发长长了，不似之前那般在耳边弯曲着，而是像抹着凝胶一般重重地悬在穿着毛衣的肩膀上。她穿了一件淡蓝色的羊毛开襟，已经出汗了——站到证人席上之前，腋窝处已经印上了深蓝色月牙状的汗渍。

我希望她能看我一眼，对我叹口气；或者隔着闷热的法庭冲我挥挥手、打个招呼或者点个头；如果这些她都做不到，我以为我能理解她对我的视若无睹。我从我的位置看向她，想要找寻她看向我的一丝迹象。但每次我看向她，她的眼睛都落在别处。她在利奥耳边轻语着什么，或者检查她手腕上的手链；她啜了一口面前桌子上的水，一只膝盖在黑色丝绸裙子下不安地抖动着，但表情还是像从前那样镇静。

在证人席上的她大部分时间是看向地面的，双手交叠放在腿上。她的律师问起她的童年时，她挺直背部，以大段的话论述着，检察官问她的问题如此击中要害——虽然语气很温和——而她也温和地回应着，看起来像是在谈天气似的，但言语中有夹杂着一丝后悔，或许还有一丝谦卑，这是在场所有人都没有的情绪。我从我的审前准备中得知，地方检察官希望陪审团会因为她的漫不经心、她的年轻和她的教授丈夫对她不满，而他利用这些暗示陪审团，帕特拉恃才傲物、品质恶劣到了极点。比如帕特拉在折纸巾擦鼻子的时候，他冲帕特拉说道："大点声说！"而她的回应——其中或许夹杂着恐惧，也可能有些蔑视——"我什么也没说啊"。

　　庭审就以这样的风格继续着——地方检察官要求她做出进一步解释或大点声说，帕特拉则用带着气音的细弱的声音重复着。她一次都没提过我的名字，或者保罗的。她称呼我为"保姆"，称呼保罗为"我深爱的儿子"。我听着她喁喁细语着自己温和的回答，想象着她做教师的样子，用她灵巧的红色钢笔一字一字地做着批改。她口中所有的修正都在我的脑海中以文字的形式出现："我儿子，我很爱他。他告诉我他感觉身体好多了。我们都松了口气，太开心了。我们不能开心的程度已经到顶点了。"她说话的过程中，腰挺得越来越直，看起来脖子更长了。不一会儿，她胳膊下边的蓝色布料就被汗浸湿了。

　　"我想要努力理解您，加德纳女士，真的。"检察官把手置于胸前，把领带往上紧了紧。"你刚刚说的是，你没看出来有什么不对劲的地方？还是说你没有送你的儿子去就医？这两项必有一真。请您解释得清楚一些。"

　　我看到帕特拉咽了口口水："他——有接受过治疗。"

　　"明白了，好的。昨天你丈夫解释过了。我们在场所有人都是基督的信徒，但我们不会把任何人的宗教信仰拿到庭审上。不过还是得请你解释一下，在德卢斯那天早上，也就是 6 月 20 日早上，你有没有告诉你丈夫，你带着保罗去商场买——买什么来着——野餐用品，而实际上你打了个电话给几个月前你联系过的小儿科医师——？"

她迅速地瞥了利奥几眼："没人接电话。"

"但你知道情况有些不妙是吧？你当时了解到这一点了。"

又一次吞咽动作，她的喉咙上下滑动："但从未确诊过。"

"为什么？"

"人们总是去看医生。"这是我今天第一次听到她的声音里有了恳求的情绪。我能听出来她又多希望能说服他相信她的话，或者至少让他对她温柔一些。她把她白皙的双手放在面前的扶手上："人们不总是这样吗，去看医生，但从来不会好转。"

"不好意思，加德纳女士，你偷换了概念。请不要让我再三提醒你，你只需要回答问题本身就可以了。我们已经得知，胰岛素和营养液在他心脏病发前可以为他争取两个小时的时间。两个小时啊。治疗是那么简单——"

"我是他妈妈——"帕特拉打断道。

"你曾经是他的妈妈。"地方检察官再次打断她。

她的脸色瞬间变了，泪水再次不断涌出。她所有的面部肌肉都绷紧——然后又松掉了。之后，她安静地等着下一个问题，一双眼睛呆滞得像两个小小的蓝色屏幕。她不断重复着之前说过的话：他身体很好。他在床上休息。直到最后地方检察官尴尬地请她离开，她才两只手倒握着她的那瓶水，像是握着节流杆似的，瞪着散视的眼睛飘过法庭。

一早上我都等着她抬头看看我，这样我才能想办法安慰到她。

我只需要她对我轻轻地叹口气，等到我陈述的时候，我便会把所有的问题都推到利奥身上。此时利奥正背对着我坐着——大腿上放了一本《圣经》和一瓶未喝过的水，对帕特拉隐隐地点着头。

帕特拉坐下后，利奥换了下坐姿，重新跷起了二郎腿，用膝盖轻轻推着她的。利奥与上次见他相比多了层胡子，修剪得整整齐齐，像是蒙了半张灰色的面具。我看着他，但他并没有用舌头顶自己的脸腮，看起来一点也不失落，也没有一丝担忧。

"不会有事的。"那天他把保罗放到车里之后对我如此说道。我傻呆呆地站在他家门前的台阶上。帕特拉在后座缩成一团，利奥本要绕过发动机盖走进驾驶室，但看到我在他们的门厅里犹豫不决的样子，便停了下来，穿过车道走了过来。"不会有事的。"他说着，手穿过空气伸向我，然后慢慢地碰到我的身体，抱了我一下——确实是我——又说道，"你真的很善良。知道吗，琳达？你不需要自责。"

本来我可以指控他欺负我们、要求我们按照他的指令做事，但帕特拉从头到尾没有向我叹气。轮到我提供证词前有段休庭时间，我走到室外，以最快的速度抽了三根烟。我坐在停车场边石上，烟抽完了，我把胳膊放到膝盖上、头埋进胳膊里。闭上眼睛。我的心像是一列黑色的火车在我的身体里上坡，不断地发出突突的声音。太阳的热度从大理石地面反射上来，炙烤着我的皮肤。当我睁开眼睛，耀眼的白色日光让我大脑一片空白。远方的电锯发出嗡嗡的声音，随之而来是树枝被肢解的声音。

然后——一阵热风中——帕特拉走了出来。她推开法院大门，停了一会儿，做了几个深呼吸。风吹拂着她的头发，这让她看起来还是之前我认识的那个不太打理自己的人了。她拧开水瓶盖子，大口喝着水——喝得太过用力以至于塑料瓶都瘪了。我猜她没有看见坐在路边石上、缩在车辆中间的我，因为她又把瓶子举到嘴边，仰起头边喝水，边走近了几步。她离我如此之近，我甚至能闻到一丝她的椰子洗发水的味道，我甚至能伸手够到她穿着黑色尼龙袜的腿。

我本可以这样静静离开。但我似乎等到了那个期待中的叹息——就在一大滴水从她的嘴边滑落、洇染了大理石地面之后。

37，26，15，我心里想着，眼睛看着另一滴水落了下来。

26，15，4。

在她转身的那一秒前，我站了起来。

当时她的面部表情是这样的：半笑不笑的尴尬、习惯性的友好中夹杂着无可争辩的厌烦。

"拜托什么也别问。我没什么要跟你说的。"这句话听来像是律师的辞令。说完，她便转身离开。

"帕特拉？"

"怎么了？"她回过身来。这个问题现在看来无比严肃："怎么了？"

"我——"

"听着——"她脖子上的一块肌肉跳动了一下。

"我讨厌他，"我脱口而出，"利奥。"我的意思是，因为你，我才讨厌他。

　　"利奥？"她看起来十分困惑。

　　又一阵风把她的头发吹到眼前，她用手把它捋到脑后，这时，我看到她的雀斑从通红的皮肤上消失了。她的眼中出现了新的情绪。"利奥？"她又问了一遍，声音如水滴般，浸湿了我的骨头。

　　"保罗只是——"我轻声说着，心里更加犹豫不定了，"那不是你的错。"

　　"你说什么？"她向前走近一步问道。

　　我伸出一只手放到她的胳膊上想要安抚她，而她似乎是被侵犯了一般开始后退。她的身体怪异地颤抖着，我知道对于现在的她来说，我就是要来带走他的恶魔；我掌控着他消失与否，而我来得如此及时。

　　她冲我大喊："是你在那么想他！是你认为他是一个生病的小男孩！"她啜泣道。

　　"不——"

　　"我知道你是怎么想的！这就是你能看到的全部！是不是？是不是！"

　　"我应该早点走的，"我承认道——这是我唯一说出这些话的机会，"我应该早点离开为我们争取到帮助。"我们，我们需要彼此的支撑。

　　"你这么想他怎么能好？"她号叫道，"他怎么能好？我努力控制我的想法。我想了一遍又一遍。利奥告诉我，控制你的意念。可是我控制了我的意念，但是那么想的人是你——"她说话时的样子像是已经词穷了。"你的心。太小了。你要跳出它的范围。"她的呼吸极不稳定，"跳出你对他的看法，那个他生着病的看法。"

那天他们让我梳了一个不一样的发型，我把头发梳成偏分，用
一个条状发夹夹住。那发夹一直往我脸上滑，所以我必须得用一只
拳头扶着它，我的胳膊便这样弯着亘在胸前。他们坚持让我穿一条
有翠绿色花朵图案的宽松长裙。我湿透了的大腿在裙子里相互打着
滑，浸湿了的棉质内裤已沉沉地垂在臀部。我身上弥漫着樟脑球、
香烟以及洗衣液的味道。我觉得自己丑恶而荒谬。我被辩护律师和
《北极星公报》称为"当地少年"。

帕特拉站在证人席上，称我为"保姆"。

所以在停车场里，我听着她说她做过的事，颓坐到地上，拒绝
再说话。她并不需要、也并不想要一个回应。她把瓶盖拧回水瓶上，
然后转身离开。她离开后，我一直呆坐在停车场里，直到法警或是
谁（可能是我妈）来找我。我站在太阳下，我的皮肤被晒得发痒，
脸被晒得僵硬而厚重，整张脸像是被人从眼睛那里扯开了，我看不
清周围的一切。我站在那里，听着电锯锯下某人发育不良的树：先
是瑟瑟作响的带叶子的树枝，然后是被锯时发出哗啦哗啦声音的枝
干，最后是砰的一声——树干倒了。

当你说起曾经帕特拉告诉过我的快乐的时候，没有人相信你。

几个月来，我看过她为保罗吹凉碗里的汤、亲吻着他半月形的
眉毛；看过她晚餐之前冲到大雨里，收起他遗落在湖边的书，回来
的时候浑身湿透，却得意扬扬，之后边绕着屋子旁边摩擦着手，试
着让身子重新变暖；为他唱歌、为我们唱歌；看过她穿着袜子从厨
房一头滑行到另一头，从长桌到厨房，装盘、热锅、用手把粘到脸

上的卷发拨到耳后。而那段时间，保罗状态一直很好。他状态很好：比健康的状态还要好很多。帕特拉难道不是把碎了的格兰诺拉燕麦棒掰成小块，看起来像是猫食一般，为了让保罗能像猫一样吃得很畅快吗？她难道没有用微波炉加热苹果汁，只因为保罗说果汁太冰了吗？而且很明显，保罗对她做的一切都是心存感激的：这是事实。到我发言的时候，我本可以把这些都说出来的。我想这么做——我计划这么做——但我没有这么做。

站到证人席上，他们问我帕特拉对她的儿子做过什么事。我说：没有。

她什么也没做。

19

我还记得法院走廊里挂着一幅巨大的褪了色的壁画，画中是一艘独木舟，舟里坐着一个印第安人和一个白人；他们都穿着棕色皮草，都指向树林方向那只站在水边的熊；青葱的树木、棉花糖似的白云——画里的一切都那么美好而平静。你知道，每个人都会走过它。但那天我和我妈离开法院大楼时，我注意到走廊的那幅壁画里表达的和它的外表有些出入。那个白人其实指的是熊的屁股，而印第安人虽然做着指的动作，但并未真的在指；那只熊看起来是微微浮在空中的状态，它的爪子并没完全落到地上，而且它看起来对于如此飘进森林并不吃惊，只是有些许无趣而顺从，可能还有点害怕。

我不知道这门是该推还是拉，刚开始我都找不到门把手。

"你有跟上来吗？"我妈问道，我腿脚发软，却也坚持着走到外面。

我想办法走下大理石阶梯，把穿着裙子的自己扔进炎热的卡车里，然后我们又上路了。这辆小卡车是从我妈一个教会的熟人那里借来的，她听说了这次庭审后，一心想证明真基督徒和假基督徒之间的差异，便把车借给了我们。小卡车的仪盘表上贴了一溜雅克先生^① 的贴画，挂在后视镜上的空气清新剂打着转，散发出一股牙科医院的味道。车窗摇杆有点问题，我妈得使上全身的力气，才能成功把车窗降下来。

在市中心附近的繁忙路段上，我妈专心致志地换着挡位。她最近刚刚更新了自己的驾照，认真执行着每个交通标识的指示，到高速公路上便安静而专注。经过十号公路的公寓式酒店后，车辆渐渐消失，树木重回视线，她放松下来，话题从一个跳到另一个——高温、法官的拖长腔调的说话方式、洗手间的黄色马桶、加德纳女士的毛衣。她不明白为什么有人会在八月穿毛衣，这让她很烦恼，也不知道为什么。她说话的时候一直在瞥我，手上还得忙着把吹到窗外的头发扯回来。"我的意思是说，哪有人一早起来想：嘿，今天 32 摄氏度，我应该穿着羊毛衫出去。"

她坐在驾驶室里看向我，我瘫躺在车门上。

"地球呼叫玛德琳。"她说道。

地球在呼叫我，地球在呼叫我，我心里想着。

阴影与阳光交相覆在前方的马路上，移动的样子使得人行道呈波浪状。我心里默默想着：高速公路路肩的沥青是否真的在消融，还是它只是显露出在消融的样子？小啮齿动物和昆虫在迅速穿过马路时是否会被困在泥泞中？这儿对它们来说是不是一个很危险的地方？我在心里警告着包括蟾蜍和蚱蜢在内的小动物要小心，但即便

---

① 雅克先生（Mr.Yuk）：是匹兹堡儿童医院的注册商标，意为"此物有毒，请勿误食"。

如此——即便我用意念驱散道路两边的生物，我依旧能感觉到我妈目光中的恳求——她现在正因忍受我的静默而痛苦不已。

"你——在听吗？"她空出一只手来，在我们中间做出敲打空气的动作来，"你睡了吗？"

我把头靠到窗上。

"我只是说穿那件衣服很不切实际。真的不切实际啊，不是吗？"她用手揉搓着方向盘，长时间地看我使得小卡车有些微转向，差点偏离车道。"你就说句是啊，不行吗？"她把车开回正确的轨道上。"你就说，是，穿毛衣真奇怪，你可以加他妈的。你才十几岁，我不会介意的。就说穿那么件衣服真他妈的荒谬，然后你可以替她解释、辩护或者怎么着都行，说一车废话都行。"

我听到她的掌心在塑料方向盘上发出嘎叽嘎叽的声音。

然后她充满担忧地补充道："你知道那些都是胡说八道，对吗？"

十一二岁的时候，我在小棚后面意外地发现了一件东西——一个用干净的塑料油布包裹着的木质摇篮。当时我在找别的东西，打开一看，竟是这么个东西——上面手绘着白色雏菊和蓝色紫丁香，游走在其中的长鳍鱼像是咧着嘴笑的金色恶魔；摇篮的边缝里塞满了腐烂了的火柴、老鼠屎和舒展腰肢的象鼻虫。我记得当时我把油布重新盖到摇篮上，又找到一摞沥青瓦片盖在上面。我用嘘声驱赶着狗走到室外，然后回到我的小世界中去。但后来，我划着木舟穿过一片阴影时——或者是我给"亚伯"拔除它爪子上的尖刺时——也可能是在做一道乏味的数学题时——我会偶尔想起那个摇篮。我会想起那个脏脏的把手上画着紫丁香和鱼，枫木滑行装置在上面游走的时候会发出嘎吱嘎吱的声音，一些光秃秃的小东西嵌在里面，扭动着身躯。

我看到摇篮上方悬着一张脸。然后我会念叨：走开，去，去去。

其实在公社瓦解之前，我对我妈一点记忆都没有。我的记忆里只有塔梅卡和一群不同的少年与成年的排列组合——穿着牛仔裤的腿、穿着裙子的腿——我得承认当时我是想关注她的，看着她抱着一个小宝宝轻轻摇着，我便能想象那个小宝宝是我。但我妈从来不说我小时候的事。当然她也没什么印象；不过有一次，她曾轻蔑地说我开口说的第一个字是"哇"。她甚至没告诉我，当初公社为我投票选名字的时候，她选的是什么。她一直声称"玛德琳是你爸的杰作"，但我听说，当时每个人都得在纸上写下自己喜欢的名字，再把纸放到一顶帽子里。我一度以为她喜欢的是那种专有名词，比如冬天、杜松或者方舟。我想象着自己小时候有其他的名字（我八年级做狼的专题的时候，我很希望自己叫阚妮娣），直到有一天我突然想到，或许我妈不说并不是因为她喜欢其他名字，而是因为她对我的名字根本没有任何想法。然后我就开始好奇，除了我爸之外，谁还想为我取名叫玛德琳？谁给这个名字投过票？

我并不是下意识地希望还有一个这样的人存在，这些想法也不是瞬间全部出现的。它们是慢慢地、不着痕迹渐渐浮出来的，像是被我人生中某些其他事情唤醒，便迁移到另一个星球上去了。我没法把它和任何发生过的事联系到一起，像是某一个学年，或者某个我妈做了或没做的事，但那个想法一旦出现，它就不会消失。打个比方，我妈有时候会说："CEO正在做算数呢！"我的头皮便会发紧，

像是在我耳朵上方扣了个盖子；又或者我伏在作业本上连线的时候，
她会在我的鼻子前面晃一个自制的装饰性诱饵，一直晃到最后我不
得不把铅笔放下，动作像是扔掉一根刚刚点着的火柴；我抬头瞪着
她，她看着我阴郁的表情，然后自说自话道："别出声！"但并不
是什么恳求，她从不会有让别人对自己好一点期望。她只是轻声说
道："教授正在工作！嘘！都安静！"

这一次，她用没握住方向盘的手敲了敲我们之间的空气，敲的
同时，眼睛依旧注视着高速公路。

"地球呼叫玛德琳！你听到我刚刚说的了吗——"等到我意识
到自己在卡车里做什么的时候，当我终于能停下纷飞的思绪的时候，
我忍不住问道："我的表现还行吗？"

"你是指——？"

我静静地坐着，感受着卡车引擎带着我们上下颠簸着，然后平
静，然后又颠簸。

她考虑了一会儿，然后说道："不论你做什么，要发生的最后
都会发生。如果你是想说这个的话。"

我把头别过去，看向车窗外，看着一些云层将其他似是要消散
的云吞噬。

她再次试着劝慰我："我无法对这件事做出审判。"

当时我的想法是：你这么说是因为我不是你的孩子。我把我前
额的油脂抹到窗户上，看起来像是某种宽大且无法辨认的昆虫撞在
玻璃上。现在我确实搞不清那些年来我做的事、想要的东西中，有
多少是受这种想法的驱动。

你想要相信的，和你在生活中实践的，这两者到底有什么区别？

这是我本应该问帕特拉的问题，我想要得到答案，但当时我没想起来——或者说没有形成一个具体的问题——直到那天我们在法院停车场里聊过之后、直到我和我妈坐在炎热而轰隆的卡车里，而后她把车停在"妇女之家"后面的两辆货车之间。我妈正在写塞进遮阳板里的小字条以示感谢，我则蹦到碎石停车场上。裙子膨胀在我周围，扫荡着地面的小石头。然后我妈跟过来了，说了句"好了"，我们便启程返家。我们沿着公路路肩走着，这时我伸开手指，让石头在重力作用下掉落。她不再试图和我说话，让我自己在后面扔着小石头磨蹭地走着。到了通往湖泊的岔路口，她回头看了我一眼；等到我走到漆树小径、能看到我们家的烟囱伸出树林顶端的时候，她已经消失在我的视线中了。她从树林里穿过的时候，漆树的树枝瑟瑟作响，叶子也跟着跳动。

你的想法和你最终的做法之间到底有什么区别？这也本该是我在信里问格里尔森先生的问题——即使莉莉收回了对格里尔森先生的指控，他还是因照片和认罪被判七年有期徒刑。他的审判结果下来后的几个月后，我阅读了他的陈词，知道他先是在德克萨斯州的西格威尔工作，然后去了俄亥俄州的埃尔克顿。被指控为过失杀人的加德纳夫妻俩由于宗教豁免，三周后被判无罪。怀特伍德审判结束后，我没有再联系过他们。我在法庭上发言结束后，我和我妈坐着借来的卡车回了家，吃了三片面包做成的花生黄油三明治，然后去湖边钓梭鱼。那次钓鱼是我生平第一次喝醉酒，事后发生了什么我一点印象都没有。湖对面的木屋空了好几个月，我再也没有进去过。第二年夏天，新住户架起了烧烤架和羽毛球网，我依旧远远地望着。不过格里尔森先生出狱之后，我追着他踏遍了整个国家，跟着他的小红旗跑了一个又一个州，从佛罗里达到蒙大拿再回去。我看着他因为违反假释条件又被抓回监狱，第二年又出来，在沼泽地里开了自己的店。在我搬到明尼阿波利斯和安一起住之前，在我给格里尔森先生写信之前，我读了好几遍他关于莉莉的自述。"我这样想过，我确实想过，我真的想过，"他这样说道，然后又说了几句程度加深的话，"我是想这么做的。当她说我有过那样的想法，我想，差不多吧。当你们在我的公寓里翻出那些东西的时候，我假装自己从未见到过。在这些问题上，我确实撒了谎。当那个叫莉莉的女孩说了那番话之后，我想，好吧，是时候开始我真正的人生了。"

　　我在明尼阿波利斯一家趸船公司工作。从办公桌望出去，能看见一个风化了的大理石坡道。每天我都能看到人们像木偶一般机械地从车窗里探出身来，把车票递出去打个孔，便等着黄色的停车杆升上去。如果我一脚蹬地，椅子向桌子的反方向溜出去并旋转180度，我便能看到在坡道和一排杨树之间流淌着的一条密西西比河分支。

　　白鹭，棕色泡沫，白色浮标。

　　我在那里待满一年后便拥有了自己的小办公室和电脑，于是我大部分时间可以想做什么就做什么，且无人打扰。我看着白鹭从河里迅速扯出一条鱼来，看着游客渡船驶向圣保罗。如果我愿意的话，我还可以在输入电子表数据的时候，顺便上网查查资料——比如喜马拉雅山上因高海拔引起的脑水肿，或者"珍宝箱"店里近期的促销产品。虽然我只是个临时工，但我在马妮科趸船公司的资历足够我拥有一个放午餐盒的隔层以及一个位于休息室的专属衣钩，也足够让我成为那个专门对付水手们忧虑痛苦的老婆的人。我能让那些打来电话的妻子们镇静下来，这让每个人都对我刮目相看。我会跟那些妻子说"不要担心，你丈夫很快就回家了"；会跟她们保证"当他今晚抵达奥扩卡湖岸的时候会给你打电话的"；哪怕我很清楚他要隔天才能抵达那里，而他在抵达后，会在打电话前先去酒吧里玩玩，但我还是会这么说。而那些妻子每次都会点名让我接电话。她们的孩子的年龄、家里狗的名字和保姆的名字，我都记得一清二楚。

　　我已经习惯了她们在一天将要终结的时候来电了。直到我在这里工作第二年的早春——某天下午四点刚过了一分钟，我的电话铃声响起——我以为是某个忧心的妻子。电话一接通，我便听到了女人声音中的烦躁，但她依旧努力挤压每个元音的发音，让自己听起来友好一些。"很抱歉在你工作的时候打扰你，"她拘谨地说道，"不知道你现在有没有时间？"于是我很确定这不是来自某位妻子，而是一个打错了的电话。在我正要挂电话，打算整理一下连裤袜出去倒今天的最后一杯咖啡的时候，我听到那边传来一阵急促的呼吸声："我很抱歉打扰你，"那位女士再次道歉道，然后她说，"请不要挂电话。"

　　于是，在她说明自己来自漫河之前，在她解释自己是谁之前，我已经识别出了她独特的说话方式——她的道歉是一种表达反对的方式。这是地道的漫河行为。于是我没说话，也没挂电话，那位女士便继续说了下去。她说她是通过拨打我之前在德卢斯的工作号码找到我现在的号码；她曾去找过我的老房东，是他告诉她这家临时工中介公司的名字，但让他们说出这家趸船公司的名字确实费了她不少功夫；她真的一直很努力地在找；其实她并不想以这种方式干涉我的生活，但她现在不知道该找谁来处理这件事了。"我是代替你母亲给你打电话的，"她说道——然后顿了顿，"她已经不再来教堂了。已经好几个月了。于是我去她家看望她。"

我等着她说下去。

"那个地方……有点破败。"

我清了清嗓子："那个木屋？"

"其实，木屋的房顶在去年被一场暴风雨掀掉了。至少她是这么说的。"

"房顶都没了？"

"嗯。我估计她是在棚里过的冬。她搬了个火炉在那儿。"

"搬到车棚？那里的建筑材料可用的不是火源绝缘体啊。"

"她用树叶、衣服和报纸把墙糊住了。"

刚开始我无法想象，但后来我明白了："好吧。"

"她伐木的时候切掉了一根指头。估计她现在的视力也不行了。"

"请问您是？"我问道，虽然谈不上感觉恶心，但我脑袋里的那根筋开始突突地跳。

"利兹·伦德格伦。我跟你妈妈一起去'妇女之家'。"

"伦德格伦女士，"我站起身来，开始在电话线允许的范围内踱着步，咬着嘴唇，越过房间墙壁看向窗外，密西西比河棕色的河水正按照它既定的轨道滚滚流向海湾。

这时我脑子里缺失的那块拼图突然出现："生命科学课。"

那边停顿了一下："是的，很久以前，我曾教过生命科学。"利兹·伦德格伦估计嘴里咬着什么东西，当她再次开口说话时，我从她的声音中听到了一种肌肉的放松。"我在退休前替课来着，在高中。你的记忆没错，那是我。听着琳达，我不是要干涉你们的生活，也不想引起麻烦，但我觉得我应该打个电话，或者说，我觉得她会想让我打这个电话。"

　　天堂和地狱同为思维的两种方式。死亡意味着一切的终结；但对于基督科学家来说，这种说法是错误的，他们认为一切只有下一个阶段——这是我的理解，或许你会有不同的想法。这一点是我在那年夏天领悟到的。一个周三的晚上，就在伦德格伦女士的电话结束之后不久，我去酒吧喝了两杯伏特加汤力鸡尾酒和几杯温热的泡沫啤酒，嗨了一小时后，我去教堂做礼拜。我在大教堂门外的人行道上彳亍了几分钟——醉醺醺地，还装作要去别的地方——直到我最终推开教堂大门走了进去。我尽可能让自己走直线，坐到离我最近的长椅上，像是又回到了学校一般，头也不转地四处瞥着。不论我想在教堂里发现什么，不论这十几年来我一直在逃避什么，那天晚上我都没有看到。米色至圣所里的味道像是清洁剂，位于长椅间的深色真空管路压在白色的地毯上，教堂里坐了八个人。那里的一切都是白色和米色、白色和米黄色、白色和粉红色——前面是灰泥墙、木长椅和一个简单的讲台。

　　布道或者不管它叫什么吧，开始了。一位面容和蔼的老人在讲台上倾身朗读者《圣经》和《圣经要义下的科学与健康》，中间他会停下来拿起一个玻璃杯小啜几口水。这个玻璃杯将灯光聚合成一个个光斑，又投射到房间各处，像是闪光灯球一般。我肯定是睡过去了，因为之后我只记得坐在我前面两排的人在用无线话筒讲话。

那是一位梳着圆发髻的白发老婆婆，她那小手握着那个巨大的话筒，像是捧着一个冰淇淋圆筒。她的嘴唇紧紧贴着麦克风，静电的声音透过话筒震彻整个屋子。她说她有一个邻居，之前曾抱怨她的院子，不过后来她试着对那位邻居友善一些，于是她的牙不再疼了；她的牙痛是一种对非永生的错误信仰，是这种信仰让她掉进了痛感的假象里。但玛丽·贝克·埃迪曾教导过我们，通过上帝，爱你的邻居。于是她在邻居家的车道上留下了许多郁金香，她的牙痛也因此而消失了。

接下来是一位少年。他穿着锃亮的皮革鞋子，白衬衣的袖子卷到手肘处。他先是让我想起了高中辩论队的男生，不过他前臂结实的肌肉和淡淡的胡楂打破了这一印象，倒像是一个在室外作业的人。他很清楚麦克风应该放在距离自己的嘴唇多远的位置，停顿的时候，他会平整裤子胯部附近的褶皱。他讲了一个很长很曲折的故事，大意是说他没能好好准备一场进阶先修考试，但多亏了我们亲爱的创始人，玛丽·贝克·埃迪，不过他最后还是解释了他是怎样顺利通过考试的。

然后是长时间的安静。长椅摩擦地面的声音像是树枝发出的，我的头又开始疼了起来。外面的夜莺开始鸣啭，我想躺在长椅上，把我的头贴在冰凉的木头上。但我没有。我让自己坐直身子，以提高自己的注意力。最后一个站起身来接过话筒的人还是一位老妇人。她说她学完今天的课程之后，她从相信自己的丈夫已经离世的感受中解脱出来。她灿烂地笑着，说话的时候用一只手抚着自己雪白的头发。她说她曾以为她的丈夫是物质的，几个月来她都难以和他的遗物分离，比如他的鞋、他的书、他的肥皂。如今她终于意识到，我们只是生命的映象，于是她把他最后一瓶古风香波倒进厕所。一并倒掉的还有哈罗德的骨灰。对于我们每个人来说，死亡是不存在的。我非常清楚地记得她接下来的这段话是怎么说的，因为我的手掌开始冒汗了。"哈罗德很好。哈罗德一直很好。其实你怎么做不重要，重要的是你怎么想。玛丽·贝克·埃迪告诉我们，天堂和地狱是两种思维方式。我们需要认识到这一事实，并祈祷自己能够真正意识到，死亡意味着一切终有时，是一种错误的信仰。我们中的任何一个人在非物质的层面里都不会离开。改变的只是我们看待事物的方式。"

结束后我正要离开，走到门口时，那位头发花白的妇人叫住了我。走近之后，我发现她的眼睛是一种朦胧而闪耀的蓝色。她身穿一条米黄色亚麻长裙，无名指上带着一枚钻石戒指。"您能否以宾客的身份签个字？我们很高兴您能来。"她不知从哪里拿来一个夹着传单的笔记板并递给我。

"不好意思——"我说道。

我在她身边走动的时候，能闻到她薄荷味的呼吸，手腕处的丁香香水，以及裙子上的洗涤剂味道。她的味道像是精心秘制的，是一种一生都值得对她报以善意的味道。她至少得有八十岁了，但她的脸上有一种青春，一种让人嫉妒的无忧无虑。我停下来更为细致地观察她，完全忘却了自己。我想听她讲更多关于她的丈夫哈罗德和他的香波的故事。她一定是看出了我的忧郁。"你是第一次来教堂吗？"她举起了那只别在笔记板上的笔。

"是的。"我回应道。瞬间我就后悔了——她一脸热望地看着我。"我是说这间教堂，"在离开前我澄清道，"我不是——我的意思是，我不是本地人。"

大概是四月中旬。我记得河边的柳树上已经开始微微冒出一点绿。不久之后，立在人行道上的树的叶子便蓬勃了起来——目之所及都是一片郁郁葱葱的绿——一天下班后，我前往信用合作社查看自己的积蓄，又去了五金店买了螺丝钉，打算修好安抱怨了几个月的球形门把手。我跪在浴室里修理着，这时我决定要把漏水的浴缸旋塞也修理一下。我用两根手指从水槽里掏出一团打结了的头发，在卷纸器上放上一卷新的厕纸，又把所有毛巾拿到自助洗衣店洗干净。我把毛巾放进干燥机里，直到它们的温度几乎灼伤我的胳膊时我才把它们抱出来。我把温暖的毛巾堆叠成塔，抱在怀里，用下巴压着带回了家。

在这座城里的最后一天，黎明时分，我去了罗姆的公寓。

旧维多利亚式角楼上，松散的瓦片在风的作用下瑟瑟发抖。我用他的钥匙进门，把我的东西堆在门口，穿着鞋和外套爬上他的床。他还没清醒便把我拥入怀中，把脸埋在我的头发里。"再见。"我说道。我想把他弄醒，想再一次带着项圈在地上到处爬。不过这句话并没让他激动。他把他的小鸡鸡放在我的两腿间，然后睡得更沉了。

架子上的时钟的数字正向我发着红光。早晨就从暮色中的一道灰中延展开来。穿着外套、躺在他怀里的我渐渐开始感觉到热并开始冒汗。过了一会儿，我又看了眼时钟，然后我意识到，如果我不加快速度，我就会错过巴士，如此一来，我便无法准时抵达位于城市另一头的灰狗车站，进而耽误了回怀特伍德的行程；我妈和伦德格伦女士还在大巴终点站附近的汉堡王等着我呢。我最终还是给她打了电话，但她似乎并没有因此而格外开心。上一次跟她说话还是两年前我爸去世的时候，在她生硬地说完几个您好之后，她只说了一句话："看起来是时候卖掉一部分地了。"太阳终于照进罗姆的地下室公寓，我扭动着想要离开他的怀抱。他终于醒了过来——因为他感觉到我要走了——便抓住了我，我则想挣脱出去。

"你在这儿干吗？"

"我不在这儿。"

"那谁躺在我床上呢，小侦察女兵？"

"那是你的幻想。"

"操。"他的脸还埋在我的头发里，我的头皮能感觉到他的笑容。

"好啊，"我轻声道，然后迅速脱身于他的怀抱，"你试试。"

在我刚要从他的怀里溜出去的时候，他一把把我拽了回来，并抱得更紧了些。我能感觉到硌在他胳膊上的我的肋骨，即便我们之间还隔着一件帆布外套——那些骨头正努力对抗着他的体重。我喜欢这种感觉——我越挣扎，他抱我越紧——我很喜欢。我扭动着身体半坐起来，成功挣脱了他的怀抱。我转过身，但我还没把脚落到地上，他便抓住我的手腕，把我压在身下。我还想要。我想要更多。他开始解我的外衣纽扣，我一时冲动将腿蜷起，用膝盖用力顶住他的胸，他便开始咳嗽。穿着拳手短裤的他坐了起来，一脸迷惑。那一刻的寒气像是一滴水一般撞击我的皮肤。晨光照亮他脸上的所有毛孔，让他的脸看起来像砂纸一样粗糙。

"怎么了？"他已完全清醒，瘦削白皙的肩靠在墙上，看起来像是个矩形。他的舌钉已经不见了，因此说话的时候并没有那种叮咚的敲打声，听起来也比之前温柔、简单而湿润。

"没什么。"

这时他看到放在门口的我的背包。

"这是什么？你要去哪？"

"我是来说再见的。"

"再见？"他冲我眨眨眼睛，"你要是要回那该死的不知道叫什么的地方。现在就走。"

我爬下床，整理了下外套，便走向背包所在的门口处。我把背包甩到肩上，然后回头看他——他在房间另一端的床上胡乱地坐着，一只手放在左眼上，像个海盗一样。

"你他妈的真要回那个狼吃狗的地方？"

我摇了摇头："那是阿拉斯加。这是个典故。"

"差不多有两年了？"

"没跟我妈说话，是的。这是计划好的。"

"我们一直很开心，不是吗？你觉得你做了什么事让你不开心了吗？"

"开心，开心，开心。"我回应道。

"开心。"他轻轻吐出这个词，看起来格外无辜。

"别幼稚了。"我冷笑道。

他一定是从我的表达中发现了什么丑陋的东西——因为他拿起衣服迅速套上，顿时脸上像是套了一个白色的棉质面具，眼睛和嘴巴那里是白色的凹陷。他的头部很快就得到了解脱，然后他开始拉

裤子拉链，又从碗柜里拿出手机。这时我发现自己又能以本我更从
容地跟他说话了。"不要耍小孩子脾气了。我是来说再见的，好吗？
我只想跟你说谢谢和再见。"

"我耍小孩子脾气？听着，你听着，"他向前跨了几步，T恤
在惯性作用下贴到了他鼓鼓的肚子上，"你还记得你是怎么跟我说
那个小孩的吗？"

"小孩？"我的第一反应便是他在说保罗，这念头像微风一般
吹动了我的思绪。我举起一只手阻止他继续说下去："我从来没跟
你说过什么孩子。"

"我说的孩子是你，小侦察女兵。世界上最单纯的牺牲者。一
屋子的嬉皮士，女孩被抛在身后。"

"我没这么说。事实也不是这样。"

"愚人牌。"

"不是你说的那样。"

"每次你都会迈出掉下悬崖的那一步。可怜的女孩儿，没有鞋
穿，可能还饿着肚子。当时有谁在照顾你？"

"事情不是那样的。我很好。我很好。"

"你说的是哪个孩子？"

我深吸一口气："没有孩子。他死了。"

"谁死了？"

"没人死了。他很好。"说这话的时候，我把手伸到衣兜里，
摸到那把线条流畅的瑞士军刀，然后对着罗姆刺了出去。

他向后退了一步："我靠——"

这是他圣诞节送我的那把锃亮而耀眼的红色军刀，所有的刀片

都折在里面——但他可能没有看见，大概刚刚发生的膝盖顶胸事件让他有了些许阴影。他把手指插入头发中，透过 T 恤宽大的袖口，我看到他腋下杂乱的腋毛。片刻之后，他把两只胳膊放到身体两侧。

"随便吧。你就这样吧。"他深深地吐出一口气，然后把手插进兜里，"留着它吧，愚人侦察兵。"

等待上车的时光里，我发现自己在想那位在教堂遇到的女士。天堂和地狱是两种思维方式。死亡意味着一切终有时，是一种错误的信仰。等候区里有个无家可归的盲人坐在他的硬纸板上，我就在他身边来来回回地踱着，直到最后一分钟——才极不情愿地爬上陡峭的阶梯，坐到大巴沙发椅上。重要的不是你做什么，而是你想什么。我不想上车，但我上车之后，我发现车窗出乎我意料地又高又宽，明亮的晨光在玻璃上折射出七彩的颜色。一排有两个座位，我独自霸占了一排。大巴在城市中毫无压力地穿梭着，顺着立交桥滑上高速公路，又以更短的时间下了坡。大巴向北前行，把城市甩到身后；透过车窗，我看到树上的叶子从深绿变为淡淡薄荷绿，再到不见踪影，道路两旁开始出现白色的积雪。到了某个地方——不论我的真实想法是什么——我确实开始有一种困乏、甜美而又醉人的镇静。这或许和大巴的速度和高度有关——大巴的速度快得可以实施谋杀，这种在高速公路上翱翔的感觉让我很爽。速度是一种魔法，我一直是这么认为的。但当我看到湖岸线处结冰的湖水、地面上浅蓝色的雪堆、黑色的土地变得雪白而空旷的时候，这种镇静被冲刷得一干二净。几个小时后，我便看到了湖边杵着的几个松散的钓鱼人的简易小屋，它们完全是一个个小城；我还能看到盘旋在空中的乌鸦正寻觅着残羹冷炙。

快到伯米吉的时候，有一群穿着肥大臃肿外套的青春期女孩儿在红绿灯前过马路，大巴的速度便降了下来。这时我突然想到，一个中年人要搬到这样一个寒冷的地方该有多么奇怪啊，尤其之前从没来过，还是在冬季时分从加利福尼亚搬来。但对他来说，刚开始这肯定是值得释怀的。镇上所有的少女都穿着厚重的羊毛衫和外套，踩着靴子重重地走着。一切与之相比都显得微不足道了，那些照片全都不重要了。你想什么不重要，你做什么才重要。大巴经过一座又一座山脊，我静候怀特伍德的出现。这时我脑海中又浮现了一个新的想法：那些图片是精心包装过的，有人故意把它们放在水槽下面等着人去发现，等着人去找、然后找到。这是他希望发生的。外面开始飘雪了。在抵达怀特伍德之前，雪已经铺满整条路了，像一条雪白的地毯。这一切快得让人震惊——柏油路、黄色漆线、道路中心线——都在几分钟内消失无踪。窗外新鲜湿润的雪花闪降，车突然一个摆尾，车上每个人吓得喘着粗气；而最终车轮终于找回牵引力，继续飞速前行，我却觉得我的脑子碎成一个个零散的碎片，完全不能思考。

21

不，我没想到要打 911。我在证人席接受质询时我承认了这一点。当时的我根本没想到要用手机打电话，或者回家找我爸妈，或者骑着车进城；我也根本没想到如何才能更快地在路上吸引他人停下，或者去国家森林野营地的信息站寻求帮助。我说：我并没有一个能称得上是计划的东西；我说：我不太清楚当时我在想什么。我当庭表示，那天早上我告诉帕特拉我要去买泰勒诺后，便穿上鞋，出了门，其他的什么也没做。

但庭上的我没有说的是，我从门廊回头看，帕特拉正在用嘴型对我说着什么，模样很奇怪，像是在不出声音地大吼着；她的整张脸因为要说清每个词而扭曲。她说的是：谢谢；说的是：帮帮我们，请帮帮我们。那时的她觉得我能理解她吗？我记得当时我轻轻地关上门，倾耳听着是否有门闩的声音。在经过一系列小却不可逆转的选择之后，在经历了这么多、累积了这么多对她很重要的回忆之后，那时的她觉得我会为她做她自己做不到的事吗？我还记得当时的我松开球形把手，侧眼看向那个炎热的早晨；记得我搬起树林里的石

头，找到潮湿了的筒状纸币，然后瞬间冲刺跑开。夏日骄阳高高地
挂在空中，一丝风都没有，亦无一只鸟、一片云；绿色爬满高速公
路两边高高的墙上。

　　我并不记得自己有累的感觉，但我确实记得自己的胸腔开始燃
烧——彼时正好有一架直升机从我头顶俯冲下来。那是众多森林服
务直升机中的一架，它被漆成明亮的红色，机内配有蓄水池和水桶。
它掠过树林中最高的枝丫，我在高速公路中间停下，抬头望了它一
会。当时我心想着，哪里着火了吗？但这段停留也就是很短的时间，
因为直升机的轰鸣除去了我所有想法；它掀起的风策着我几缕松散
的头发，T 恤泛起涟漪，像是有鬼魂穿过。直升机一离开，我便继
续向前行。我的心脏扑通扑通剧烈地跳着，但我的四肢已失掉了
一些紧迫感。再次回到室外变得容易了很多——在树林里，在阳光
下。我的 T 恤又贴回自己汗湿了的皮肤上，顿时我感觉自己轻盈了
很多。我已经冷静下来了。

　　我要在此声明一点，现在我看到的这片树林已经不是我童年中
的树林了。在我还年幼的时候，镜湖还有另一个名字，叫沼泽湖；
干旱年间，香蒲霸占了整片湖滨，湖面上的睡莲叶子厚厚一层，倒
像是一片陆地了；多雨之年，湖水会漫出湖岸，我们甚至得把木舟
停在木屋台阶上。如今，屋主协会拓宽了镜湖和密尔湖间的河道，
保证水位常年处于一个稳定的状态。如今的湖滨坐落着十二家夏日
私屋——或许称其为迷你小木屋比原木房子更合适——各家都有自
己的天窗、各样的前廊及停在岸边的浮筒船。到了夏天，这里就变

成了城郊。湖岸上的松树大部分都被砍掉以打造日光浴广场和花坛。湖里挤满了"骑马"的小孩和套着黑色内胎、跟在汽艇后面跳跃着的叛逆少女；坐在舱房汽艇里的爸爸们则躲在湖入口和海湾处，期待着灰白色玻璃梭鲈的出现。

　　木屋最终得到了修复。有时候，我会陪我妈一起坐在屋外，这时我便会试着回忆小时候的树林的模样。我很惆怅，但我更能认清现实。这对我来说并非不可思议：正如看到的那样，我已不再年轻，也没什么我能继续独占的东西了。岁月脚步不曾停歇，树林随之铺展，随之茂盛，随之干枯，这种持续的变化所隐含的意义有所泄露，也有所保留——是的，生命的奥秘，但这种奥秘并非是单纯由变化在控制运作的，树林为其踪迹覆盖了一层又一层遮掩。在我八九岁的时候，我曾走下湖滨，用好多硬币大小的蟾蜍装满咖啡罐子，我管它们叫"动物园的动物们"。我妈希望我在睡觉前祷告，因此每晚我都会念着相同的祷告词：亲爱的上帝，请帮助我的妈妈、爸爸、"亚伯"、"医生"、"贾斯伯"、"静静"以及其它"动物园的动物们"，让他们不要太无聊，也不要太孤独。"不要太"是我的口头禅。我真的很想养那些蟾蜍，我很喜欢它们的脸——尤其是长在头顶上的眼睛——但我并不知道用什么养它们合适。几夜之后，我内心的歉疚感不断增强，最终我跑到桤木丛里把蟾蜍们放生了。它们用自己小小的腿用力地蹦跳着，我突然强烈地感受到树林的力量，它惩戒着我、纠正着我，并以一贯的姿态冲我说道：看到了吗？

　　我走进市里时会一次经过这些：先是那个立在路边的熟悉的喷漆标志，上面写着"酒精和汽油"。几年来，"共党"卡特琳娜一直在经营着那家老店，以折扣价出售鱼饵和啤酒，顺便卖点伏特加和汽油。卡特琳娜在我眼里一直是五十岁的样子。她是爱荷华州捷克人的后代，长着一对像蟾蜍似的肿眼泡，曾卖给我爸两捆被风吹下来的木头、卖给我妈用耳环改造的手工鱼饵。后来我长大了一点，我发现她其实是在同情我们。一次，她要把原属于她侄女的一双阿迪达斯棒球鞋送给我，我开始不要，她便说道："哎呀，琳达，快拿着。一个高年级学生是不会穿登山靴去上学的。明白吗？收下吧！"那天我直接穿走了，那是我那几年穿过的最好的鞋。

我知道她在架子上放了几盒急救绷带，包装盒已经落满了灰尘；大概还有一到两瓶泰勒诺，但在那个炎热的周一早上，我径直无视了汽油店——我害怕卡特琳娜被啃过的圆鼓鼓的指甲和油腻的同情会把我也感染成她那副一身臭汗的样子。

然后我经过了当地人只会偶尔遵守的停车标志，接着是三家酒吧、三间教堂。周一早上，这六栋建筑都闭门谢客——酒吧在路的一侧，教堂则在另一侧。草地上立着"妇女之家"的木质十字架，旁边是几个倒立着的空瓶；周日公报被风吹到"兔子和狐狸"店家的钢丝网围栏上，每张公报上面写的都是：欢迎各位来到上帝之家。

接着是室内溜冰场——外形做成贝壳的模样，护墙板是铝制的，房顶则是用沥青铺设而成。这可谓是当时市里最大的建筑物了。夏季工作日里，这里会塞满争抢使用时间的花样滑冰选手和曲棍球队员。当时我经过溜冰场的时候，赞博尼磨冰机正在室外追赶着那些男孩，他们穿着溜冰装备在停车场步履蹒跚地跑着。他们希望自己成为女孩子刻薄的对象，而女孩们只希望成为刨冰的俘虏。

走过溜冰场便是市中心商铺，那里的店面都是在上个世纪伐木热潮时期搭建的。古色古香的建筑物上，剥落的砖块诉说着它们的历史。银行、鱼饵渔具店、硬件店。老婆婆和老兵已经走进餐厅吃午饭了——白面包三明治和糙米粥。从建筑的向阳面看出去，街灯上竖着的三条手绘梭鱼正在摇头摆尾。再向河流走近一些，我便能看到烧焦的旧木材厂。如今它已被过分茂盛的夏日树丛和野草遮住了，你甚至看不见它。沿着主干道走，靠近州际公路的地方便是松树小径商业区。再向东走二十一英里，便是怀特伍德；继续走一百二十英里，便到了德卢斯。然后是升降桥、抛锚式高船、苏必利尔湖——我一边用手指摩挲着兜里四枚脏兮兮的硬币，一边快速走过松树小径商业区的商铺；我的脑中飞快闪过这些地点，甚至生出一种憧憬的感觉：苏必利尔湖，面积 3.1 万平方英里，常年 4 摄氏度——埃德蒙德·费兹杰罗号和它运载的大量铁燧岩静静地沉在湖底，未被修复的船体挂着橙色救生衣埋在泥沙之中。

药店正位于沿路商业街上。我推开门走进去。

凉爽的空调让我瞬间起了一身鸡皮疙瘩。架子上所有的货物——包装难辨认的维他命、止咳糖浆——摸起来都冰冰的。进门的时候我肯定是出了一身汗，因为一两分钟之后，我的手指上便出现了一些白点，我不得不用力扭动它们以促进血液循环。药店的后方，一位穿着人字拖和游泳裤的黢黑大叔正试着从一个初学走路的幼儿嘴里把扫把柄拽出来。

他成功了。他把宝宝的手举到空中，冲我点了点头，像是在支持我一样。

"需要什么吗？"一个女孩的声音。我抬头一看，正是那个溜冰选手莎拉。她穿着绿色的工作服，嘴里咬着的红色吸管插在从隔壁弗罗斯提专卖店里买来的啤酒里。

我讶异到忘记了回应。这不是夏天吗？夏天的莎拉难道不应该每天都在练溜冰吗？距离奥运会不就只剩一年了吗？

然后我又想起来，去年春天五大湖上游区域赛的时候，她的两周半跳已经枯竭了。每次她跳到空中，人们都说她脸上布满一种决定自杀的表情，看起来像是她要从暗礁上投海自尽了似的，很是恐怖。

"你有什么特别需要的吗？"她咬着她的吸管，走近了问道。药店后方的小宝宝发出嘎嘎嘎的笑声。

"没有。"

我和莎拉之间的距离很近，但我专心地扫视着保健营养品货柜上的瓶子。有一种叫人类健康的药物声称能闭合毛孔；一种叫IGGY的复合维生素是可以通过点眼药器挤进鼻子里使用的。我没有看到泰勒诺，只有低剂量的阿司匹林，上面写着用来稀释血液——防治发烧、中风、流产、疼痛和潜在癌症（"有可靠研究可以证实这一点"）。

莎拉问道："你来例假了？"

"不是。"

"宿醉？"

"没有。"

她看着我认真阅读着复合维他命包装背面的杂乱文字。"你贫血？"她再次吮吸着吸管，但眼睛从未从我身上离开，"你是营养不良还是怎么了？"

"我头疼。是——"我的大脑飞速搜寻着合适的词汇，"偏头疼。"

"你跌倒了吗？"她放低了声音又问道，"还是被人打了？"

"我是说，胃疼，可能还有发烧。"

她后退了一步："发烧？你最好叫罗德医生给你看看。"

"罗？"

"后面还有个'德'字。"

我正要就这个问题跟莎拉争论一番，后方传来一阵宝宝的哭闹声，那个声音里有种东西让我向前一步轻握了一下莎拉的手腕："可能是高烧。有什么药是治高烧的吗？"

我真的很少碰她，我发誓当时我看到她的胳膊颤抖了一下。她眯起了自己乌黑的双眼："噢天啊，你该不是得了什么传染病吧？我还要上晚班呢！我要工作到很晚！离我远一点，别靠那么近。我认真的。"

我又向前迈了一步："我的病没那么重。"

她优雅地拖着滑冰似的步伐，把背抵在放着的卫生棉条的墙上："别靠近我，好吗？去拿你需要的东西然后放到柜台上就行。"

我不知所措地抓起一瓶标价 3.99 美元的低剂量阿司匹林后放进购物篮里。然后我一时冲动又拿了棒棒糖、一袋子热带彩虹糖和一盒原子火球糖。我把这些东西放到收银机旁的柜台上，莎拉走过来帮我结账的时候显示以手势示意我向后退，然后找来一双绿色园艺手套，手套上的标签甚至都没来得及取下便套到手上，以抓取每一样东西。最后的金额为 5.39 美元，我把一张沾满土的十美元钞票放到柜台上——上面全是污泥和苔藓，四个角还是皱的——莎拉闭上了眼睛，那模样像是她最深的恐惧终于成真——那钞票上挂着的泥正是一种可怕的疾病似的。她对我说，拿上东西赶紧走，她会为我付钱。

离开的时候，我看到药店后方的学步幼童把定型胸罩放在嘴上，像个强盗似的。他冲我招了招手。

一回到大街上，炎热便几乎将我击倒。我的步速几乎算是在山上漫步了；我吮着棒棒糖，面朝高中校园走上坡路，又吃着彩虹糖，面朝初中校园走下坡路。我走过市政厅两次、三次，心里期盼着有人会停下来问我为什么在台阶上游荡。我在路边石上坐了一分钟，在排水沟里发现了一个老式打火机，它一副想被我的指尖碰触的模样，我便用它把我另一根棒棒糖点着，它缓慢地燃烧着，冒着烟，在人行道上滴下红色的粘稠汤汁。

没人上前阻止我纵火或者闲晃，我便踩灭了流着汤汁的棒棒糖，走进了硬件商店。我突然想到我有可能在那里看到我爸。他有时候会来这里买小五金和钓渔线，但那时候店里只有店主凌先生，正扣着一顶地鼠队的帽子假寐。

然后我去了杂货店，那里除了正在柜台读报的霍宁先生外并无别人，我进门的时候他连头也不抬一下。奇怪的是，我走进或走出的时候，门并不发出一丝声音——每次它都会抓住一捧空气给自己缓冲的余地，且门也不会完全关上。我又把头探进餐厅里，但我的老上司桑塔·安娜去度假了，去多伦多参加劳雷尔与哈代节，她妹妹替她看店。"她大概一个周左右后就回来。"她妹妹边说着，边把挡在眼前的长刘海撩开，为一位正在玩字谜拼图的老太太倒咖啡。

沿着这条路继续向前走，我便看见"统一精神"的大门敞开着。我走进去，以为能见到我那会议繁多的妈妈，至少我能看见班森牧师在办公室里逗弄兔子，或是看到秘书在多功能厅的后方叠周日公告。但现在，那里似乎一个人都没有。教堂里的木质条凳让我看不到圣坛。我在迷宫般的长凳间弯弯曲曲地走着，当我吃着原子火球糖抵达圣坛时，我露出了胜利的笑容。我觉得我的嘴巴火辣辣的疼，糖果碎片给人一种细微的如针扎似的痛感。

那时距离我们离开德卢斯已经有二十四个小时了；我后来了解到，那时距离保罗陷入昏迷还有一小时，距离其心脏停搏还有五小时。

我知道自己的信仰残破不堪，只是一种一无是处的迷信罢了。但当我走到十字路口时，我仍不由自主地想：亲爱的上帝，请帮助我的妈妈、爸爸、"亚伯"、"医生"、"贾斯伯"、"静静"以及其它"动物园的动物们"，让他们不要太无聊，也不要太孤独。"不要太"，这是我所知道的唯一的祷告词。原子火球糖的灼热充斥着我的口腔——似乎一边膨胀，一边拍打着我的舌头，扩大着我体内每一寸能被灼伤的空间——我想起了帕特拉，这一次是故意的，我任由自己的思绪一点一点回到帕特拉身上。我想起了帕特拉满嘴松饼的模样，想象她到医院诞下保罗的场景、回忆着她在我的腿上拍打出自己心跳节奏的样子……想到这些，我几乎相信自己买阿司匹林和小题大做的行为是能够让她开心的。糖果灼烧着我的嘴，我不由得流下眼泪，随之而来的便是一种解脱感。我只是做了帕特拉让我做的，并未做多余的事，这让我感觉自己十分英勇，即使其实我做的事是多么的微不足道。

我走上圣坛的功德箱，把肮脏的十美元钞票投了进去。最后一刻，我转念一想，把帕特拉的发带取下来也留在那里，毕竟我知道，它带来的疼痛如此深刻，一时半会儿是消散不了的。

然后我便拐七拐八地从长椅之间走了出去，走上返回的路。

我童年记忆中的树林是这样的。每一棵树，甚至是多年前由森林服务站种下的严格成排的松树，看起来都是不一样的：一棵会在炎热的天气里冒着泡泡渗出汁液，另一棵则是被砍掉了树枝，树干上留下的疤痕像是土地神的脸。树林是放空的温床，只要走马观花便好。我喜欢将目光落在细节上——嫩枝、松针、路毙的动物尸体及其流到沥青路上的肠子——看起来像是溢出的行李似的。树林里总有些我知道的东西，但也总是有些我从未见到过的东西，比如在路肩上和啮龟抢快餐袋子的乌鸦；或者我的手腕上不知从哪跑出来一只木蚁，拖着一只绿色的小毛虫得意扬扬地往我的胳膊上爬，像是获得什么嘉奖似的。

这一幕也很惊人。在往加德纳家走的路上，一辆车经过我身旁；向前又走了大约一百英尺又停了下来向后倒。那时候的太阳已经低了很多。驾驶座上坐着一位带着白色遮阳帽的女士，她伸着脖子看着我，但最后是那位坐在副驾驶座上的男人摇下车窗跟我说话。车后座坐着两个小孩，一男一女，正好奇地向外看。

"嘿，"那男人说道，"一切还好吗？"

车的牌照显示他们来自伊利诺伊，林肯的故乡。

我继续向前走。

这是一辆旅行车，车顶绑着一艘独木舟。它在我身边亦步亦趋，像是一条你摆脱不掉的狗狗。

那个男人的眉毛很是浓密。"我们并不想吓你，"他说道，"当然，你这么谨慎是正确的。但我觉得——"

车轮压到了一根掉落的树枝，后者迟缓而大声地断裂了。

男人接着说道："我可能帮不上什么忙，但我想你可以搭便车走。你要去哪儿，需要搭车吗？地图显示向这个方向走五十英里内都是树林，除了湖泊就是树。"他把地图伸出车窗给我看，就好像我对此一无所知、第一次来到这里似的。

但他如此认真地端详着我的脸。

"好吧，"我终于开口说道。傍晚迫近，我的手里还握着那瓶阿司匹林，我的心里则是药品业已送达的镇静。"我要去的地方并不远。"我向他们保证。

我坐进车后座，那两个穿着 T 恤衫和短裤的小孩帮我扣上安全带。

我得为他们指路；到通往镜湖的岔道口我要提醒他们"减速"，还得在通往加德纳家的阴暗的狭窄小路上为其指明方向。这位戴着遮阳帽的女士是一名出色的司机，即便是碎石路她也能轻松驾驭。一棵棵树阴沉地从我们身边掠过，树枝在车窗上划出蓝绿色的印记。我心里不禁好奇自己能指挥这位女士开多久的车——我能看得出

来，她对我极为信任；我相信，不论我指向的是通往偏远森林地带
的路还是有车辙的路，不管有多远，她都会去。我发现自己很享受
这种想法，这像是一种背叛，虽然我并不确定背叛了什么。于是我
让这位细心的女性继续向前开，并试着提醒她小心颠簸与潜在的危
险。"有时候路中间会有一只鹿，但你很难看见它。如果你是在黄
昏时分开车，那你一定要小心，这一点一定要放在心上。这里没有
街灯之类的东西。"

女人透过后视镜给了我一个浅浅的微笑，像是在说：我知道了。

男人开始聊天，但他不像利奥爱摆事实讲道理，也不像我爸只
会说棒球、天气和鱼。他问我要去哪里。我说"回家"——我猜这
对他来说应该是正确答案，因为此后他并未继续这个话题，而是开
始讲他们在绿松石湖畔的野营地。

"你去过那儿吗？"

我忍不住翻了个白眼："去了一百万次了。"

"有什么建议吗？"

我想了想："北边的湖滨有秃鹰的巢。"

那个小女孩一脸认真地说道："太酷了。"她拿出一个笔记本
把这一条写了下来：鹰巢。那页纸的顶部写着"计划"，旁边则写
着"回忆"。在这一栏下写着：路边躺着一只死鹿。一个看起来像
男孩的女孩。她不会系安"荃"带。

"是'安全'。"我告诉她道。

她用橡皮把那个字擦掉，把正确的字写上。

那位坐在前面的父亲说："若能看见秃鹰还真好呢。"

母亲接过话茬："我们见过老鹰，但没怎么见过秃鹰。能看见

的话还真是不错。"

我差点告诉他们：保罗情况不妙。

我差点说出这句话：我觉得我需要帮助。

但我没有。我知道只要我开口，他们一定会帮我，但我并不希望看到只穿着 T 恤、露着底裤的帕特拉在前门处斜看他们，也不希望看着利奥用一个汗涔涔的握手将那位父亲赶走；我并不希望看到帕特拉被利奥斥道别出声并被推回里屋，也不想看着利奥一边解释如何回到高速公路，一边整理自己的衬衣下摆，向他们眨着他充血的眼睛。而且我知道，如果我让那位戴着遮阳帽的女士进了屋，如果我引导她走过利奥，走进保罗的房间，珍妮特和欧罗拉便永久地谢幕了，一切有意义的也都随之消殒了。于是我引导那名女士绕湖走了远道，沿着那条几乎没用过的单车道伐木路走，两侧的灌木和杨树苗杂芜一片。我让她把车开上运船通道抵达湖滨，然后又原路折返。她在开车的时候会透过后视镜仔细地观察着我，一会儿看看路，一会儿看看我；但我并不回应她的目光，只是低头看着自己的大腿。

我旁边的男孩伸出手来摸保罗的阿司匹林药瓶："你手里拿着的是什么？"

"我头疼，买了点药。"我说道。

虽然我的头疼已经好了。

车行得很慢，树林里也十分晦暗，看起来倒像是树而不是车在移动似的。它们机械地划过车窗，车看起来脆弱而踌躇。

加德纳的小屋终于出现在眼前。车驶进车道，前方的树荫消失了，白猫趴在窗户边向外窥视着。

"噢！"女人惊叫道，声音里的释然直率而明显——原来真是有目的地的。她摇下车窗想要仔细看看周遭。"这小房子好美啊！竟然藏在这里。"

我看到小姑娘在旁边写下：木房。

然后又认真地写下：在树林深处。

某一刻——就在夏日结束后不久——这片树林已不再是过去的样子。让我在这里解释一下：镜湖东岸的二十英亩地在被双城的开发商细分再细分之前，两面湖之间的河道被拓宽之前，山杨和松树被砍净、新的房屋被建起之前，我便有这种感觉了。这些都不是我意所指的事。我还记得在我十年级快开学的时候，眼看着风剧烈晃动着树枝；当时我便想，地球公转引发四季变换，季节变换使得风吹树枝不可避免，而我看到的就是这一连锁反应的末端。我抬头看向叶子，几粒电子从另一个距离并不远（本身也并不壮观）的星球远道而来，转化成二氧化碳进入黄绿色叶子中。那个秋天，"亚伯"去世了，我在松树下为它挖了个墓，不由得开始思考：如果宇宙中除地球外，其他空间里都并不存在人类、类人、细胞或任何生命形态，那么事情会怎样发展，宇航员们所追寻的可能就变成了偏执，生命和非生命之间的差异顶多细如发丝。可能有些离题了，我们说回正题。我们将望远镜指向太空，期望看到我们自己，也确实看到了很多反馈回来的化学物质。但我想这并不能解决人类的无聊。"亚伯"去世、利奥和帕特拉离开后，再没什么能解决我的孤独了。

　　十年级开学的第一天，我比正常时间起得要早一些。爸妈还在厨房后面的房间里睡着，我穿好衣服——牛仔裤、绿色羊毛衫、靴子——然后把小瓦斯炉放在水槽旁边。刚开始，我只能看到燃气发出的蓝光；等到壶里的水开始跳动时，透过窗户，我看到九月的天开始泛白。松树在风中颤抖，抖落了身上的露水。我用一块湿布过滤好咖啡，然后将这油滑的黑色液体倒进我爸的保温杯里。我把保温杯塞进背包里走出门，棚里的狗狗呜咽着，我把它们从棚里放出来拴到院子里的木桩上，为它们擦干链子上的露水，但即便如此也是徒劳——经过这个夏天，它们已经再次习惯了有我的陪伴；它们向我拥来，所希冀的不只是一两下的轻拍，但我现在连轻拍它们的时间都没有。我大咧咧地把它们的狗粮倒进四只碗里，又把碗胡乱推到柴堆旁。它们的饥饿总是比深情深刻——一旦等到早餐，它们便不再看我了。

　　高速公路依旧空空荡荡。早秋的薄雾轻笼在树的周遭，消弭了一切声音，使得这前往市里的五英里路程被分解成一个个四英尺见

方的沥青路段。我用力摇晃着胳膊以抵抗寒冷。我得保持自己的心
脏不停地跳动着，且不能让心率掉下来。当我抵达主干道后，我在
卡特琳娜的汽油站后面突然右转。商铺一侧的树脂窗户还是黑的，
看起来她还没开张。往回走几步，我看到了被卡特琳娜藏起来的两
张串在一起的一美元钞票。放在以前，我一定会对此产生极大的兴
趣，但现在我没有时间理会它，因此我并未多做停留。我顺着潮湿
的树林小径走着，路边的老木材厂把烧焦了的黑色木板升于松树林
之上，然而雾气氤氲，已然看不清晰了。我继续走着，走到离湖畔。
我知道，卡特琳娜在那里放置了一艘闲置多年的铝制轻舟。

　　经过几分钟的搜索，我在河口向下一点的地方找到了那艘轻
舟——沉在一片香蒲和泥泞中，破旧而衰败。我涉入泥潭把舟翻过
来——先把舟里的水排干净，然后用毛衣袖子将脏污的座位清理干
净。日光已将湖面的薄雾驱散，湖面被水上的水黾和水下的小鱼钩
起了"酒窝"，我将船桨浸入冰凉的河水里以将它们冲洗干净，然
后置于停靠在湖边的轻舟上。一切准备就绪。一切为了莉莉。

　　动身返回市里，回到学校后面的棒球场，我坐在击球手的长
凳上等着。我知道莉莉的爸爸去森林服务站上班，顺路会把莉莉送
到离这里不远的地方。如果她来上学了，如果她来了，我会在她进
入教室前拦住她，我有些东西要给她——我想在轻舟里给她。我想
告诉她，我收到了来自格里尔森先生的信。如果她不相信，我会向
她解释我们曾有多亲密——我和格里尔森先生比看起来的要亲密许
多——因为"历史之旅"演讲比赛。我是前一天晚上写的信。写信
之前我从小棚里偷了一罐啤酒，从我妈藏在水槽下面的公益用品里
偷了一只好钢笔；爸妈睡着后，我盘腿坐在我的阁楼里，用正楷字

体在黄色拍纸簿写下我想说的话。我只需要回想帕特拉在宾馆里跪在利奥面前的场景，文思便如泉水般涌出了。

那封处于密封状态的信是给莉莉的。我想把她带到一个她跑不掉的地方，这样我便能看着她将信读完。漂在离湖上的轻舟是一个绝妙的地点，但那样的话莉莉可能会心生猜忌。或许汽油站后面的树林也是个不错的选择，卡特琳娜在那儿存放着鹿皮和好几把带血的斧头。如果她拒绝跟我去湖边，那我们也可以在这片硬草地以及曲棍球选手的注视下完成。他们想看就看，我是不在乎的。还没走到棒球场的时候我突然心生愤怒。八月末九月初的时候，我的脖子和头皮突然有种被针扎的感觉，胸闷的感觉一直持续到现在。我无法再沿着主干道继续走下去了，我甚至没法去鲍勃的店里缓缓，因为旁边就是我存储保姆佣金的银行；我也不能去小学或者森林服务自然中心，即使后者曾是我在这个世上最喜欢的地方。我没办法去任何地方、成为任何人。坐在棒球场等待的时候，我浑身发抖。我希望在最后一阵铃声打响之前能看到莉莉。

最后几班大巴离开之后几分钟，我看到了她爸爸的小卡车。他稍稍拐了个弯以靠近路边石，于是我看到了车上约八平米大的杂乱的小屋子，床上还放了一个运行中的冷冻机。我站起身来，颤抖地从兜里拿出那封信。看到卡车的时候，我并不确定她会不会来——直到我看到莉莉打开副驾驶室的车门——让一切我想对她做的事情都变成必然。现在一切都按照它们既定的轨道进行着。现在她只有两条路可走，她会明白这不是游戏，用她的话说：你不能随心所欲地把自己想做的事强加给别人，然后就这么离开了。

她从车上爬下来后，我看到她的头发用皮筋扎成两个辫子在头两侧荡着；头发是湿的，身体则奇怪地摇摆着。下车之后，她必须要用两只手抓住卡车车门，那一瞬我想，噢不，她喝多了，但接着我便看到她挺着一个大肚子——大到连卫衣都无法完全遮住它——阳光照射到她的皮肤上，我甚至能看到她肚子里的宝宝，一个可怕的小人的轮廓，我发誓我看到了——

但那不是，那只是她的血管——紫色静脉的一条的分支。她把上衣往下拉了拉，盖住了它们。

我并未继续向前，也没有叫她。我没有靠近是因为我看到了她的肚子，也因为在她蹒跚向我走来的时候，我看到她穿着我三个月前在她家门口留下的黑色绒面靴子。那双靴子在清晨的阳光下泛着暗紫色——她穿着我的靴子。她经过的时候朝我所在的位置瞥了一眼，我冲她点了点头，她未做停留，便径直向教学楼大门走去了。那群站在路边石、带着白帽子的曲棍球队员正直愣愣地盯着她。学校。十年级。

亲爱的莉莉，

我一直很想给你写信。通过玛蒂把这封信转交给你的原因在于，若我直接寄信于你，每个人都会对你侧目而视，但没人会看她。我得告诉你，去年春天你说过的话，我着实无法忘怀。我不停地想着那天离湖上的你的美妙。每日、每分。这样翻来覆去地琢磨使得当时发生的一切如今依旧历历在目，像是真实发生了似的，像是我们真的做了似的。当时的你是有这个打算的吗？你的答案或许是肯定的。我想象着你的唇印在我皮肤上的触感，想象着我的阴茎在你喉咙里的快感——你吮吸着它，当我完成喷射之后，你露出惊喜而甜蜜的表情。你能想象到它有多深入你的口腔、高潮有多爽、我坚持了有多久，而我又是如何在正确的时机把它从你嘴里取出的吗——这些你都感受到了吗，莉莉，你这个小婊子？

　　即便是现在——到了夜深人静的夜晚——我有时还是会思考，那天要用什么把莉莉带到离湖的轻舟之中。木屋已经修缮完毕，有时身处新卧室里，寂寥感铺天盖地，我会寻思这事儿；无聊的时候，我也会想。按照我的计划，清晨，我将所有情绪放在一边，在火炉上烧好热水，将热咖啡倒入暖水壶后放进背包，完成这一切程式化准备工作后，到操场等莉莉的爸爸把她送来，然后半路拦下她，对她说，"翘课吧，就这一次"，"抽根烟、抓几条小翻车鱼如何"。在我的想象中，她是极不情愿的，但下一秒如同魔法般，我们已经坐在船里了，已经漂在离湖粼粼的湖中心了。那时是早秋时分，黎明刚过去几个小时，莉莉潮湿的头发用发绳绑起来放在背后。她的牙齿打着冷战，嘴唇发白；她只穿了一件轻薄的毛衣，没穿外套，没戴手套，她瘦弱的肩膀因寒冷而蜷曲着。但我自己感觉不到——感觉不到寒冷，亦感觉不到风。我什么感觉也没有。她转过身去，扔掉我为她点燃的那支烟，我突然伸手拿走她手中的桨。她一脸困惑地看着我，于是我悄然说道："你知道接下来会发生什么。"然后，我从船尾慢慢向她爬过去，身下的船像我的身体一般来回晃动着，我们也跟着失了平衡地抖动着。我走近她，以警告甚至有些胁迫、但又带着温柔的同情对她说："只是一个吻。"这个吻于她而言几乎是一种恩赐。我体内的暴戾几乎将我的理智吞噬："其实你想要的只是一个吻！"

　　想象结束了。即使到现在，这些词从我脑海中飘过时，我便成了莉莉——像是诅咒，又像是祝福。事情最后变成了这样——要让它成为现实，我必须要完成这一系列的准备工作：煮咖啡，倒入保温瓶，用袖子将潮湿的轻舟擦净；在翻腾的水中静静地摇很长时间的桨，而莉莉就安静地坐在船头；我要有耐心，我必须按照步骤一步一步来。但当湖滨变成远处一道巨大的环线时，当我拿走她的船桨、看到她脸上的表情时，我发现自己才是那个搁浅于船里的人，才是那个因寒冷而发抖的人，才是那个感知到一切的人，才是那个比其他任何人想要的都多的人。

图书在版编目（CIP）数据

软刺 /（美）艾米丽·福里德伦德著；刘韶馨译. —
成都：四川文艺出版社，2018.9（2018.12 重印）
ISBN 978-7-5411-5121-7

Ⅰ.①软… Ⅱ.①艾… ②刘… Ⅲ.①长篇小说—美国—现代
Ⅳ.① I712.45

中国版本图书馆 CIP 数据核字（2018）第 164806 号

著作权合同登记号 图进字：21-2018-307

HISTORY OF WOLVES: A NOVEL by EMILY FRIDLUND
© 2017 BY EMILY FRIDLUND
This edition arranged with THE MARSH AGENCY LTD & Aragi Inc.
through BIG APPLE AGENCY, INC., LABUAN, MALAYSIA.
Simplified Chinese edition
© 2018 Jiangsu Kuwei Culture Development Co. Ltd.
All rights reserved.

RUAN CI
软刺

[美] 艾米丽·福里德伦德 著
刘韶馨 译

出 品 人	刘运东
特约监制	黄 琰
责任编辑	梁康伟
特约策划	石 木
责任校对	汪 平
特约编辑	石 木　苗玉佳
封面设计	周 彧
封面插画	周 彧

出版发行　四川文艺出版社（成都市槐树街2号）
网　　址　www.scwys.com
电　　话　028-86259287（发行部）　028-86259303（编辑部）
传　　真　028-86259306

邮购地址　成都市槐树街2号四川文艺出版社邮购部　610031
印　　刷　北京永顺兴望印刷厂
成品尺寸　145mm×210mm　1/32
印　　张　9　　　　　　　　　　　　字　数　200千字
版　　次　2018年9月第一版　　　　印　次　2018年12月第五次印刷
书　　号　ISBN 978-7-5411-5121-7
定　　价　39.80元